Nicole Conn

Cynara

Ich habe Angst. Hier kann ich es ja zugeben. Ich will nicht feige sein... aber dies macht mir wirklich Angst.

Ich kann nur ahnen, wie spät es ist. Es ist noch dunkel. Fast. Durch das, was vom Eingang zur Höhle noch übrig ist, in der ich mich versehentlich eingeschlossen habe, kann ich sehen, wie die Dämmerung im Meer verschwimmt.

Umgeben vom Ozean – ich stelle mir vor, daß die Kadaver von Krabben und Tiefseefischen im Wasser unter mir dahinschweben. Naß. Kalt. Die Felskante, auf die ich mich gerettet habe, hat nie die Sonne gesehen, in ihren schroffen Spalten gibt es Krebse und andere kleine Lebewesen.

Als ich vor Wochen im Sturm spazierenging, bin ich zufällig auf diesen Unterschlupf gestoßen. Wäre dies eine Party, würde ich das Gefangensein in der einer Gebärmutter ähnlichen Höhle als metaphorisch bezeichnen – es mit dem Humor schmücken, der das Zynische ausmacht. Aber mir ist nicht nach Humor zumute. Vielleicht sehen nur die Tapferen dem Tod mit Humor entgegen. Ich sehe ihm entgegen mit Ressentiment und Niedergeschlagenheit. Mutlosigkeit?

Den Kopf in den Sand zu stecken gehörte immer zu meinen besonderen Fähigkeiten. Aber hierher hat mich vor allem Verleugnung gebracht. Hinter mir liegt eine Karriere in intelligenter Negation, ausgeklügelten Manövern, um der Wahrheit auszuweichen. Die Realität gebietet, kühl zu akzeptieren, daß ich am Ende bin, und mir kommt in den Sinn, daß ich vielleicht zu denen gehöre, die sich ein bißchen zu sehr, ein bißchen zu spät bemüht haben.

Ich schließe die Augen – fühle das innere Beben meines Atems. Ich bin allein. Absolut allein. Ich fühle, wie ich davontreibe, ich versuche bei Bewußtsein zu bleiben.

Ich versinke... müde... NEIN. Muß mich erinnern, alles erinnern. Dann schaffe ich es vielleicht bis zur Dämmerung. Vielleicht finden sie meine Leiche bei Sonnenaufgang. Aber das macht nichts. Nicht wenn ich dir meine Geschichte erzähle.

Spencer war also gefeuert worden. Aus einer Show, die sie haßte. Die sowieso abgesetzt worden wäre. Aber sie hatte immer noch *May You Always,* worauf sie zurückgreifen konnte. Das sie wie ihre vielen anderen Projekte – Featurescripts, Entwürfe für TV-Shows – hervorholen und vorführen konnte, wie eine Großmutter ihren Enkeln ihre Harmonikatasche zeigt. *May You* war ihr begabtestes Kind, dem sie all ihre Hoffnungen und Träume mitgegeben hatte. Es hatte neun Jahre mit ihr gelebt. Dieses Treffen hätte zu keinem besseren Zeitpunkt kommen können. Sie hatte ihr ganzes Leben darauf gewartet..

Spencer saß an einem Tisch vor dem Le Petit Four am Sunset Boulevard und klopfte nervös mit den Fingern auf die Seiten mit dem Script und der Kalkulation. Die Kellnerin schenkte ihr Kaffee nach. Neun Jahre hatte sie über *May You* Tränen vergossen – die Geschichte von der Obsession eines Mannes, der Liebe seines Lebens. Kurz vor der Vollendung ihrer Beziehung erfährt die Frau, daß sie Krebs hat. Sie wird ihn nicht heiraten und nicht mit ihm schlafen, weil sie weiß, daß ihn das nur niedermachen würde. Am Ende verbringt er ihre letzten Monate mit ihr, umsorgt sie wie ein guter Freund, aber nie ihr Geliebter.

Natürlich war Spencer nervös – aber sie hatte so oft gehört, *May You* sei gut, daß sie anfing, es zu glauben. Das Lob half gegen die immerwährende Enttäuschung, neun Jahre Desillusionierung, geschluckt wie eine tägliche Medizin. Jetzt mußten sie und ihr Partner Jerry nur noch Lou Steinberg dazu bringen, das Projekt zu finanzieren, dann würde sie nie wieder fürs Fernsehen arbeiten müssen.

Spencer sah auf die Uhr. Wo zum Teufel blieben sie? Jerry kam zwar immer zu spät, aber doch nicht so. Dies wäre das zweihundertdreizehnte Treffen wegen *May You.* Sie hatte sie gestern abend in ihren Terminkalendern zusammengezählt, wie um sich zu überzeugen, daß all die Schlachten, die sie geschlagen hatte, es wert gewesen waren. Komm schon, Jerry.

Daß sie Jerry gefunden hatte, war ein zweifelhafter Segen. Als hättest du Kirk Douglas in *Stadt der Illusionen* getroffen, stündest am Ende aber mit einem *Verrückten Professor* da. Ja, er trug die schicke schwarze Produzentenuniform, und ja, er würde für einen Punkt Reingewinn seiner Mutter ein Messer in den Rücken stechen – aber er war die einzige Person, die auch nur von fern daran dachte, ihr Drehbuch zu finanzieren. Als Spencer ihn kennenlernte, hatte er sich glücklicherweise gerade von seiner Frau getrennt. Er steckte in einer Midlifekrise, und nachdem er bisher außergewöhnlich banale Filme gemacht hatte, hatte er beschlossen, von nun an künstlerisch wertvolle zu machen. Außerdem war er stinkreich.

Jerry hatte vor Wochen Lou Steinberg ins Geschäft zurückbugsiert, was Sondra Roberts veranlaßt hatte, auch einzusteigen. Ihre Agenten sagten zwar, sie überlege noch, aber zu neunzig Prozent sei sie dabei. Wenn sie mitmachte, käme auch Alan Elliott an Bord, mit seinem unerwarteten Oscar stand er hoch im Kurs. Hollywood liebte unerwartete Comebacks fast so sehr wie dicke Gewinne. Die Unterhaltungsindustrie wurde von Büroklammern und ausgefransten Bungee-Leinen zusammengehalten. Eine kleine Brise, und die Chose fiel um.

Spencer fragte sich, warum Lou wieder einsteigen wollte. Vielleicht bedeutete es ja etwas, daß sie in Sachen Produzent wieder bei Null war. Lou Steinberg. Sie fühlte diese innere Stimme, die sagte, daß am Ende alles gut ausgeht. *Atmen.* Ja.

Aber jetzt wurde es spät, selbst für Jerry, der aus dem Zu-spät-Kommen eine Kunst machte. Spencer holte ihr Mobiltelefon aus der Tasche und rief die Mailbox an.

„Hey, Spencer, hier ist Jerry. Ähm... ich weiß wirklich nicht, wie ich es sagen soll, also sag ich's. Deine Erstrechte an *May You* sind abgelaufen, Lou Steinberg hat sie heute morgen übernommen und den Deal mit Sondra Roberts gekillt. Das ist die schlechte Nachricht... Jedenfalls hat er Jennifer Lowell gekriegt... jetzt reg dich nicht auf. Ich weiß, sie ist zweiundzwanzig, sie kann aber auch eine Achtundzwanzigjährige spielen. Aber jetzt kommt's. Du kannst nicht Regie führen. Ich hab' gesagt, ich will, daß du Co-Produzentin wirst. Sei nicht traurig, ich paß auf dich auf... hab ich doch immer getan."

Spencer spielte die Nachricht dreimal ab. Ihr Leben war vorbei. Auch wenn sie immer noch atmete.

In meinem Magen fühle ich den gleichen scharfen Stich wie damals. Ich glaube, es heißt Schock.

„Spencer, was ist Ihre erste Erinnerung an Angst?" Das fragte mich einmal die Therapeutin.

Erste Erinnerung an Angst.

Mein Vater, wie er an einen Grabstein gelehnt vorsichtig einer Taube den Hals umdreht und meiner älteren Schwester in aller Ruhe den Segen eines schmerzlosen Todes rühmt. Ich sehe das immer noch vor mir; der Tag bedeckt und windig, mein Vater in seiner Khakihose und der riesigen gefütterten Jägerjacke. Das hellbraune Haar meiner Schwester ist ordentlich geflochten. Sie trägt ihren roten Pullover mit den goldenen Knöpfen, als wollte sie auf einen Kindergeburtstag.

Ich ducke mich hinter einen Grabstein und beobachte sie, in schrecklicher Angst, beim Verstoß gegen die Initiation entdeckt zu werden. Mein Vater legt den toten Vogel in Rebeccas Hände, und ich fühle meine Glieder weich werden und meinen Magen brennen, als ich sehe, wie sich ihre Augen weiten. Sie nickt gehorsam, akzeptiert blind, was unser Vater sagt. Eltern wissen es ja immer am besten, oder?

Das interessiert Sie nicht. Sie wollen wissen, wie ich in die Höhle gelangt bin... Sogar hier mache ich mir Gedanken über die Präsentation. Die Hütte könnte ein guter Anfang sein. Nein – noch habe ich ein bißchen Gespür für eine Geschichte. Ich werde Ihnen zuerst erzählen, wie ich zu der Hütte kam.

Am nächsten Nachmittag saß Spencer an einem Ecktisch im Aroma, einem Café im Valley, vor der Sonne und den Stars schützte sie sich mit ihrer Oliver Peoples-Brille, für die sie fröhlich zweihundert Dollar hingelegt hatte. Image war nicht bloß gutes Aussehen, hatte ihre Freundin Sarah mal erklärt. Es geht nicht darum, daß dich interessiert, was die Welt von dir hält, sondern darum, der Welt mitzuteilen, daß *du* dich immerhin soweit für *dich* interessierst, daß du Markennamen akzeptierst. Die Grenzen des Konsums Richtung Mercedes-Autos, Bel Air-Wohnwagen und Dinnerpartys, die wirklich was bieten, auszudehnen, sagt einfach, *ich bin es wert.*

„Hallo." Malcolm beugte sich über den Tisch und küßte sie auf die Wange. „Schlechte Nachrichten?" fragte er und liftete ihre Sonnenbrille. „Autsch."

Spencer räusperte sich. „Hübsch, was?"

„Meinetwegen mußt du nicht tapfer sein."

Sie blickte in seine lachenden, weisen Augen. Seine weiche Stimme, die je nach Anlaß mehr oder weniger britisch klang, beruhigte sie wie immer. Sie liebte das Fehlen von Kritik in Malcolms Stimme. Alles, was sie in diesen Tagen hörte, klang nach Kritik.

„Malcolm...", fing sie noch einmal an, Tränen quollen unter ihrer Sonnenbrille hervor.

Malcolms Hand schob sich auf ihre. „Erzähl einfach, was passiert ist."

Und sie erzählte in abgerissenen Sätzen, wie Lou Steinberg ihr Projekt gestohlen hatte. *Ihr* Projekt! „Und weil ich zuviel Zeit mit Ninas Film verbracht habe, bin ich aus dem Vertrag geflogen."

„Hm, das könnte man glatt tragisch nennen."

Ein brennender Schmerz schoß unter ihrer linken Augenbraue hoch. Sie nahm die Brille ab, und Malcolm sah ihre Müdigkeit und Selbstverachtung. Spencer winkte der Kellnerin, ihr noch einen Drink zu bringen. Malcolm machte die Bestellung mit einem Kopfschütteln rückgängig und schob Spencer seinen Cappucino zu. „Hier, trink einen Schluck."

„Warum? Du glaubst doch nicht, daß ich nüchtern damit klarkomme?"

„Nun, ab einem bestimmten Punkt wirst du nüchtern sein müssen."

„Wieso?"

„Weil ich nicht mit dir zu den Anonymen Alkoholikern gehen werde. Das ist zu sehr Hollywood."

„Du meinst, ich hätte ein Alkoholproblem?"

„Nein. Ich meine, du hast ein Problem, und deshalb trinkst du." Er zeigte auf die Tasse. „Komm schon, trink das."

Spencer schlürfte den bitteren Kaffee, ließ ihn in ihre Sinne beißen. Sie brauchte eine Dusche. Sie hatte heute schon zweimal geduscht, aber der Geruch des Scheiterns war immer noch auf ihrer Haut.

„Ich bring' dich nach Hause."

Irgendwann am nächsten Tag wachte sie in Malcolms Bett auf, die Laken rochen nach Sex. Also war Malcolm glücklich gewesen. Schön für ihn. Wie sehr sie sich jetzt wünschte, ein warmer Körper würde ihren Schmerz lindern. Lena. Sie vermißte Lena bei jedem Atemzug.

Sie schaltete ihren Verstand aus, glitt in einen Zustand sanften Halbbewußtseins, aber selbst darin wirbelte Lena herum, die Erinnerungen waren womöglich noch genauer. Spencer hatte Lena vor sechs Jahren auf dem Rückflug von New York unter höchst unangenehmen Umständen kennengelernt – als Spencers Karriere gerade so richtig ins Laufen kam. Sie hatte eben einen Emmy gewonnen.

Spencer hatte in der ersten Klasse gesessen und auf ihrem Laptop die Eröffnungssequenz der vierten Show-Staffel angeklickt, als es anfing. Die Show hatte Probleme. Spencer hätte ihnen das vorher sagen können. *Lucifer,* eine solide Polizistenstory, verlor Zuschaueranteile an zwei raffinierte Anwaltsdramen. Die Produzenten liebten die Hauptfigur, einen unangenehmen Macho, der dem Rachen der Hölle (vulgo Gefängnis) entkommen war und nun ein guter Mensch werden sollte. Spencer versuchte die sieben Hilfsmittel einzubauen, die die Story wiederbeleben sollten: Änderung des

Tonfalls, Einführung jugendlicher In-Charaktere oder einer Vaterfigur. Eine Liebesgeschichte. Oder Teenagermusik. Aber es klappte nicht. Es war absurd, und Spencer war wütend.

Ta-tam. Ta-TAM! Plötzlich schlug ihr das Herz in der Kehle wie ein Schlagbohrer. Sie packte den Laptop und machte den Fehler, aus dem Fenster zu schauen, wodurch ihr klar wurde, daß sie sich zehntausend Meter über dem Erdboden befand. Ihre Hand griff nach dem Nächstliegenden. Zufällig war es der Jackenärmel der Frau, die neben ihr saß.

„Bitte“, flüsterte sie drängend. „Ich... ich glaube, ich habe ein Problem.“

„Sagen Sie, was ich tun soll.“ Die Stimme war tief und voll, und Spencer fühlte sich sofort sicherer.

„Ich bin...“ Sie hörte die Wörter aus ihrem Mund fallen. „Ich glaube... ich habe einen Herzanfall.“

„Ich rufe die Stewardeß.“ Die Frau stand auf, aber Spencer hielt sie am Arm fest, sie wollte nicht einsam sterben. „Alles, was denen einfällt, ist, den Gurt zu lösen.“

„Sie wird Ihnen Sauerstoff geben. Das wird Sie beruhigen.“

Gut. Ein Plan. Die Stewardeß verabreichte Sauerstoff und erkundigte sich dann diskret, ob unter den Fluggästen ein Arzt war. Gott sei Dank gab es einen. Er prüfte Spencers Puls und Blutdruck und kam nach ein paar Fragen zu derselben Diagnose wie der Arzt in der Notaufnahme, die Spencer zwei Wochen zuvor mit der ersten Attacke von vielen, die noch kommen sollten, aufgesucht hatte.

„Sieht aus, als stünden Sie unter Mordsstreß.“ Er wandte sich an die Stewardeß. „Zwei Fläschchen – was trinken Sie?“

„Trinken? Jack Daniel’s.“ Das erste, was ihr einfiel.

Die Stewardeß brachte zwei Miniflaschen mit einer bernsteinfarbenen Flüssigkeit, und Spencer trank sie artig aus. Nach fünf Minuten fühlte sie sich schon um einiges besser und nach zehn viel ruhiger.

„Angstattacken sind nicht komisch“, sagte der Arzt. „Haben Sie in L.A. einen Hausarzt?“

„Nein“, antwortete Spencer schwach.

„Hier ist meine Karte. Rufen Sie mich an, wenn Sie zu Hause sind, ich mache Ihnen dann ein paar Vorschläge."

„Aber... Sie glauben doch nicht, daß es etwas Ernstes ist?"

„Nichts, das ein paar kräftige Drinks nicht heilen könnten." Er lachte. „Unglücklicherweise ist Alkohol eins der einfachsten Mittel gegen Panik. Mißbrauchen Sie es nicht. Und es gibt sehr viel bessere Medikamente, die wirklich helfen."

Der Arzt kehrte an seinen Platz zurück. Spencers Atem normalisierte sich, und schließlich nahm sie die Frau neben sich wahr. Während des Anfalls war sie sich des dunklen, fast schwarzen Haars, der auffallenden Nase, exotischen Augen, feinen Lippen, des schlanken Körperbaus nicht bewußt gewesen. Nicht im geringsten der Typ Frau, der Spencer normalerweise anzog, aber jetzt, da sie Zeit hatte, sie zu betrachten, sah sie, daß sie wirklich schön war.

„Es tut mir leid –"

„Das macht doch nichts. Ist schon in Ordnung."

„Man muß eben wissen, wie man den ersten Eindruck gestaltet", sagte Spencer mit trockenem Humor.

Die Frau lächelte, und Spencer fühlte, wie der ganze Alkohol auf einmal in ihren Magen fiel.

„Wie geht es Ihnen?" Wieder dieser beruhigende Tonfall.

„Viel besser. Obwohl ich noch einen Drink vertragen könnte. Nur zur Sicherheit." Spencer zögerte. „Darf ich Sie zu einem einladen, als Dank für Ihre Mühen?"

Als die Stewardeß vorbeikam, bestellte Spencer zwei Drinks. „Noch einmal danke." Sie hob vorsichtig lächelnd das Glas.

„Gern geschehen. Ich bin froh, daß es Ihnen besser geht."

Beide tranken. Verlegene Stille folgte. Spencer hielt es für besser, die Frau in Ruhe zu lassen, aber sie hatte Angst, wenn sie sich wieder ihrem Laptop zuwandte, könnte die Panik zurückkehren. „Leben Sie in L.A.?" fragte sie.

„Ja. L.A. und Bay Area."

„Und was machen Sie? Oh, ich hasse es, wenn jemand das als erstes fragt. Haben Sie ein Lieblingsbuch?"

Die Frau lachte. „Fundraising."

„Politik?“ Spencer versuchte ganz unverbindlich zu klingen.

Die Frau nickte.

Spencer lächelte, ihr Selbstbewußtsein kehrte zurück. „Sammeln Sie für die Guten oder die Bösen?“

„Für die Guten natürlich. Keine Bange, ich bin Demokratin.“

„Und was hat mich verraten?“

„Sie leben in L.A. Sie sehen aus, als arbeiteten Sie in der Filmbranche. Richtig?“

„Ja.“ Spencer war fasziniert. Die Frau war gut. „Was hat mich diesmal verraten?“

„Ich weiß nicht.“ Die Frau taxierte Spencer, bis deren Kehle eng wurde. „Die Sonnenbrille, die Entspanntheit, Jeans und schwarzer Blazer –“

Spencer wußte nicht, was sie sagen sollte – war sie wirklich schon soweit, daß sie aussah wie eine von *ihnen?*

„Einige meiner besten Freunde sind in der Unterhaltungsbranche.“ Die Frau lächelte, und ihr Lächeln war so sexy, daß Spencers Herz schneller schlug und sie einen Moment lang fürchtete, einen neuen Anfall zu bekommen. „Ich habe Ihre Welt immer... faszinierend gefunden.“

Spencer war unsicher, ob sie jetzt beleidigt sein sollte. „Ja, aber Politik ist auch faszinierend.“

„Oh, wir sind viel netter, als die Leute glauben“, sagte die Frau mit einem Augenzwinkern.

Spencer überlegte kurz, ob sie zur Familie gehörte. Nein. Sie wirkte zu konventionell, zu sehr höhere Töchterschule, eine leichte Zurückhaltung, die Spencer anzog.

„Haben Sie Familie?“

„Ja.“ Die Frau trank ihren Drink.

„Kinder?“

„Eine Tochter. MacKenzie.“

Soviel dazu. „Wie alt?“

„Sie hatte gerade ihren ersten Geburtstag.“

„Ich bin Spencer.“ Spencer streckte die Hand aus. „Spencer Atwood.“

„Lena Kiriakis.“

„Griechin?"

„Von Vaters Seite, spanisch von meiner Mutter."

Beim vierten Drink enthüllte Spencer ihre Leidenschaft fürs Kino, schwärmte vom Schwarz-Weiß-Film, der soviel besser gewesen war, und beklagte, daß den Menschen in ihrem Gewerbe offenbar immer mehr die Integrität abging. Lena reflektierte, daß politischer Idealismus selten mit der Realität konform ging, sie aber ans System glaubte und ihr, egal wie zynisch die Leute waren, der Kampf für eine Welt, in der sie ihre Tochter aufziehen konnte, sinnvoll schien.

Als sie in L.A. landeten, hatten beide einen Schwips. Sie gingen zusammen zur Gepäckausgabe. Spencer hätte Lena fast ihre Karte gegeben, aber irgendwie schien ihr das unangemessen. Jede nahm ihr Gepäck, verlegen standen sie da.

„Du lieber Gott", lachte Lena. „Sonst trinke ich nie mehr als ein Glas. Ich glaube, ich bin betrunken."

„Sie? *Ich weiß,* daß ich betrunken bin."

„Aber es geht Ihnen besser?"

Spencer nahm ihren Kleidersack in die andere Hand. „Ich möchte mich bedanken. Bestimmt wären Sie ohne eine, die Sie vollquasselt, glücklicher gewesen, aber das Reden hat mir geholfen, nicht an... an das andere zu denken."

„Es hat mir Spaß gemacht. Wirklich. Jetzt weiß ich wenigstens, was hinter diesen Hollywoodmoguln wirklich steckt."

Lena grinste, und was sie sagte, wirkte ehrlich, aber vielleicht, dachte Spencer, sollte es nur so klingen, damit sie sich nicht so schlecht fühlte. Bevor sie nach L.A. gekommen war, hatte sie hinter dem, was Leute sagten, nie etwas anderes vermutet. Wie auch immer, Lena Kiriakis war eine Klasse für sich.

„Also dann, danke noch mal." Spencer machte einen Schritt auf die sich selbsttätig öffnenden Türen zu.

Lena schien einen Moment zu zögern, dann besann sie sich. „Passen Sie auf sich auf."

„Ja. Sie auch."

Und damit rollten Lena und ihr Gepäck aus Spencers Leben –

Der Wasserkessel in der Küche pfiff und riß Spencer aus ihren Erinnerungen. Malcolm kam und stellte schweigend einen großen dampfenden Milchkaffee neben das Bett.

„O Schatz, danke“, flüsterte Spencer angeschlagen.

„Stets zu Diensten.“ Malcolm küßte sie auf die Stirn und verschwand im Bad.

Von den Schauspielern, die Spencer kannte, war Malcolm der einzige, der stets einen klaren Kopf behielt. Sein sanftes Wesen, seine gleichbleibende Ruhe angesichts allen Schwachsinns, sein ausgefallener Humor hatten sie gleich angezogen.

Sie hatte ihn bei einem Wochenendseminar kennengelernt, das den „frechen, aber liebenswerten Charakterdarsteller“ erkundete – war es bloße Technik oder doch etwas in der Persönlichkeit des Schauspielers, das ihn – oder sie – so wiedererkennbar und beliebt machte? „Wie Una Merkel“, schlug Spencer einem Raum voll leerer Gesichter vor. „Hat jemand *Saratoga* gesehen? Neunzehnhundertsiebenunddreißig? Sie wissen schon, mit Jean Harlow? Clark Gable?“

„Ja“, warf Malcolm ein und rettete die Situation. „Ihr kennt sie alle. Sie war die Haushälterin von Brian Keith in *Die Elternfalle*.“ Die kannten sie.

Von diesem Augenblick an waren Spencer und Malcolm Mitglieder eines exklusiven gegenseitigen Fan-Clubs. Spencer dachte zuerst, er müßte schwul sein. Er war zu hübsch, um es nicht zu sein. Aber als sie sich anfreundeten, merkte Spencer, daß er Frauen ebenso liebte wie sie.

Bei Malcolm fand sie Beständigkeit und Bedingungslosigkeit. Wie in L.A. üblich, sahen sie sich manchmal wochenlang nicht, erkundigten sich aber täglich nach dem Stimmungsbarometer und malten die Einzelheiten des jeweiligen Zustands farbenprächtig aus. Das Band zwischen ihnen wurde immer stärker. Malcolm war Spencers Hausredakteur, dem sie mehr als jeder anderen Person vertraute, wenn es um ihre Arbeit ging. Wenn er sagte, so geht's, dann ging es, und wenn er nichts sagte, dann ging's eben nicht.

Spencer trank den Milchkaffee aus, und Malcolm las die *Times.* Er faltete die Zeitung zusammen und drehte sie Spencer zu. „Sieh mal." Sie starrte verständnislos auf einen Artikel über politische Grausamkeit.

„Na?" Sein Finger zeigte auf eine Anzeige für Strandhäuser. *NORDWESTOREGON. Kleine, charmante Hütte an einsamem Strand mit 2 Schlafzimmern. Bes. geeignet für Schriftsteller/Künstler.* „Nimm dir ein paar Monate frei. Verschwinde von hier. Nenn es eine Schreib-Auszeit."

„Das setzte voraus, ich hätte was zu sagen –"

„Hör zu, ich werde mir heute keinen Selbstzerstörungsscheiß anhören. Dafür hab' ich keinen Nerv."

Etwas an dem Gedanken gefiel ihr, aber die Vorstellung, für eine Expedition von solchen Ausmaßen packen zu müssen, ließ es wieder verschwinden.

„Dir ein bißchen Zeit zu nehmen, um dich wieder einzukriegen, ist bestimmt keine schlechte Idee."

„Wenn ich jetzt wegrenne, bin ich erledigt."

Malcolms Miene drückte aus, was er aus lauter Freundlichkeit nicht aussprach. Daß sie bereits erledigt war. Das Beste, das sie tun konnte, war, für eine Weile zu verschwinden. In einer Stadt, die freiwilligem Alzheimer huldigte, hatte sie vermutlich eine Chance, sich später wieder einzuklinken.

„Denk drüber nach", sagte Malcolm. „Ich muß zur Arbeit."

Er küßte sie auf die Stirn und war fort.

Spencer starrte auf die Anzeige mit der Hütte am Meer.

Zwei Wochen darauf fuhr Spencer den Kiesweg zur Hütte hinunter. Ohne die detaillierten Erläuterungen am Telefon hätte sie nie die Abzweigung gefunden, die sich geheimnisvoll durch eine dunkle Schlucht wand und plötzlich in die Sonne stieg.

Übersetze *klein* mit *beengt, charmant* mit *primitiv.* Spencer wußte nach fünf Minuten, daß sie es hier keinen Tag aushalten würde. Sie mußte zugeben, sie war ein Snob geworden, gewöhnt an Aufmerksamkeit, die Concierge nur für dein Wohlbefinden da, Zimmerservice gegen Aufpreis. Spencer war nicht mit Luxus groß geworden. Als zum erstenmal ein Zimmermädchen fragte, ob sie das Bett „aufschlagen" sollte, hatte sie blöd geguckt und gesagt, das Bett sei doch gemacht. Aber mit den Jahren hatte sie sich an die kleinen Dinge gewöhnt, die das Leben erträglicher machen.

Die Hütte war in Ehren gealtert. Die Decke hing durch, die Wände ächzten im Wind. Die Bretter der Stufen bis zum wettergegerbten Vordeck knarrten bei jedem Schritt. Und erst das Innere. Das mußte sie Malcolm erzählen – du kannst es dir nicht vorstellen. Der Stoff für Geschichte – willkürlich verstreute Überbleibsel, eine schlechte Strandszene hier, eine chinesische Dschunke da, billige Souvenirs aus fernen Ländern. Über der Kochnische hingen zwei Stilleben – Früchte in Schalen. In den eingebauten Bücherregalen schief und krumm, standen vom Alter gezeichnete Taschenbücher. Der Kamin war das einzig Einladende. In Handarbeit aus Steinen gebaut, die wahrscheinlich auf langen Strandspaziergängen gesammelt worden waren, groß und beruhigend. Das Zimmer roch, als hätte der letzte Bewohner davon reichlich Gebrauch gemacht, kalte Asche mischte sich mit dem salzigmodrigen Geruch des Ozeans. Spencer überlegte kurz, ob sie es mit Airfreshener versuchen sollte.

Und dann traf es sie unvermittelt. Sie fühlte Panik in ihre Kehle steigen. Wo war der Fernseher? Wahrscheinlich clever in die alte Garderobe eingebaut. Nein. Vielleicht im hinteren Zimmer. Auch nicht. Nicht mal ein kleiner schwarz-weißer. Der Ausdruck *einfach sterben* kam ihr in den Sinn, und dann berührte es sie peinlich. Aber die Wahrheit war daß sie ohne Fernseher nicht leben konnte. Fernsehen war ihr Soma, ihre Wunschdroge. Sie würde eine Nacht bleiben und dann ein Zimmer an der Küste finden, in dem es TV gab.

Der Nieselregen, der wie Nebel aus dem Parfümzerstäuber über alles fiel, bildete genau den richtigen Hintergrund für ihre Stimmung. Außerdem konnte sie sich nach der schrecklichen Fahrt von L.A. hierher nicht gleich wieder ins

Auto zwängen. Sie war morgens um halb drei losgefahren, und ihr Kopf summte immer noch. Sie hatte die Strecke unbedingt an einem Tag schaffen wollen, aus lauter Angst, sie könnte nach einer Nacht im Hotel einfach umkehren.

Sie war todmüde. Ihr Hintern tat weh. Sie saß am Fenster und sah in den Nebel, der vom Meer aufstieg. Sie wurde Zeugin eines mystischen, ätherischen Bildes. Sie sah hinaus, bis ihr die Augen zufielen. Dann brachte sie gerade noch die Energie auf, zum Bett zu gehen und hineinzufallen.

Wo fange ich an? Am Anfang. Oder, in meinem Fall, am Ende. Wer ist Spencer? Spencer ist ich.

Sie ist, wie ich Dinge erinnere. Filmszenen. Dritte Person, die Erzählerin. Die meiste Zeit meines Lebens habe ich mich wie eine „Sie" gefühlt – ich konnte im Leben nicht SEIN, also schrieb ich darüber.

„Sie verstehen es, die Ereignisse Ihres Lebens mit bemerkenswerter Indifferenz zu erzählen", bemerkt die Therapeutin eines Nachmittags, als ich sie mit dem Belohnungssystem meines Vaters ergötze. (Zehn „Gut gemacht!" und du kriegtest ein Getränk deiner Wahl. Ein „Scheiße", und du fingst von vorn an. Mehr als drei „Gut gemacht!" schaffte ich nie.) „Und obwohl Sie erzählen können, interessieren mich nicht die Umstände. Ich möchte wissen, was Sie dabei empfinden."

Was ich dabei empfinde? Wenn ich das wüßte, wäre ich nicht hier. Wie soll ich es empfinden, in Treibsand zu laufen? Wie könnte ich zugeben, daß meinen Träumen zu folgen so schmerzhaft geworden ist?

Jemand hat mir mal erzählt, Pferde hätten nur so und so viele Meilen bergab, bevor ihnen die Beine versagen. Und als ich für eine Figur recherchierte, die versucht, ein Baby zu bekommen, entdeckte ich, daß ein weiblicher Fötus acht Millionen Eier besitzt, aber wenn sie zum erstenmal ihre Periode hat, sind durch Verschleiß nur noch eine halbe Million übrig. Kein Wunder, daß die Fruchtbarkeitsuhr ins Laufen kommt, wenn eine Frau fünfundzwanzig ist.

Was, wenn Träume auch so funktionieren? Du fängst mit einer endlosen Menge wertvoller Ideen an, lauter kreative und produktive Konzepte, genährt von einer üppigen Gebärmutter, aber wenn du dich dranmachst, ist es wie mit einer Fehlgeburt. Fünfundneunzig Prozent deiner Träume sind bei ihrem Erscheinen erledigt. Schnapp sie dir, bevor Körper und Geist zu alt und zu schlapp sind, sie auszuführen. Bevor die Placenta deiner Seele zu dünn ist, sie auszutragen.

Die Therapeutin flötet: „Sie könnten wählen, nicht überwältigt zu werden."

Aber wäre der Verlust der Träume je zu tolerieren?

„Was ich sagen will", wiederholt die Therapeutin geduldig, „ist, daß Sie die Wahl haben. Sie können Ihr Leben mehr nach sich und weniger nach Ihren Projekten ausrichten, so daß Sie, wenn es beruflich mal nicht so gut läuft, auf andere Dinge zurückgreifen können."

„Ich habe genug, worauf ich zurückgreifen kann", fauche ich. Wenn sonst nichts, hätte ich Erinnerungen, auf die ich zurückgreifen kann.

„Dann sollte es für Sie nicht so schwierig sein. Denken Sie daran, Spencer, wenn ich ‚überwältigt' sage, meine ich nicht ‚enttäuscht'. Zwischen beidem liegt eine Meile Herzweh."

Die ersten Tage in der Hütte saß ich einfach nur da und staunte über meine Fähigkeit, nichts zu tun. Die verkörperte Trägheit. Ich war wie betäubt, schockiert, daß mein Drehbuch so sehr aus dem Ruder gelaufen war. Ich sah auf die Wellen und versuchte die letzten Wochen aus meinem Kopf zu tilgen. Eigentlich die letzten zehn Jahre.

Halbherzig beschloß ich ein paarmal, mich nach einem anderen Platz umzuschauen, wo es einen Fernseher gab, meist aber blickte ich aus dem großen Fenster, das mein Bildschirm wurde, und war von den endlosen Wogen fasziniert. Dieser Zustand dauerte mehrere Tage, bis ein minimaler Anfall von Ehrgeiz mich veranlaßte, den limonengrün gepolsterten Armsessel aus dem Wohnzimmer auf das Deck zu zerren, das wackelige Geländer diente als Fußstütze. Die frische Luft machte meine Lider schwer, die freischwebenden Assoziationen wurden wilder und unzusammenhängender.

Die wogende Melodie des Ozeans begleitete die geheimnisvolle Reise in mein Inneres, die zu längst vergessenen Orten ging, in dunkle Ecken, die meinen Schlaf störten. Ich wachte erschrocken auf, versuchte die schemenhaften Überreste zu packen, aber sie verschwanden, noch bevor sie ihren Sinn offenbart hatten.

Ich sah auf die Welt. Die Sonne strahlte, der Himmel war von blendendem Blau, die Bäume trugen schillerndes Grün, das Meer ein dunkles Aquamarin. Fehlten nur die anschwellenden Geigen. Eigentlich müßte ich einen Spaziergang machen. Oder ein Bild malen. „Nein", murmelte ich, fiel auf das ungemachte Bett und in traumlose Leere.

Da ich nichts zu tun hatte, war mein Verstand ein Vakuum geworden, in das sich die Gedanken stürzten... Erinnerungen, so unbarmherzig sich überschlagend wie die Wellen, von irgendwoher kommt ein Sog, und schon ergibt sich ein neues Muster. Gegen- und Unterströmungen stoßen zusammen und legen das Unerwartete und Unvorhergesehene frei.

Diese ersten Tage saß ich in meinem Sessel auf dem Deck, schloß die Augen, roch Erde und Sonne und kuschelte mich in Kindheitserinnerungen – gestückelt und unscharf, ein friedliches Verlangen nach sonnendurchfluteten Räumen, meine Mutter in weißem Sophia-Loren-Kleid, Kinder, die Eis am Stiel lutschen, mein Vater ein dröhnender Schatten, meine Schwestern und ich bei selbst erfundenen Spielen.

Ein Schwarz-Weiß-Foto kam mir in den Sinn. Ich war vielleicht vier. Meine Augen sind aufgerissen, und der Mund formt ein O, als wollte er sagen: „Oh, ist das das Leben? Ist es das, wozu ich mich verpflichtet habe...?"

Kurz nach Spencers viertem Geburtstag hatte Cal ihre Mutter verlassen. Danach konnte sie ihn nur am Leben erhalten, indem sie die Fotos, die in ein abgewetztes Album geklebt waren, betrachtete. Immer wieder blieb sie bei einem hängen, das Cals muskulösen GI-Körper zeigte. Er hebt ihre ältere Schwester Rebecca an den Füßen hoch, die in seinen großen Händen verschwinden. Jills Haar breitet sich auf seinem Waschbrettbauch aus. Und Spencer ist ein unscharfer Schatten, weil sie gerade einen Handstand probiert. Als Spencer von zu Hause wegging, nahm sie das Foto mit und trug es all die Jahre in ihrer Brieftasche bei sich. Manchmal betrachtet sie es und füllt es mit nostalgischer Melancholie, mehr wegen dem, was auf dem Foto fehlt, als dem, was es zeigt.

Bevor Cal ihre Mutter Elise verließ, lebten sie alle in der Managerwohnung des Highlander Motels, umgeben von einem konstanten Chaos aus Menschen und Gepäck. Die Hausglocke und der Straßenverkehr mischten sich mit der Tonspur aus den Stimmen der Collegestudenten und Touristen, die ein- und auszogen. Das Motel lag zwar an einer der Hauptverkehrsstraßen mitten in Boulder, Colorado, aber es hatte einen atemraubenden Blick auf die Berge. Ihre gewaltigen Formen in den stahlblauen Himmel wachsen zu sehen, gab Sicherheit, ein starker Kontrast zu den immer häufigeren Auseinandersetzungen zwischen Cal und ihrer Mutter. Daß er seinen Töchtern untersagt hatte, ihn „Daddy" zu nennen, weil das zu „weibisch" klänge, sagte alles über seine Sensibilität. Für Spencer war er die perfekte Grundlage des Machos Drake Lucifer. Einige ihrer besten Einfälle für diese Figur hatte sie bei Cal gestohlen.

Spencer und ihre Schwester Jill – *meine kleine Jilly Bean* – schliefen in einem Doppelbett in der Dachkammer. Manchmal hörte sie nachts von unten gedämpfte Stimmen, dann drehte sie sich um und kuschelte sich in Jills Wärme. Sie schliefen ins blasse Indigo des Morgens, die Körper verschlungen wie zwei Welpen. Sie hatten den gleichen Ausgangspunkt, warum entwickelten sie sich so verschieden? Fast noch verschiedener: Rebecca.

Rebecca war die älteste, drei Jahre älter als Spencer, aber keineswegs die klügste. Sie war Daddys Liebling, auch wenn sie ein Junge werden sollte. Spencer bekam den Namen, der ursprünglich für den Stammhalter gedacht war. Spencer bekam auch die Kleider, aus denen Rebecca herausgewachsen war, aber in den sechziger Jahren war das für zweite Kinder in einer Arbeiterfamilie normal.

Für die Atwood-Mädchen war das Motel ein idealer Spielplatz. Sie spielten im Swimmingpool Seeräuber, halfen Schiffbrüchigen und wechselten manchmal zu den Rollen aus *The Creature from the Black Lagoon* – mit vergleichbar gestelzten Dialogen und Spezialeffekten.

Im Sommer rief Cal nach seinen „Niggern", weil sie tiefbraun gebrannt waren. Die älteren Damen schnalzten bei dem Wort mit der Zunge, aber Cal fielen seine Beleidigungen nicht auf. Die älteren Damen waren vernarrt in die drei wilden Mädchen. Wenn sie mit ihren blumengeschmückten Badekappen im Pool geschwommen waren, fütterten sie die Mädchen wie Zootiere mit gerösteten Erdnüssen und lachten über deren Gekasper, während sie Sonnencreme auf ihre Hängebäckchen schmierten.

Damals gab es keine Furcht. Cal watete in den tieferen Teil des Pools, und Spencer stand auf dem Sprungbrett, dann breitete er seine kräftigen Arme aus und rief: „Mach mich stolz!" Was konnte sie da anderes tun als springen. Verschluckt vom chlorblauen Abgrund, kam sie wieder hoch und paddelte so schnell sie konnte in die Sicherheit seiner Arme. „Gut gemacht!" lachte er stolz.

„Wo ist Ihre Mutter?" fragt die Therapeutin unausweichlich. „Sie haben keinmal von Ihrer Mutter gesprochen."

Spencer erinnert sich nicht an ihre Mutter. Elise, in ihren weißen, eng gegürteten Kleidern, ist nur ein verschwommenes Bild, immer bei der Arbeit, verantwortlich – was Cal nicht war. Cal führte lieber ihre Beine und ihr Klavierspiel vor. Er sagte, wie sie sich kleiden sollte, meckerte über ihren deutschen Akzent, ihr Lächeln. Cal mußte alles unter Kontrolle haben, mit seinen Befehlen stand er im Scheinwerferlicht. Jill und Rebecca teilten mit Spencer die Kindheit. Aber ihre Mutter? Sie ist nicht einmal ein verwackeltes Foto. Je länger ihre Mutter mit Cal zusammenlebte, um so weniger schien sie zu existieren.

Und dann änderte sich der Kampf. Cals Abwesenheit war lauter als harsche Worte, wenn die Mädchen im Essen pickten, Makkaroni mit Käse, Hamburger und Thunfischeintopf auf dem rosa gefleckten Plastikküchentisch. Spencer konnte gar nicht schnell genug wegkommen, den letzten Bissen noch im Mund entschuldigte sie sich, um über das Grundstück zu streifen.

„Was glauben Sie, warum hat Cal Ihre Mutter verlassen?" fragt die Therapeutin.

„Weil sie langweilig war", antworte ich hochmütig.

Die Wahrheit liegt irgendwo anders – Cal war ein Kindskopf und fünfmal verheiratet, ehe er zur Ruhe kam. Er war ein primitiver Mann. Seinen Nachwuchs zog er auf wie Tiere. „Wenn sie jung sind, dressierst du sie wie einen Hund", prahlte er. „Wenn sie älter werden und verständiger, läßt du die Zügel lockerer... aber bis dahin –" Seine dicken Finger ballten sich blitzschnell zur Faust, und um zu unterstreichen, was er meinte, grunzte er und hieb auf den Tisch.

Damit kein falscher Eindruck entsteht: Er war nur zur Hälfte Neandertaler. Er war auch der Herr der Späße, der König des Gelächters, und er blieb ewig jung. Wenn Spencer freundlich gestimmt ist, kann sie ihm Innovation und Verstand zugestehen – von ihm hat sie die Begabung geerbt, außerhalb des Gewohnten zu denken.

Immer wieder fragte sie ihre Mutter, wann Cal zurückkäme, Elise antwortete nicht. Also hörte sie auf zu fragen, und nach einiger Zeit machte es ihr auch nicht mehr viel aus, daß er weg war. Sie hatte genug, das sie beschäftigte, denn mit Cals Verschwinden waren sie wie durch Zauberei in das Haus in der 35. Straße versetzt worden. Die Gegend war untere Mittelklasse, die Häuser standen eng gedrängt, und eine Unmenge Kinder umrahmte diesen glücklichsten Teil von Spencers Kindheit.

Arme Mami. Mit ihrem deutschen Akzent und ohne Chance, mit einem Sekretärinnengehalt drei Töchter großzuziehen, konnte sie nur versuchen, von einem Tag zum nächsten zu kommen. Babysitter konnte sie sich nicht leisten, also mußte Rebecca auf die beiden Jüngeren aufpassen.

Ein Dreizehn-Zoll-Schwarzweiß-Fernseher stand auf dem Tisch, damit sahen sie *Die Munsters, Addams Family* und *Mini Max,* während sie die Reste vom Vortag aßen. Spencers Mutter kochte nicht so gut, wie sie es gern getan hätte, auch später nicht, als sie mehr Zeit und mehr Geld hatte. Aber ihre Spaghetti waren für Spencer die besten. Ihre geschmortes Lamm auf Karotten das schmackhafteste. Sogar ihr Thunfischeintopf war der beste, den Spencer kannte. Manchmal fuhr Elise zur Feier des Tages ihre entzückte Brut im blauen Käfer zu Dairy Queen. Es war ein Stück vom Himmel.

In besonderen Nächten – wenn ein Tornado tobte oder Elise beschwipst von einer Party spät nach Hause kam – durften sie alle aneinandergekuschelt in ihrem Bett schlafen. Dann spürte Spencer die Ursicherheit, die sie so verzweifelt suchte. Am nächsten Morgen benahm sie sich dann ganz erwachsen und klaute sich einen Schluck vom kalten Kaffee ihrer Mutter. Konnte das Leben schöner sein? Aber als sie so dahinschwamm, zufrieden und nichtsahnend, was ihnen fehlte, spülte die erste der Gegenströmungen einen Hai herein. Er hieß Jonathon und wurde ihr Vaterersatz.

Ein Einheimischer erzählte mir von einem Weg, der angeblich zur Hütte gehörte. Er führte vom Kliff hinunter zum Strand. Jedenfalls wenn ich mein Leben riskieren wollte. Der Weg war ein Dschungel – ein Dickicht aus Brombeergestrüpp, wucherndem Seegras und knorrigen Wurzeln versperrte den Zugang zum Meer.

„Du brichst dir 'n Bein, wenn de nich aufpaßt."

Darrell war in dieser einsamen Ecke der Bucht der einzige Einheimische. Die anderen sieben Hütten, inklusive meiner, wurden vermietet und standen meist leer, die Besitzer lebten in Seattle oder Los Angeles. Darrell hatte früher den Spirituosenladen betrieben und war pensioniert, vom Verkaufen wie vom Saufen. Sein Haar war schneeweiß, und sein bärbeißiges Grummeln verdeckte sein freundliches Wesen.

„So schlimm kann's doch nicht sein," sagte ich ungeduldig.

„Wie man's nimmt." Er musterte mich von Kopf bis Fuß. „Siehst aus wie'n Sportstyp. Aber da kannste nich durch. Mußte freihacken. Immer die Eisenbahnschwellen lang. Hab' ne Axt im Schuppen, die kannste haben. Würde ja helfen, aber mein Rücken is kaputt." Später, bei einem unserer Abendgespräche, erfuhr ich, daß er in Wirklichkeit eine kaputte Leber hatte und mit dem Hubschrauber nach Portland gebracht worden war, als sie durchbrach wie ein von Johny Walker durchweichter Deich.

Ich beschloß, es zu versuchen, und ging mit Darrell zum Schuppen, wo er mir eine Axt und eine Schaufel überreichte. „Viel Glück."

„Danke", sagte ich und bummelte zum Anfang des Wegs. Zehn Tage hatte ich nichts getan.

„Die Frage ist nicht, ob Sie Erfolg haben werden, sondern was Sie antreibt." Die Therapeutin bringt dieses Thema mindestens einmal pro Sitzung an. „Was steckt hinter Ihrem Bedürfnis –"

„Eigentlich ist es ganz simpel. Ich will Erfolg haben, weil ich ein Alpha-Typ bin." Meine Mutter hat mir ein empfindliches Nervensystem mitgegeben, von Cal habe ich die Vision. „Muß denn alles gleich eine tiefsitzende Neurose sein?"

Die Wellen da unten winkten mir zu. Komm näher. Komm herab von deinem Thron, Königin des Nichts, und steig in die Flut. Mein Fuß stieß gegen die erste der Eisenbahnschwellen. die als Stufen in den Abhang eingelassen waren, danach kam eine Mauer aus wilden Brombeeren. Ich brauchte eine Heckenschere und wagte mich nach Cannon Beach, einem Ort einige Meilen nördlich. Im Eisenwarenladen herrschte Hochbetrieb. Ich kaufte eine Säge, eine Heckenschere und hundert Meter festes Tau.

Da ich nun schon in der Stadt war, kaufte ich im Gemischtwarenladen Dosen, Kaffee, Wein und Brot. Beim Anblick einer Zeitung zuckte ich zurück. Als wäre meine Existenz, so wie sie war, solide und fest und der Rest der Welt eine Phantasievorstellung. Ich bezahlte und fuhr zurück in meine Zuflucht vor den Menschen.

Ich begann mit der Heckenschere. Nach einer halben Stunde waren meine Arme geschmolzenes Blei, meine Haut brannte vor Dornen und Müdigkeit. Ich legte die Schere weg und betrachtete meinen Fortschritt. Ich war gerade bis zur zweiten Stufe gekommen.

Ich schleppte das Werkzeug zur Hütte. Mal ehrlich: Es gab an diesem Küstenabschnitt mindestens zweitausend Zugänge zum Strand. Welchen Sinn hatte es, diesen freizulegen?

Ich öffnete eine Flasche billigen Rotwein, mein Mund war vor Trockenheit ganz zusammengezogen, und setzte mich, um den durchscheinenden Färbungen des Sonnenuntergangs zuzusehen, der Horizont wandelte sich von hellem Pfirsich zu dunklem Lavendel. Minutenlang rührte ich mich nicht, gefangen von der Stille der Dämmerung. In dem Moment wußte ich, daß ich es vollenden mußte. Dies war mein gottverdammter Vorgarten, und ich würde ihn fertigmachen, und wenn es das letzte wäre, das ich täte.

Meine Tage bekamen den Anschein von Routine. Ich stand auf, stürzte mehrere Tassen starken Kaffee hinunter, um meine Entschlossenheit zu festigen, und schleppte mein Werkzeug zum Weg. Es ging langsam voran, zugegeben. Aber jeden Tag wurde die Schneise den Abhang hinunter länger.

Ich hatte jetzt fast eine Woche daran gearbeitet. Während ich Wurzeln aushackte, Äste absägte, nach Fliegen und Spinnweben schlug, wanderte mein Geist ziellos und ungeschützt. Mit dem Gefühl von Erde unter den Fingernägeln, der körperlichen Anstrengung, dem scharfen Geruch von der Sonne versengten Laubs tauchte meine Kindheit auf und damit Assoziationen über den Zweck jedes Tages – ob Spionagespiele mit den Nachbarskindern, Federbälle im Kirschbaum oder einfach nur mit einem Buch, das ich „geliehen“ hatte, hinter den alten Werkzeugschuppen schleichen und lesen. Jeder Tag war echt.

Ich hockte mich auf Stufe acht und zündete mir eine Zigarette an. Wann hatte ich diese Echtheit verloren?

Die Sonne wärmte mein Gesicht, ich dachte an die Zeit, als sich das Leben änderte, die Ehe meiner Mutter mit Hank sich in v.J. und n.J. einteilte – vor Jonathon und nach Jonathon.

Hank war Vertreter in der Firma, für die Elise arbeitete. Er war ein schwerer Mann mit sandfarbenem, schütter werdendem Haar, der gern aß und es sich gutgehen ließ. Spencers Mutter hatte endlich jemanden, mit dem sie über klassische Musik reden konnte. Hank spielte Geige und war entzückt, jeden Dienstag- und Donnerstagabend, wenn ihre Mutter Klavierunterricht hatte auf die „bezaubernden Atwood-Mädchen“ aufpassen zu dürfen. Das war gut, denn Elise warf ihr mühsam verdientes Geld aus dem Fenster, wenn sie alle paar Minuten ihr Klavierspiel unterbrechen und ihre Töchter zur Ruhe mahnen mußte, die über den vertrottelten Mr. Findelman kicherten. Er war mager wie ein Storch, seine Schultern piekten durch sein verschwitztes Hemd, wenn er sich in einer Wolke von Tabakrauch über die klavierspielende Elise beugte. Als er an Arterienverengung starb, hatte Spencer zum erstenmal ein schlechtes Gewissen und wäre monatelang lieber erstickt, als daß sie über jemanden gelacht hätte.

Hank war kein ruhiger Babysitter. Er haute mit allen Nachbarskindern auf den Putz. Piraterei, Untertauchen im Pool, Kickball. Er packte die Kids am Handgelenk und wirbelte sie herum, bis ihnen schwindelig war, seine Energie ließ nie nach. Bald hielten die Atwood-Mädchen Dienstag und Donnerstag für die schönsten Wochentage. Eines Mittwochmorgens sah es so aus, als wäre er über Nacht geblieben. Und von da an war er viel da.

Nach der Hochzeitsreise zog Hank mit seiner neuen Frau und den Töchtern nach Portland in Oregon, wo seine Familie eine Firma für Pharmaartikel hatte. Die Hochzeit mit allem Drumherum und die anschließende Fahrt mit dem Kombiwagen vor dem riesigen Möbeltransporter kamen Spencer wie ein Traum vor. Hanks Familie bestand aus Onkeln und Tanten, einer Urgroßmutter und Unmengen von sonstigen Verwandten. Da sie nie eine große Familie gehabt hatte, wußte Spencer nicht, daß Teil einer Dynastie zu werden außer reichlich Weihnachtsgeschenken auch Streitereien und streng gehütete Familiengeheimnisse bedeutete. Auf jedes Ferienessen komplett mit Roastbeaf und Schinken kam die gleiche Menge Klagen, Zank und anhaltender Streit.

Erst Jahre später erfuhr sie von ihrer Lieblingstante Carol, niemand, schon gar nicht sein jüngerer Bruder Jonathon, habe es gut gefunden, daß Hank eine Frau mit drei halbwüchsigen Kindern heiratete. Bei jeder sich bietenden Gelegenheit beklagte Jonathon, die Ehe halte Hank nur davon ab, für das Familienunternehmen zu reisen. Und was war mit *seinen* Kindern, sorgte sich seine Mutter. Aber als sie die Atwood-Mädchen kennenlernten, waren sie entzückt und nahmen sie sofort in die Familie auf.

Während Hank und seine Frau auf Hochzeitsreise waren, blieben die Mädchen bei der Großmutter und „Pop Pop" und versuchten sich an deren Leben anzupassen, in dem die Zeit in Halbstundenportionen von *Petticoat Junction* und *I Love Lucy* verging.

Überraschenderweise war es Pop Pop, der Spencer in die Kunst von *Another World* und *Days of Our Lives* einführte. Während Großmutter und Tante Carol bei der Arbeit waren, saßen Spencer und ihr neuer Großvater, ein übergewichtiger, ultra-konservativer Republikaner, der ihr und sich ein Glas Lipton's Eistee nach dem anderen einschenkte, vor dem Fernseher und stopften sich mit Seifenopern voll. Wie Pop Pop war Spencer bald den Geschichten verfallen, fieberte der Fortsetzung der Melodramen entgegen, die ihre überreife Phantasie anregten und die Grundlage für ihre ersten Kurzgeschichten bildeten.

Dann kamen Hank und Elise von ihrer Hochzeitsreise zurück, und sie zogen nach Gresham, einem Arbeitervorort im Süden Portlands, in ein Haus mit zwei Stockwerken und vielen Schlafzimmern. Es war ein billiger Bau aus den fünfziger Jahren, aber im Vergleich zu ihrer Butze in Boulder war es für Spencers unkritisches Auge eine Villa. Sie und Jill teilten zwar immer noch ihre alten Etagenbetten, aber Rebecca hatte jetzt ein eigenes Zimmer mit einem neuen Bett und Marcia Brady-Makeup-Set. Es gab ein Wohnzimmer oben und ein Familienzimmer unten und ein Extrazimmer für Hank. Die Familie schaffte sich eine Katze, einen Hund und zwei Fernseher an – es schien, als habe sich für die bankrotte Hausfrau und ihre drei Töchter der amerikanische Traum erfüllt. Und dann hatte Hank einen Schlaganfall.

Ich stand früh auf, trank meinen Kaffee und ging zum Weg. Ich arbeitete jetzt jeden Tag daran. Arbeitete, bis meine Muskeln nicht mehr konnten. Arbeitete, bis ich einen Fortschritt sah. Darrell stand oben an der Kante und protestierte gegen meinen Gebrauch einer Kettensäge.

„Wennse nich aufpassen, machense noch Hackfleisch aus sich.. Dat is Männerarbeit. Warum rufense nich die Verwaltung an und lassen die dat machen?“

„Es macht mir Spaß, Darrell.“

„Aber Sie ham doch Ferien.“

Ich fand, gegen ein gutes Tagwerk konnte er eigentlich nichts haben.

„Wenn mein Rücken nich wär...“ Er führte den Satz nicht zu Ende. „Ich geh fischen. Warense schon mal fischen?“

„Nein.“ Ich machte eine Pause und steckte mir eine Zigarette an. „Ehrlich gesagt hab ich nie kapiert, was das soll.“

„Das isses ja. Es soll gar nix.“

„Und warum dann?“

„Nur so. Im Boot sitzen, den Wind fühlen, ’n Bier trinken. Ich nich, is ja klar.“ Und dann erzählte er von seiner glorreichen Karriere als Alkoholker, wirklich interessante Geschichten, eine stählerne Flamme in seinen Augen, als er sich an die schlechten alten Zeiten erinnerte. „Bißchen wie das hier. Als könntense nich die vierhundert Meter bis zum nächsten Weg zum Strand runter laufen, so wie ich zum Fischhändler gehn und ein Stück Lachs kaufen kann.“

Damit ging ich wieder an meine Arbeit.

Ich grub, bis mir die Arme wehtaten, packte verfilzte Wurzeln, die seit Jahren auf meinem Weg gelebt hatten, grub tiefer, um alle Reste zu beseitigen, und hoffte, sie würden nie wieder auftauchen. Ich zog mit aller Kraft, rutschte aus und fiel auf den Hintern. Ich stand auf und grub weiter. Wie tief reichte die Wurzel? Wie weit mußte ich zurückgehen?

„So weit, wie es erforderlich ist, um herauszufinden, wann es anfing“, befiehlt die Therapeutin.

Sie fragte sich oft, was der arme Hank durchmachte und ob er wußte, was das für seine Familie bedeutete. Zuerst hieß es, er habe nur einen leichten Schlaganfall gehabt. Aber kurz vor der Morgendämmerung brachte ein schwerer Anfall ihn fast um. Rechtsseitig gelähmt. Im besten Mannesalter.

Er lag Wochen im Krankenhaus und gab keinen Hinweis, ob er seine Frau oder seine Töchter erkannte. Spencers Herz sprang ihm entgegen, als Onkel Jonathon sie zum ersten von vielen Besuchen fuhr. Blaß und zerknautscht lallte Hank mit der fragilen Einfachheit eines Kindes. Spencer mußte Jill den Mund zuhalten, als sie aufschrie, weil Hank seinen Urin aus dem tragbaren Pißtopf trank und die Blumen aß, die jemand mitgebracht hatte, vergnügt grunzend, denn richtig sprechen konnte er nicht. Nach dem Krankenhaus kam er in eine Reha-Klinik, wo er das nächste Jahr bleiben sollte.

Nachdem Hank ausgefallen war, versuchte Jonathon das Geschäft am Laufen zu halten; er gab Elise Geld, bis allen klar wurde, daß sie Gefahr liefen, das Haus zu verlieren. Onkel Jonathon hatte die Idee, bei ihnen einzuziehen und die Hypothek zu zahlen, bis Hank wieder auf den Beinen war – auch wenn es dafür keine Anzeichen gab.

Onkel Jonathon war lieb zu Elise, ihre Töchter behandelte er wie seine eigenen, spielte Fangen im Garten, erzählte Gespenstergeschichten, wenn nachts der Strom ausfiel, nahm sie mit in die Matinée am Wochenende, auch wenn es Filme gab, die ihre Mutter schaudern ließen, wie *The Good, the Bad, and the Ugly*. Die Mädchen beteten ihn an. Onkel Jonathon erlaubte ihnen eine Freiheit, die prickelnd und furchterregend zugleich war. Er ließ sie ans Steuer des Autos, sie halfen ihm beim Mixen der Drinks und durften dann an seinem Screwdriver nippen, denn junge Mädchen brauchten viel Vitamin C, sagte er.

Jonathon war ein Frauenheld. „Er hat mehr Frauen an der Hand als AT & T in der Leitung", brummte Pop Pop, der für die Telefongesellschaft gearbeitet hatte. Darin schwang so etwas wie Stolz auf seinen jüngsten Sohn mit. Spencer und Rebecca hätten sich gewünscht, statt Hank hätte Jonathon ihre Mutter geheiratet, denn mit seinem dunkelbraunen Haar, Hakennase und kräftigen Kiefern war Jonathon entschieden hübscher. Nur seine Augen paßten nicht dazu, sie waren wässrig blau und oft blutunterlaufen.

Als er bei ihnen einzog, wurde er Spencers Kumpel und Mentor und ein Gegengift zur Pastellwelt von *Better Homes and Gardens* ihrer Mutter. Elise schien ausschließlich mit Schnittmustern und Strickanleitungen beschäftigt und langen Aufenthalten in Tapetengeschäften, wo sie sich mit Unentschlossenheit und ihre Töchter mit Langeweile quälte.

Jonathons Welt war entschieden spannender. Er gab ihr Bücher, die Hank sie nicht mal im Traum hätte lesen lassen. Sie verlor sich in *Peyton Place, Fire-Island* und verschlang immer wieder den *Fänger im Roggen*, nur um die schmutzigen Wörter zu schmecken.

Jonathon und Spencer standen auf Italowestern. Spencer sagte, er erinnere sie an Clint Eastwood. „Was?" zwinkerte er. „Ich seh doch viel besser aus." Eine Wiederaufführung von *Die Reifeprüfung, Patton* und als Geschenk zum elften Geburtstag *Carnal Knowledge*. Beim Essen diskutierten sie kultiviert und abgehoben über Bücher und Filme, ihre Mutter saß kopfschüttelnd daneben. Jonathon und Spencer hatten mehr gemeinsam, als sie und ihre Mutter sich zu teilen träumen ließen.

Jonathon verhielt sich Elise gegenüber jetzt anders. Hatte er früher fast mit ihr geflirtet – sie damit erheitert, „wie verdammt glücklich Hank doch ist", ihr den Stuhl gerückt, die Wagentür aufgehalten, ihr geduldig zugehört, wie sie den Eingangsbereich umgestalten würde –, fuhr er ihr jetzt über den Mund, wenn sie etwas sagte.

Eines Abends hatte Spencer gesehen, wie er ihre Mutter in der Küche bedrängte, ihr einen Kuß auf die Wange drückte und sie dazu brachte, mit ihm ein Glas zu trinken. Spencer sah schon ihre Träume wahr werden, ihre Mutter würde Hank verlassen und Jonathon heiraten, und sie lebten glücklich zusammen! Aber da war Familienliebe noch ein helles Licht gewesen, und sie waren noch Kinder, mit denen er Kind sein konnte. Bevor Verantwortung und Essen auf dem Tisch und Fesseln am Wochenende die Macht übernahmen. Und ihm klar wurde, daß er nicht jeden Abend eine andere Frau anschleppen konnte. Er war vierunddreißig, drei Jahre jünger als Elise und zehn Jahre jünger als Hank. Woher sollte er wissen, was Elternschaft bedeutet und daß die Erziehung von drei phantasiebegabten und tatkräftigen Mädchen den stärksten Mann schaffen kann?

Die erste Veränderung ihrer Beziehung kam, als Jonathon Spencer bat, ihm zu helfen, Omas Kommode zu reparieren, damit ihre Mutter die Bettwäsche darin verstauen konnte. Die Scharniere waren eingerostet, weshalb sie sich schlecht öffnen ließ, und Jonathon hatte Spencer zugezwinkert und gesagt: „Komm schon, Kumpel, hilf mal dem alten Seemann."

Spencer hielt Schraubenzieher, Zange, Meißel und Hammer und reichte ihm die Werkzeuge, wie er sie brauchte. Um die alten Schrauben zu lösen, brauchte er einen größeren Schraubenzieher und ging in den Keller, einen holen. Während er weg war, beschloß sie, ihn zu überraschen und das

Scharnier selbst zu reparieren. Aufgeregt legte sie ihr ganzes Gewicht hinein, die verrosteten Schrauben zu lösen und...

Rumms! Ein Schlag gegen ihren Kopf. Für einen Augenblick war ihr schwarz vor Augen, als wäre sie gegen die Wand gerannt.

„Verdammt! Spencer, bist du noch bei Verstand?“ Es war seine Hand. Seine Hand hatte ihren Kopf geschlagen. „Willst du diesen hervorragenden Meißel kaputtmachen?“ Er drohte ihr mit dem Werkzeug, in dessen Griff sich die Nachmittagssonne spiegelte. „Was zum Teufel hast du dir dabei gedacht?“

Sie antwortete nicht.

„Du darfst nie, wirklich NIE einen Meißel als Schraubenzieher benutzen. Gottverdammtnochmal!“

Elise kam dazu. „Was ist hier los?“ fragte sie, als Spencer zu wimmern begann.

„Schaff mir die Heulsuse aus den Augen. Ich wußte, daß ich mich auf dich nicht verlassen kann.“ Er sah Spencer an, als wäre er in Hundescheiße getreten, dann wandte er sich ab.

Bevor ihre Mutter etwas sagen konnte, rannte Spencer in ihr Zimmer, warf sich aufs Bett und heulte stundenlang. Sie spürte nicht die klopfende Schwellung am Kopf. Sie mußte nur immer denken, wie sehr sie Jonathon enttäuscht hatte und daß er sie nie wieder wie früher sehen würde.

Als Antwort auf all ihre menschlichen Schwächen erfand Jonathon Das System. Eines Abends kam Spencer zu spät zum Essen und erfuhr verblüfft, daß sie für dieses Vergehen keinen Käsekuchen zum Nachtisch bekäme. Sie wollte erklären, aber Jonathon war nicht in der Stimmung für Entschuldigungen. Eine Woche drauf schlug er Rebecca einen Becher Eiscreme aus der Hand. „Was habe ich gesagt? Du kriegst keinen Nachtisch, weil du frech zu deiner Mutter warst.“

Wenn Elise ihre Töchter gegen ihn in Schutz zu nehmen suchte, verdoppelte sich die jeweilige Strafe, so daß sie es bald sein ließ. Dann trat an die Stelle des Nachtischentzugs Fernsehentzug. Spencer hatte den Eindruck, daß Jonathon sich große Mühe gab, ein Strafsystem zu erfinden, das für

Jill, Rebecca und sie den meisten Liebesentzug bedeutete. TV-Entzug bedeutete jedesmal eine halbe Stunde Fernsehen weniger, aber sie durften pro Wochentag sowieso nur eine halbe Stunde fernsehen. Einmal Licht anlassen kostete fünf Cents und minderte ihr ohnehin geringes Taschengeld empfindlich. Jonathons „Punkte" waren so gewählt, daß sie größtmöglichen Schaden anrichteten. Wenn es ein Mittwoch war, verpaßte Spencer ihre Lieblingsshow. So ging ihr eine ganze Staffel von *Here Comes the Bride* verloren.

Jonathons Laune traf wie ein Torpedo. Wie der Finger, den er gegen ihre Köpfe schnippte, wie eine Kugel, die ihre Schädel traf. Manchmal stieß er sie mit den Köpfen zusammen, um etwas zu unterstreichen. Sie wußten nie, wann er zuschlug. Angst regierte.

Dann fing er an, Zettel auszulegen, auf denen die „Atwoodschen Extravaganzen" gerügt und auf die Kosten verwiesen wurde, die sie machten. „4 Blatt Klopapier sind erlaubt. Mehr nicht." „Ein Teelöffel Mayonnaise pro Sandwich!" „Für 3 Tropfen Pipi muß nicht die Spülung benutzt werden."

Der nette Mann, der mit ihnen gespielt und gelacht hatte, dem Spencer immerzu hätte zuhören mögen, wenn er Balladen von den Beatles und Peter, Paul und Mary sang – seine Stimme veränderte sich. Etwas Häßliches kroch in seine Wörter, etwas Höhnisches, Warnendes, das frösteln machte und ihr in die Knochen fuhr. Je mehr er trank, um so widerlicher wurde er.

Es waren nicht bloß die Strafpunkte oder seine Ausfälle gegen Jill oder die spöttische Herabsetzung Rebeccas, weil sie gern tanzte. Über ihre Ballettleidenschaft machte er sich endlos lustig, nannte sie eine „schwule Beschäftigung", leckte seinen kleinen Finger und strich damit affektiert über eine Augenbraue. Obwohl Spencer keinen Zugang zu ihrer Mutter hatte, haßte sie, wie er sie klein machte, wie er erwartete, daß sie sich vor allen anderen um ihn kümmerte, wie er sie erniedrigte, indem er jeden Dollar dreimal umdrehte, bevor er ihr das Haushaltsgeld gab.

Terror bringt Menschen zu seltsamen Handlungen. Wie zu erwarten zog Rebecca sich in ihr Prinzessinnenzimmer zurück und schmiedete Pläne für ihren Umzug zu Cal, der jetzt bei Spokane lebte. Spencer vergrub sich in der Welt der Bücher und Filme. Die arme Jill fing an, Fratzen zu schneiden. Wie nervöse Ticks wurden sie ihre ständigen Begleiter.

Sie schlang wie ein Truthahn, mit vollen Backen, die Augen traten ihr aus dem Kopf, sie kaute auf ihrer Milch und hörte gar nicht mehr damit auf. Jonathon zog seinen Gürtel aus der Hose und prügelte sie, bis sie kaum noch laufen konnte. Dann mußte sie sich hinsetzen und weiteressen, sie winselte vor Schmerzen, aber ihr Kiefer machte zitternd die gleiche Bewegung wie vorher, und in ihren himmelblauen Augen war eine Spur von Rache.

Jedes Mädchen zog sich in ihren eigenen kleinen Kokon zurück, getrennt entwickelten sie ihre Rachegefühle. Je mehr er strafte, um so mehr haßten sie ihn. Wie war es möglich, daß der nette Mann, der mit ihnen auf der Couch gekuschelt und sie mit Anekdoten aus seiner Collegezeit unterhalten hatte, der ihnen erklärte, wie die Börse funktioniert, und dabei Zigarrenwolken ausstieß wie der letzte Kapitalist, sich jeden Abend um sieben Uhr in ein Scheusal verwandelte?

Der Mann, in den er sich verwandelte, wenn er trank, ein aggressives Monster...

Noch heute zittere ich bei der Vorstellung, wie er hereinkommt, ich versuche seinem wässrigen Blick auszuweichen, die aufgedunsene rote Haut nicht zu sehen, die grausamen Zähne hinter dünnen Lippen. Hier in meiner Höhle, Jahrzehnte danach, krümmt sich mein Körper bei der Erinnerung an Jonathon, an die Tyrannei des Unberechenbaren.

Und Jill saß da, die Augen glasig vor Angst, und kaute ihre Milch.

Jeden Nachmittag ab Viertel vor fünf betete Spencer, Jonathon möge im Feierabendverkehr sterben, von einem Sattelschlepper in zwei Teile zerrissen. Jahre später gaben Jill und Rebecca zu, ebenfalls so etwas erhofft zu haben, auch wenn sie damals nichts gesagt hatten. Sie alle wünschten, er wäre tot. Dann haßten sie sich, denn Weihnachten kam, und er erlaubte jeder einen Drink, und bei Eierflip und Rum las er aus *A Christmas Carol* vor, mit schöner klingender Stimme. Er nahm die drei Atwood-Mädchen in die Arme, als wollte er sie vor der Welt beschützen. Nur vor sich konnte er sie nicht schützen.

Ich hatte immer den weiblichen Fänger im Roggen *schreiben wollen. Eigentlich wollte ich die weibliche Version von allem schreiben, denn die Stimmen der Frauen flüsterten nur im Wind, während die der Männer auf den Bestsellerlisten herumtrompeteten. Aber wenn ich daran denke zu schreiben, was ich weiß, verfolgt mich zu wissen, was ich schreibe. Wie im Film – du schlenderst dahin, denkst an nichts Böses, erinnerst dich lustvoll an alte Zeiten – PASS AUF! möchtest du der Heldin zurufen, die den dunklen Flur entlanggeht, obwohl ihre Kerze ausgegangen ist. Das Böse wartet hinter der nächsten Ecke. Und dann springt der Schurke hervor, umschließt deinen Hals... du fühlst seinen Atem im Nacken, riechst sein Rasierwasser...*

Meine Muskeln zittern vor Kälte, und plötzlich erinnere ich mich an einen Abend. Er hat ein Glas in der Hand, zwei Fingerbreit Bourbon, sein inzwischen fetter Wanst hängt über die Jeans, er besteht darauf, daß ich mittrinke. Ich fühle mich erwachsen und klug, und vom Alkohol ermutigt enthülle ich mein Geheimnis. Mit konspirativem Augenzwinkern sage ich Jonathon, er habe mich inspiriert, Schriftstellerin zu werden. Das würde uns für immer verbinden.

„Das ist ja fabelhaft", schnaubt er verächtlich. „Aber du hast keine Chance."

„Was...?" krächze ich.

„Du bist nicht begabt genug."

Seine Überheblichkeit sträubt mir die Nackenfedern. „Bin ich wohl." Ich stürze in mein Zimmer und packe mein Tagebuch. Zurück in der Küche öffne ich es irgendwo und lese ihm meine halberwachsenen Beobachtungen vor. Er lacht, ein krankes Lachen, das in mir den ersten Zweifel sät.

Aber ich stehe zu meinen Worten, als würden unsere Träume wahr, weil wir sie niederschreiben. Tagebuchträume.

Manchmal kommen Kleinigkeiten dazwischen. Manchmal malen sie schwarz über schwarz über schwarz, bis es uns schließlich egal ist. Ich möchte aber, daß es dir nicht egal ist. Sind wir nicht ein bißchen ähnlich, du und ich? Kämpfen wir nicht beide mit dem Bedürfnis, gut zu sein und zu überleben? Bitte sag, daß wir uns ein bißchen ähnlich sind.

Einige Wochen, nachdem ich mit dem Weg angefangen hatte, stellte ich fest, ich war auf dem ersten von drei natürlichen Absätzen angekommen. Zeit zum Feiern.

Erschöpft aß ich zu Abend und goß ein Gläschen Kognak ein. Dessen duftende Wärme kitzelte meine Nase, rutschte durch meine Kehle, schmeichelte meinen Sinnen und entspannte meine Muskeln. Ich kramte in meinen Sachen und fand einen Stapel CDs.

Musik war das einzig Verbindende zwischen meiner Mutter und mir gewesen. Ich erinnerte mich an ihre Finger, die leicht über die Tasten glitten, ich lag unter dem Klavier und beobachtete sie. Cal hatte es gebraucht gekauft, während sie im Krankenhaus war und mich auf die Welt brachte. Es heißt, sie war so verblüfft, als sie nach Hause kam, daß sie ihr Neugeborenes auf das Bett legte und für Stunden bei Chopin und Beethoven blieb, vielleicht erinnerte sie sich an die Träume, die sie in Deutschland zurückgelassen hatte, als sie meinen Vater heiratete.

Wenn meine Mutter diese Geschichte erzählt, lacht sie dabei, ich habe sie auch immer sehr witzig gefunden.

Aber meine Therapeutin sagt, daß dieses frühe Verlassenwerden die Grundlage für meine Angst und mein Mißtrauen gegenüber der Welt gelegt hat.

„Ich mache meine Mutter nicht für mein Leben verantwortlich", erkläre ich entschieden.

„Das erwarte ich auch nicht", antwortet die Therapeutin. „Sie sollen mir nur sagen, wie Sie sich fühlen, wenn Sie hören, sie hätte Sie aufs Bett gelegt und sich ans Klavier gesetzt."

Ich habe wieder mal nicht die leiseste Ahnung. Ich weiß nur, daß ich ihrer Musik ein großes Geschenk verdanke – die Liebe zur Kunst. Irgendwo habe ich gelesen, daß Musik die Kunst ist, nach der alle anderen Künste streben. Für mich heißt das Bach – Bachs Musik geht mir unter die Haut, bezaubert mich, trifft mich im Innersten. In Portland habe ich angefangen, bei der Arbeit Bach zu hören. Wie konnte ich meine Integrität verlieren, wenn ich beim Schreiben Bach hörte?

Unter den Büchern in der Hütte hatte ich eine Gesamtausgabe der Gedichte von Byron gefunden, die in einigermaßen gutem Zustand war. Beim Aufschlagen war mein Blick an diesen Versen hängen geblieben.

Away with your fictions of flimsy romance,
Those tissues of falsehood which folly has wove!
Give me the mild beam of the soul-breathing glance,
Or the rapture which dwells on the first kiss of love.

Der erste Kuß der Liebe! Ich mußte lachen. Entzücken? Jahrelang hatte ich bei diesen „ersten Küssen der Liebe" nichts als Peinlichkeit empfunden. Bevor mein Wortschatz Begriffe wie *Geliebte, Partnerin* und schließlich, wie berauschend, *Lesbe* aufnahm. Also Männer zuerst, und dann... o ja, dann Frauen.

Ich küsse Lena und frage, wie sie Frauenlippen beschreiben würde.

„Sie sind weich... seidig... sie schmelzen in deine."

„Ich meine eine Beschreibung für ein Buch."

„Oh." Sie küßt mich, verführt mich. „So?"

„Sie fühlen sich an wie die Haut am Hinterkopf eines Babys", sage ich. „Aber das kann ich keinesfalls schreiben."

„Vielleicht müssen wir noch ein bißchen daran arbeiten." Lena zieht mich an sich.

Im Sommer ihres zwölften Jahrs verliebte Spencer sich unwiderruflich in Clark Gable und durchkämmte die TV-Zeitschrift nach seinen Filmen. Nach Wochen stieß sie auf *Red Dust* in einer Nachtausstrahlung um zwei Uhr vierzig. Sie stellte den Wecker, schlich auf Zehenspitzen nach unten, holte aus der Küche etwas zum Knabbern, rückte im Familienzimmer den Schaukelstuhl direkt vor den Fernseher und stellte den Ton leise. Ihr entging kein Blick aus zusammengekniffenen Augen, keine Haarlocke, die verwegen auf die gerunzelte Stirn fiel, und nicht der süße Ausdruck, wenn er schnarrte: „Baby? Für eine Dame sind Sie ganz in Ordnung."

Boom Town, Adventure, Test Pilot... sie schlug ihre Zähne in Handlung und Figuren. Joan Crawford, Jean Harlow, Myrna Loy mit ihrer Entschlossenheit, ihren Herzen aus Granit, geschmückt mit Gold, wurden ihre Heldinnen.

Nichts ging über das Gefühl, an einem verregneten Nachmittag auf der Couch in eine Wolldecke gekuschelt sich in *Ginger und Fred* zu versenken. Das traurige Helldunkel Orson Welles', die schnippischen Antworten Barbara Stanwycks, die Gary Cooper Sand in die Augen streut, Rita Hayworth, die ihr rotes Haar wirft, die verruchte Grazie von Bette Davis, Cary Grants gespaltenes Kinn, Bogarts finsteren Blick, an dem sich Bacalls Feuer entzündet, zu genießen.

In diesem Frühling hatte sie *Vom Winde verweht* gelesen, als sie mit Grippe im Bett lag. Als sie entdeckte, daß im Kino um die Ecke zum dreißigsten Jahrestag der Film wieder aufgeführt wurde, hatte sie ihren ersten Anfall von obsessivem Extremismus; sie verschlang Selznicks Memoiren und jedes Detail von Clark Gables Hemdgröße bis zu der Tatsache, daß Vivian Leigh der Ansicht war, ihre Hände seien zu groß für die Rolle. Es war die Vermählung von Realität und Fiktion.

Es war immer noch magisch, als Lena und ich den Film zum fünfzigsten Jahrestag auf der großen Leinwand sahen. Zwanzig Jahre, seit ich ganz vorn auf dem Stuhlrand sitzend und mit den Händen meine Knie umklammernd gebetet hatte, Scar-

lett möge irgendwie zur Vernunft kommen. Lena war die einzige Frau, glaube ich, die mich wirklich verstanden hat,.. die meine Hochseeleidenschaft verstand, selbst wenn sie in gefährliche Strömung geriet. Ich spüre, wie mein Herz sich zusammenzieht, sei es aus Kummer um Lenas Verlust oder als erstes Zeichen einer Kälte, die mich erfrieren lassen wird.

Vielleicht war die Kälte damals schon da.

Wie eine Gefängnisinsassin, die jeden Krümel aufbewahrt, um für eine Woche Isolationshaft gerüstet zu sein, begann Spencer jeden Cent, den sie kriegen konnte, zu horten, um ihre Flucht zu finanzieren. Sie hütete Kinder, trug jeden Morgen im Umkreis von zwei Meilen Zeitungen aus, arbeitete schwarz als Putzfrau auf den Baustellen eines Freundes von Hank. Mit dreizehn erhielt sie eine Arbeitserlaubnis als Kassiererin. Im blauen Fred Meyer-Kittel mit rotem Namenszug verpackte und kassierte sie, machte Extraschichten und brach als Angestellte des Monats einen Rekord nach dem anderen. Sie stapelte ihr Geld in Häufchen und brachte es jede Woche zur Bank. Für ihren Anteil an der Wohnung, die Rebecca und sie mieten wollten, brauchte sie vierhundert Dollar.

Was sie und Rebecca in Rebeccas Zimmer im blassen Mondlicht ausbrüteten, war ein verwegener Plan. Daß Hank aus der Klinik zurück war, änderte daran nichts. Alle hatten die Luft angehalten, als er zum erstenmal im Rollstuhl in die Küche kam. Alle waren verdammt erleichtert, daß Hank wieder da war und Jonathon nun gehen würde. Aber Hank konnte nicht mehr arbeiten, er hatte Mühe, überhaupt verständlich zu machen, was er wollte. Ihre Mutter würde Hank nie verlassen. Manchmal fragte sich Spencer, wie sie und Rebecca ihre Mutter verlassen konnten. Am Ende war es Jonathon, der ihre Entscheidung fällte.

Ich sah einen Tropfen auf der Axt und dachte, es finge an zu regnen, dann merkte ich, daß es eine Träne war. Den Weg freizuhacken, war meine Therapie geworden, und je tiefer ich kam, je weiter ich zurückreiste, um so mehr mußte ich die Vergangenheit so sehen, wie sie war.

Ich sammelte mein Werkzeug ein, dann nahm ich ein heißes Bad. Ich weichte meine verspannten Muskeln, bis das Wasser kalt war. Ich zog eine saubere Jeans an, nahm Brot und Käse und eine anständige Flasche Wein und kehrte zu meiner fast vollendeten Arbeit zurück. Was würde ich tun, wenn der Weg fertig war? Nur ich und meine Erinnerungen? Von der Zukunft ganz zu schweigen?

Angesichts des Sonnenuntergangs schob ich diese Gedanken beiseite. Ich schnitt eine Scheibe Brot und ein Stück Käse ab, und weil ich das Weinglas vergessen hatte, trank ich aus der Flasche. Ich war wie jeder Farmer, Bauer, Landarbeiter, und zum erstenmal fühlte ich mich zugehörig. Ein Teil der Hütte und der Erde und des Himmels und des Universums. Ich fühlte, wie etwas in mir sich änderte. Und dann hörte ich die leise Musik der Stille, in der die Natur eine Million Geräusche zu einem Crescendo zusammenfügt. Niemand nimmt sich je Zeit, der Evolution zuzuhören.

Ich hatte geschlafen. Nicht den nebligen Wirbel eines Verstands auf der Flucht oder die tödliche Lethargie der Depression. Sondern den Schlaf der Erschöpfung nach des Tages Arbeit. Es war köstlich.

Während ich Kaffee kochte, sah ich zu, wie die Sonne weiße Spitzen in die auflaufende Flut brannte. Am Horizont hing dichter Nebel wie ein böses Omen. Wahrscheinlich würde es gegen Mittag regnen. Ich machte mich auf zur ersten offiziellen Begehung meines fast fertigen Wegs.

Ein bißchen steil, aber ich hatte ja gesunde Knochen. Unten angekommen, rannte ich in die Wellen. Dann lief ich mit dem Schritt eines Marathonläufers. Meine Brust füllte sich mit der klaren Luft, der reinen Energie, wie ich sie nicht mehr gespürt hatte, seit ich mit Kirschkernen nach Tauben geschossen hatte oder gerannt war aus purer Freude am Rennen. Ich wollte singen. Lachen.

Ich denke an Kenzie, ihre zarte Frische, ihr aschblondes Haar, wie sie ihre kleinen Arme um meinen Hals legt und sagt: „Tante Spinner, ich mag strandlaufen." Lena und ich halten sie an den Händen. Sie zeigt auf jede Muschel, an der wir vorbeikommen. Ich betrachte Lena und ihre Tochter und denke, besser kann es nicht werden. Nichts ist süßer als das erstaunte Lächeln eines Kindes.

Ich lief und dachte an Lena, MacKenzie, Jonathon, mein Leben in Los Angeles, meine Träume, alles zusammen, ein Schrottauto im Bewußtseinsstrom. Wie die Teile eines Puzzles, die irgendwie doch ein Gesamtbild ergeben, hatten alle diese zusammenhanglosen Teile ein gemeinsames Thema. Eine Geschichte braute sich zusammen. Ich kannte dies Gefühl. Früher hatte ich es oft gehabt. Ich nannte es den Geburtsmoment, das Zusammenkommen der Gedanken – sie überstürzen sich, stoßen zusammen, geben Einsichten frei, die ich kaum festhalten kann. Für jedes meiner Projekte konnte ich sagen, wann es angefangen hatte. Der Augenblick, wenn der Gedanke alles so mit Beschlag belegt, daß daneben nichts mehr zählt. Dies war so ein Augenblick.

Gegen Nachmittag gaben meine Beine ihren Dienst auf. Ich plumpste auf einen großen ausgetrockneten Baumstamm, der vor langer Zeit angespült worden war. Er hatte eine natürliche Krümmung, die perfekt zu meiner paßte. Ich ruhte aus und sah auf die grenzenlose Majestät des Ozeans.

Ich schlief ein.

Erst als meine Haut fröstelte, wachte ich auf. Ich war allein, die Sonne war hinter dem Horizont verschwunden, der Himmel schon fast dunkel. Ich erinnerte mich nicht, geträumt zu haben. Aber ich war ganz sicher. Ich würde wieder schreiben.

Sie schrie nicht.

Ihr Körper lag regungslos, ihre Augen standen offen. Sie sahen nichts. Für einen Beobachter hätte sie tot sein können. Nach dem ersten Schock und Schmerz – als sie wußte, Kämpfen war sinnlos – hatte sie aufgehört zu fühlen. Ihr Körper wurde ein leeres Gefäß, ein ausgehöhlter Kern, in den er seine widerliche Behauptung stieß. Er schnappte nach Luft, als wäre jeder Atemzug der Preis, den er zahlen mußte. Sie wünschte, er wäre still. Und nach einem letzten tierischen Schrei wurde er still. Dann stand er auf und knöpfte die Hose zu, sein Atem ging schwer.

„So ist es besser." Er blickte in ihre Richtung. Er konnte ihr nicht in die Augen sehen, aber das war ihm immer schwer gefallen. Er strich sich das dichte Haar zurück, auf das er so stolz war. Er und sie wußten, daß dieser Moment nicht widerrufen werden konnte. „Lil –"

Die scharfe Bewegung, mit der sie ihm ihr Gesicht zuwandte, ließ ihn schweigen. Sie waren nicht mehr sich zankende Geschwister. Sie waren Feinde.

„Du kannst nicht immer gewinnen, Lil." Es klang fast bedauernd, als erklärte er einem kleinen Kind die Härten des Lebens. „Es gibt Dinge, die sind größer als du. Es ist besser, du lernst das beizeiten. Von jemand, den du kennst."

Sie sah ihn an, seine geröteten Wangen, sein Gehabe, als sei er im Recht. In ihr blitzte Verstehen auf, das erste Begreifen eines Gefühls, das gerade in ihr entstand: Haß.

„Ein Teil von dir wollte dies –"

„Wage ja nicht", ihre Stimme war fast nicht zu hören, aber sie schnitt ihm durch Mark und Bein, „dies je anders zu nennen als das, was es ist."

Als sie näherkam, zuckte er zurück. Er schien fast damit zu rechnen, daß sie ihn strafen würde. In ihren Augen war weder Wut noch Vergebung. Es war kein Licht in ihnen.

Falls es so etwas wie Bedauern gegeben haben sollte, verwandelte er es in blasierten Sieg. „Was auch passiert, dies wirst du nie auslöschen können. Daß ich dich gehabt habe. Dem wirst du nie mehr entkommen, Lilian. Für immer werde ich im Schatten deines Herzens sein."

„Glaub nur, du könntest meine Seele zerfressen, Charles." Ihre Stimme war schneidend. „Aber du wirst nie etwas anderes sein als einfach nur böse."

Sie schlief im Zug. Eine enge Kurve unterbrach das rhythmische Wiegen der Eisenräder auf den Schienen, warf ihren Körper gegen das Fenster, weckte sie. Ihre Haut prickelte von einem Gefühl, das sie nicht kannte. Vielleicht gehörte es nicht zu einer Frau. Vielleicht war es eher ein Instrument zur Befriedigung der Launen ruchloser Macht. Als sie ihr Spiegelbild im Fenster anblickte, sah sie ein Gespenst. Denn sie war an jenem Nachmittag gestorben.

Sie konnte sich nicht erklären, welche Willenskraft sie in den Zug gebracht hatte. Sie erinnerte sich dunkel, daß sie zum Schrank gegangen war und die abgewetzte Reisetasche herausgeholt hatte. Wahllos hatte sie Kleidungsstücke hineingeworfen, drei Bände mit Gedichten, ihr Tagebuch und die Kette ihrer Mutter. Sie stapfte mühsam durch den nassen Sand, ihr Cape streifte über die Gräser, die ihren Lieblingsabstieg zum Meer überwucherten.

Von dort war sie zur Straße emporgeklettert, wo ein Nachbar angehalten und ihr angeboten hatte, sie mitzunehmen. Als sie an der vernachlässigten Bahnstation ankam, handelte sie rein instinktiv. Es gab nur eine Richtung, in die sie fahren konnte. Osten. Sie hatte auf den Fahrplan gestarrt, die Zahlen waren vor ihren Augen zerlaufen. Aber sie hatte nicht geweint. Noch nicht.

Vielleicht in einem geschützten Raum. Ein Zimmer, das sie ihres nennen konnte, ohne das, das bisher zu ihr gehört hatte, den Geruch ihres Vaters, die Erinnerung an ihre Mutter. Ein Zimmer, in dem sie sich selbst neu schaffen konnte.

Sie hatte alles Geld aus Vaters Pulverschachtel genommen, die Zahlungen eines ganzen Monats der Gäste von Bay Cliff, die er in seinem Ankleidezimmer versteckte. Sie hatte auch die paar Banknoten aus der Brusttasche seines Sonntagsanzugs genommen, der frisch gebügelt für den nächsten Tag bereithing. Sie würde an diesem Sonntag nicht mit in die Kirche gehen. Die Inbrunst der Gemeinde würde sie nicht vermissen, wohl aber seine starke Hand, die sie nach dem Gottesdienst nach Hause brachte. Und seine Pfeife, die sie halten durfte, während er sie anzündete.

Sie malte sich aus, wie ihr Vater die Lippen unter seinem weißen Vollbart schürzte, wenn er am nächsten Morgen merkte, daß seine Tochter nicht zum Frühstück kam, wie er dann ihre Lieblingsverstecke absuchte. Wie er die Stirn runzeln würde, wenn er sie nicht in der Höhle fand, die das Wasser in den Felsen gewaschen hatte. Wie seine Besorgnis sich in Kummer verwandeln würde, wenn er entdeckte, daß das Geld weg war. Er würde ihrer Spur bis zur Bahnstation folgen, wo sie einem älteren Angestellten, der sie lächelnd erkannte, verknautschte Geldnoten zugeschoben hatte.

„Na, kleine Reise vor, Miss?“

Sie nickte. Ihrer Stimme traute sie nicht.

„Fein, und wohin wollen wir an diesem schönen Tag?“

„New York“, stieß sie hervor und war so überrascht wie der Bahnmensch.

„Da müssen Sie in Portland umsteigen.“ Er sah auf seine Taschenuhr. „Wenn Sie sich beeilen. In zehn Minuten von Gleis drei. Wo ist Ihr Gepäck, kleine Lady?“

„Es wird nachgeschickt.“ Sie schob ihm das Geld zu.

Sie kannte ihre Stimme kaum wieder. Stark selbstsicher. Sie nahm die Fahrkarte und sah auf die Gleise, die sie von hier wegbringen würden. Beim Gehen spürte sie an der Innenseite ihrer Schenkel ihr Blut vermischt mit seinem Sperma. Sie mußte einen Waschraum finden.

Endlose Zeit verging, während ein Kontinent vorüberzog. Minuten, Stunden, Tage hatten den gleichen Atem, die Räder wiederholten: *Keine Vergangenheit, keine Zukunft. Kein Gestern, kein Morgen.* Träume und Erinnerungen mischten sich, bis sie Realität und Phantasie, Wahrheit und Fiktion nicht mehr auseinanderhalten konnte.

Sie saß auf Papas Schoß, er las ihr Gedichte vor, sie roch seinen Pfeifentabak, sein Rasierwasser, fühlte die sanfte Bewegung seines Barts an ihrer Stirn und spürte den Linien seiner starken, tatkräftigen Hände nach, voll Vertrauen, daß er sie immer beschützen würde.

Ihr siebter Geburtstag, als Mutter ihr dieses schöne Buch mit farbigen Bildern von Schlössern und fremden Orten geschenkt und Charles es ihr aus der Hand gerissen hatte. Als sie versucht hatte, ihren Schatz zurückzubekommen, hatte er ihr eine Ohrfeige gegeben. Mutter hatte ihn gescholten: „Sei nett zu deiner Schwester. Du bist ihr Bruder. Du sollst sie beschützen, nicht schikanieren."

Lilian hatte gelernt, wie Kinder lernen: nicht durch einen Lehrplan, sondern durch Handeln, daß sie und ihr Bruder sich nicht nur in Größe und Gestalt unterschieden. Es hatte damit zu tun, um Erlaubnis zu fragen, und wenn die ausblieb, etwas einfach zu nehmen. Große, selbstsichere Männer kamen in ein Zimmer und beanspruchten Raum, als stünde er ihnen von Geburt zu. Die Luft, die sie atmeten, gehörte ihnen, Frauen hatten ihre nur geliehen.

Schließlich kam sie in Grand Central Station an und stieg aus dem Zug, und als sie die Straßen von New York betrat, drängte ein Wirbel von Bildern auf sie ein. Menschen eilten hin und her, Autos rasten vorüber, irgendwie so choreographiert, daß sie nicht zusammenstießen und auch nicht in die Fußgänger fuhren. Die Menschen trugen die neueste Mode, die auch in den Schaufenstern hing. Feine Anzüge und Samtroben, Kaschmirschals und seidene Unterwäsche. Riesige Betonblocks erstreckten sich so weit wie hoch.

Sie ging langsam und unsicher und versuchte alles in sich aufzunehmen. Wohin ging sie? Wo würde sie schlafen? Während sie noch überlegte, merkte sie, wie der Rhythmus der

Stadt sie ansteckte und sie ihre Tasche mit neuer Zuversicht schwenkte. Aber mit der Zeit schwand die Faszination, und sie bekam Hunger. Trotz des Wollmantels fror sie von den Stiefeln hatte sie Blasen an den Füßen. Sie war müde, der Schatten der Furcht tippte sie auf die Schulter.

„Suchen Sie ein Zimmer?" Ein Polizist stand hinter ihr.

„Ja, Sir. Aber ich habe mich wohl verlaufen."

„Neu in der City, was?"

„Ja. Ganz neu."

„Haben Sie denn keine Familie, Mädchen?"

„Nein. Nein, ich habe keine Familie."

„Erzählen Sie das bloß nicht jedem Wildfremden, Miss."

„Aber ich –"

„Auch wenn ich eine Uniform trage, könnte ich doch die Situation ausnutzen." Der Polizist räusperte sich. „Sie dürfen niemandem trauen. Ganz besonders nicht in dieser Gegend."

Lilian betrachtete den mit Abfall übersäten Bürgersteig. Merkte, daß die Leute müde und geschlagen wirkten und ihre Kleidung schäbiger war als noch einige Blocks zuvor.

„Armes Mädchen. Also mein Bruder vermietet Zimmer nicht weit von hier. Nicht eben herrschaftlich, aber dafür bringt die Miete Sie auch nicht um."

„Ich wäre sehr dankbar", antwortete sie, und er zeigte ihr den Weg zu einem Haus ein paar Blocks weiter.

Auf dem Weg dahin kam sie an einem Zeitungskiosk vorbei. Angezogen von den bunten Titelbildern, auf denen langbeinige Mädchen Eis lutschten und ihre Freunde im Meer tauchten oder Frauen in einem Wirbel von Tüll mit Männern im Frack im Mondlicht tanzten, blieb sie stehen. Hinter den Magazinen und Zeitschriften hing ein altes, schon zerknicktes Ölbild, Paris im Herbst. Die Champs Elysées prangten in Gelb, Rot und Orange. Das Bild enthielt ein Geheimnis, das sie in New York nicht spürte. Sie gab dem italienischen Zeitungsverkäufer einen Vierteldollar dafür. Auf ihrem Weg in die Welt würde es ihr als Leuchtturm dienen.

Parnell Walbrooks Tagebuch

Frankreich, April 1918

Meine Mitkämpfer gefallen mir immer besser. Die meisten kommen direkt von der Schule und haben über den Tod und die schrecklichen Umstände, die wir täglich zu sehen bekommen, noch nie nachgedacht. Der Terror wird ein wenig gemildert durch die außergewöhnlichen Bekanntschaften, die ich gemacht habe, seit unsere Einheit mit einer Gruppe Amerikaner zusammenarbeitet. Mit zweien habe ich mich angefreundet. Ernest, den ich „Hem" nenne, ist ein Prahlhans und Egoist und im Herzen ein Dichter. Miss Sylvia Beach ist das, was die Amis eine „überzeugte Feministin" nennen. Ihr funkelnder Witz und sprühender Geist sind erfrischend. Sie hat sich bei mir beklagt, daß sie für das Rote Kreuz als Ambulanzfahrerin arbeiten wollte und man sie nicht ließ aufgrund ihres Geschlechts. Ich bin sehr entzückt von ihr.

Paris, 11. November 1918

Sylvia und ich waren dabei, als die Freiheitsglocken läuteten, wir feierten den Frieden – das Singen und Jubilieren auf den Straßen hört überhaupt nicht mehr auf. Nun ist es Zeit, sich Gedanken über die Zukunft zu machen. Hem hat erzählt, daß er als Korrespondent für den Kansas City Star nach Paris gehen will. Vielleicht kriege ich etwas beim Herald.

Paris, Juli 1919

Ich war sehr beeindruckt, daß die entzückende Sylvia Beach eine Buchhandlung mit dem großen Namen Shakespeare and Company aufgemacht hat. Das ist eine grandiose Idee, die angelsächsische Literatur ist hier wenig vertreten – und wenig geachtet! –, und jetzt treffen sich all die Amis und Tommys und Pariser bei ihr. Zufällig entdeckte ich, daß Ernest den Laden ebenfalls besucht. Ich bat Sylvia, ihn wissen zu lassen, daß ich aus London zurück bin und vorhabe, hier zu bleiben. Es erfüllt mich mit Stolz, daß ich einen Job als Kolumnist für Mr. Conde Nast bei Vanity Fair gefunden habe.

Paris, Januar 1920

Genoß einen faszinierenden Abend bei der bekannten Natalie Barney. Witzige Unterhaltung, geistreicher Klatsch und ein exquisites Mahl aus Gänseleber, mariniertem weißem Spargel, gebratenen Täubchen mit Trüffel, frischen Früchten, Champagner, hinterher Pernod. Freitags, heißt es, treffen sich hier... Lesben! – was viel Aufmerksamkeit erregt.

Die hier herrschende Offenheit bezaubert mich. Als wäre ein Genius aus einer Flasche entwichen und hätte mich nach meinen Wünschen gefragt, denn hier kann ich der sein, der ich bin. Diskret, aber akzeptiert.

Zwischen Hemingway und der bemerkenswerten Miss Gertrude Stein gab es eine Debatte über männliche Homosexualität. Der ruppige Hem ist der letzte, der zu diesem Thema etwas sagen kann, deshalb hörte er nur zu, als Miss Stein ausführte, der sexuelle Akt zwischen Männern sei so offensichtlich abstoßend, daß Männer danach von Selbstekel verzehrt würden. Ich mußte einwerfen: „Verehrte Miss Stein, es überrascht mich wirklich, daß Sie, die soviel über Frauen wissen, sich nicht die leiseste Mühe mit Männern machen."

Natalie nahm meinen Arm, und obwohl insgeheim amüsiert, ermahnte sie mich, mir Gertrude nicht zur Feindin zu machen, denn sie wirft einen unerbittlich langen Schatten. Ich weiß, alle finden sie brillant – eine wahrhaft innovative Denkerin. Seltsam, daß sie nichts von dieser Modernität in ihrer Beziehung zeigt – sie behandelt ihre Geliebte wie ein Mann seine Frau – man soll sie sehen, aber nicht hören.

Trotz meines kleinen Zusammenstoßes mit Miss G. kann ich mich nicht erinnern, je einen reizenderen Abend verbracht zu haben.

Lilian lief Meilen durch die Stadt und fand sie nirgendwo so furchterregend, wie sie anfangs gedacht hatte.

Die ersten Monate hatte sie sich nur wenige Blocks von ihrem Zimmer entfernt und die Bilder, Geräusche und Gerüche in sich aufgenommen. Die Autoabgase, die schmutzigen Straßen, die exotischen Ghettogerüche waren so ganz anders als Meersalz, gemischt mit Kiefernduft. Aber der Geruch der Stadt erzeugte in ihr Erregung und Energie.

Zuerst hatte sie jeden Tag neu erfunden, war aus dem Bett gesprungen, hatte sich angezogen und war aus dem Haus gelaufen, so schnell sie konnte. Der Hunger trieb sie in ein kleines Café, wo sie den ersten bitteren Kaffee trank. Sie entwickelte schnell ein Gespür für den Plan der Stadt und dehnte bald ihren Radius aus. Nur abends ging sie nicht nach draußen, sie hatte Angst, angesprochen zu werden.

Lilian bewunderte die Hochhäuser, die bis in die Wolken reichten, ihre eichen- und ahorngetäfelten Eingangshallen, die Marmorsäulen und Kupfer- und Goldbeschläge. Nur wenige Blocks östlich davon lebten Einwanderer in schäbigen Mietskasernen. Gleich neben den Lichtern des Broadway, Museen und Bibliotheken gefüllt mit den Errungenschaften der Kultur, gab es Schnapsbuden und Prostituierte. In den Banken der Wallstreet konnte jemand mühelos ein Vermögen machen. Wenige Meter entfernt wurden Kinder in stickigen Betrieben für Hungerlöhne ausgebeutet. Die Grenze zwischen den Extremen war hauchdünn.

Lilian befreundete sich mit einigen Menschen, die sie bei ihren Gängen kennenlernte. Scotty der Zeitungsverkäufer, die Kellnerin in dem Restaurant, in dem sie meist aß, und ein Mitbewohner, James, ein junger Mann, der Jura studierte.

Lilian brachte viel Zeit damit zu, die Menschen zu studieren, mit denen sie in Kontakt kam, und dachte sich Geschichten über ihre Herkunft aus. Im Café, in dem sie jeden Morgen frühstückte, betrachtete sie verstohlen die Stammgäste, wie sie sich benahmen, sich kleideten und redeten, so ganz anders als die langsamen, ungepflegten Figuren, die ihr früheres Leben bevölkert hatten: Fischer, Holzfäller, Indianer und Farmer. Lilian und Charles kannten Gäste aus Portland und Seattle, gelegentlich sogar aus San Francisco und Los Angeles. Aber die New Yorker hatten einen bestimmten Stil, eine elegante Zurückhaltung, die Lilian einschüchterten.

So vergingen die Tage, die sie erschöpft ins Bett schickten, in einen Schlaf, der sie umhüllte wie ein schwerer Schal. Wenn am nächsten Morgen die Dämmerung in ihr Zimmer fiel, wußte sie oft, daß Aufstehen unmöglich war. Sie konnte sich nicht bewegen. Vielleicht hatte sie geträumt, oder ihre Hand hatte sie berührt, und ihr Fleisch erinnerte sich an ihn. Sie konnte ihn riechen, die brutale Gewalt. Sie roch den Zerfall, der von ihrem Körper ausging, bis die eigene Haut ihr fremd war und jemand anders diese Haut berührte. Sie drehte sich zur Wand und schlief wieder ein.

Zu Anfang gab es viele solcher Tage. Sie vermochte nicht aufzustehen und lag ganz still. Eines Tages dann wachte sie abends um fünf auf, krank von zuviel Schlaf, und merkte, daß sie einen ganzen Tag ihres Lebens vergeudet hatte. Zum erstenmal machte ihr das Angst. Sie mußte eine sinnvolle Beschäftigung finden. Dabei hatte sie keine Fähigkeiten, jedenfalls nichts, was den Namen verdiente, auch wenn ihr Vater sie immer „mein heller Stern“ genannt hatte.

Sie vermißte ihren Vater, sein barsches Verhalten, das seinen Charme, sein sanftes Herz kaum verbergen konnte. Wie gern hätte sie ihren Kopf an seinen weißen Bart gelehnt und seine Stimme gehört. Sie fühlte sich schuldig, wenn sie daran dachte, wie wütend und verletzt er sein mußte. Sie hatte ihm kurz nach ihrer Ankunft in New York telegrafiert und anschließend einen langen Brief geschrieben: „Du hast immer gesagt, ich sollte meinen Träumen folgen, Abenteuer suchen. Nun ist es soweit. Bitte verzeih mir, daß ich das Geld genommen habe. Ich werde es zurückzahlen, jeden Cent. Alles, worum ich dich bitte, Vater, ist dein Segen. Bitte versuch nicht, mich zu finden. Mach dir keine Sorgen. Mir geht es gut. Deine dich liebende Tochter Lilian.“

Aber nun war das Geld fast aufgebraucht, und sie mußte etwas finden, ihre Miete zu bezahlen. Sie ging systematisch einen Block nach dem anderen ab, wartete in der Tür, bis sie den Geschäftsführer des Kurzwarengeschäfts oder den Besitzer der Bäckerei ansprechen konnte. Überall die gleiche

Antwort: Nur ausgebildete Kräfte hatten eine Chance. Von einigen allerdings hatte sie eindeutige Angebote bekommen.

Eines Morgens, als sie ihren Kaffee trank, hörte sie zufällig den Manager zu Scotty sagen, er müsse die junge Frau hinter dem Tresen entlassen, „warum, will ich nicht weiter ausführen, wenn Sie wissen, was ich meine. Kennen Sie eine Person, die uns aushelfen kann?“

„Ich!“ rief Lilian und schlug die Hand vor den Mund. „Was ich sagen wollte, Mr. –?“

„Baker, kleine Lady. Und wer sind Sie?“

„Das ist Lilian“, mischte Scotty sich ein. „Sie würde sich nie verdrücken, bevor die Schicht zu Ende ist.“

Mr. Baker rieb sich das Kinn. „Scheint ein bißchen jung.“

„Ich bin achtzehn“, log Lilian. In einem Jahr stimmte das.

„Nun gut.“ Baker nickte. „Sie fangen morgen an.“

Die Spannung in Lilians Nacken ließ nach, da erst merkte sie, daß sie Angst gehabt hatte. Sie hatte einen Job. Und freies Essen. Und sie konnte ihre Miete bezahlen, die seit einer Woche überfällig war.

Die Arbeit unterschied sich nicht sehr von dem, was die Gäste auf Bay Cliff erwartet hatten. Sie brachte Geschirr in die Küche und servierte Kaffee und Mittagessen, Eintopf mit Brot und saurer Gurke und ein Stück Apfeltorte, alles zusammen für dreizehn Cent. Da ihr pro Schicht nur eine Mahlzeit zustand, aß sie „wie ein Scheunendrescher“, scherzte Scotty.

Wenn sie nach Hause kam, fiel sie ins Bett und schlief den Schlaf der Gerechten. Drei Schichten die Woche reichten gerade für die Miete, da blieb nicht viel übrig, also legte sie ihre freie Mahlzeit ans Ende der Schicht, damit sie möglichst lange vorhielt. In ihrer freien Zeit schrieb sie. Sie schrieb, wie sie immer geschrieben hatte, ob die Wellen sie einlullten oder der Wind die Blätter vom Tisch riß, in absoluter Stille, nachts bei einer einzelnen Kerze, und die Wörter flossen so schnell, wie sie den Stift aufs Papier brachte.

Lilian hatte Gedichte immer geliebt. Ihr Vater hatte ihr von seinen Geschäftsreisen nach Seattle oder Portland Texte von Shelley, Keats und Wordsworth mitgebracht, aber auch moderne Lyrik. Sie verschlang Worte und Sätze wie Brot und Wein, nie wurde sie satt, immer verlangte sie nach mehr.

Nun schrieb sie von den aufgestauten Gefühlen, die sie seit jener Nacht gehabt hatte, in freien Versen oder streng strukturiert, sie bekämpfte damit die Angst, die Wut und die Verletzung, die sie nicht verstand. Sie schrieb bis tief in die Nacht, manchmal bis sie einschlief, den Kopf auf dem Tisch, und die Kerze verlöschte.

Nach einem Jahr hatte sie einen schmalen Band mit Gedichten fertig, eine Reise mit den Augen einer Frau. Sie hatte nichts ausgelassen oder der Phantasie überlassen. Sie gab es ihrem Mitbewohner James zu lesen.

„Ich kann es nicht glauben, Miss Harrington. Diese Gedichte sind... unglaublich gewagt.“ Sie saßen seit zehn Minuten und tranken Tee, aber James war immer noch puterrot. „Ich meine, Sie haben Talent. Aber ich habe sowas noch nie gelesen, deshalb bin ich nicht der Richtige für eine Kritik.“

„Aber es gefällt Ihnen, James, und bitte nennen Sie mich nicht Miss Harrington.“

„Mit Gefallen hat das nichts zu tun... Lilian.“ Er verbeugte sich leicht. „Es geht mehr darum, ob man etwas so Privates lesen sollte.“

„Privat? Was ist das? Das passiert uns doch allen. Vielleicht reden wir nicht öffentlich davon, aber wir wissen, daß wir alle es kennen. Zum Beispiel die Hochzeitsnacht –“

James verschluckte sich an seinem Tee. „Verzeihung, Miss Harrington. Ich muß los. Hab' noch in der Bibliothek zu tun.“

„James, bitte. Ich wollte Sie nicht erschrecken.“ Sie mußte lachen, es war zu idiotisch. Er war fünf Jahre älter als sie und führte sich auf wie ein kleines Kind.

Das war das letztemal, daß sie mit ihm gesprochen hatte. Er zog den Hut, wenn er sie traf, aber nie wieder gab sie ihm etwas zu lesen. Am nächsten Tag schrieb sie sich in der Bibliothek die Adressen einiger Verlage heraus, denen sie ihre Gedichte schicken wollte.

Die Anzeige versprach eine Studentenbude, die sich als Kellerwohnung entpuppte. Die Leitungen in der Küche waren kaputt, und die Heizung funktionierte nur manchmal. Aber sie gehörte ihnen.

An dem Nachmittag, als sie den Schlüssel abholen wollten, kam Rebecca mit der Neuigkeit heraus. Nachdem sie in einer Kneipe jemand dazu gebracht hatten, ihnen einen Drink auszugeben, informierte sie Spencer, sie hätte sich verlobt.

„Hier!" Sie hielt Spencer ihre Hand vor die Augen, am Ringfinger klebte ein riesiger Diamant. „Ich bin verlobt." Rebecca kreischte ein bißchen zu begeistert.

„Was?!" schrie Spencer. Sie waren noch nicht mal eingezogen, und Rebecca wollte sie schon verlassen.

„Max und ich werden heiraten. Wahrscheinlich nächstes Frühjahr. Nach seiner Scheidung."

Spencer mochte jung sein, aber selbst sie hatte genügend Bücher gelesen und Filme gesehen, um zu wissen, daß verheiratete Männer, die hundert Jahre alt waren, ihre Frauen nicht wegen eines Teenagers verließen. Abgesehen davon, was wurde aus ihr und den gemeinsamen Plänen?

Rebecca schniefte selbstüberheblich und erzählte Spencer von ihrer neuen Flamme Max, der dreiundzwanzig Jahre älter war als sie und so offensichtlich ein Cal-Ersatz, daß Spencer sich nur wundern konnte, warum Rebecca das nicht selbst sah. Sie quasselte ununterbrochen, wie wundervoll es werden würde, selbständig zu sein. Merkte sie denn nicht, daß sie nicht mehr selbständig war, wenn sie Max heiratete?

„Glaubst du, daß Mami uns fehlen wird?" fragte Spencer und merkte, daß sie ihre Mutter bereits jetzt vermißte.

„Bestimmt. Aber ich sage dir, wir werden eine Party geben."

Später am Abend, als sie Filterkaffee aus einem Automaten tranken, sah Spencer ein, daß sie einen neuen Traum erfinden mußte.

Rebecca verbrachte die meiste Zeit mit Max, und Spencer straffte die Schultern und wappnete sich gegen die große Welt. Sie hatten keine Möbel und keinen Fernseher. Niemand kannte sie. Sie lag im Bett und starrte die Wand an, manchmal las sie, meistens schlief sie. Und immer war ihr kalt, sogar im Hochsommer.

Sie begann Listen anzulegen mit den Dingen, die sie tun wollte, um ihre Situation zu verbessern. Sie nannte das *Mein Leben richten.* Sie fand einen Job als Bedienung bei Carrow, einer rund um die Uhr geöffneten Imbißbude. Wie mit dem Verdienst aus dem Babysitten und Zeitungaustragen kippte sie die Trinkgelder auf den Plastiktisch, strich die verkrumpelten Geldscheine glatt, stapelte die Münzen in ordentlichen Säulen und überschlug, wieviel Geld sie brauchte, um auf die Filmschule zu gehen. Sie lebte von Cracker Jacks, Macintosh und Roséwein, rauchte Zigaretten und starrte auf *Mein Leben richten.*

Ich bin erwachsen. Ich bin erwachsen. Der Refrain reparierte leider nicht die Klospülung und beseitigte nicht den strengen Geruch, der von irgendwo hinter dem kleinen leeren Kühlschrank kam. Da stand sie auf dem bekleckste Vinylfußboden, ohne Ahnung von nichts. *Ich bin erwachsen.*

Niemand lehrt uns, welches Waschpulver wir kaufen und daß wir Ersatzbirnen im Haus haben müssen. Daß die meisten modernen Geräte nur mit einem Adapter funktionieren. Daß nicht plötzlich ein Dosenöffner auftaucht, bloß weil du unbedingt diese Thunfischbüchse öffnen willst, und kein Taucher die versiffte Toilette putzt. All diese lächerlichen Dinge, die deine Mutter tat, wie Preise vergleichen, ergeben plötzlich einen Sinn. Du fängst an, dich über so etwas zu unterhalten statt über den Sinn des Lebens. Und dann merkst du, dies ist der Sinn des Lebens.

Ihre Unabhängigkeit schreckte sie. Sie machte sich fein, warf sich Makeup ins Gesicht, lernte Nylons zu tragen und dreiteilige Polyesterensembles und kam sich wie eine Betrügerin vor. Sie hatte keine Ahnung... nun ja, wie zu leben.

Die Zeit verging wie im Flug. Sie arbeitete hart. Aber sie schien keinen Schritt voranzukommen. Sie gab es auf, die Jobs zu zählen, die sie gekündigt hatte, weil sie die Langeweile keinen Augenblick länger ertragen konnte. Wenn sie wirklich so klug war, wie sie immer dachte, warum stand sie dann ständig am Anfang einer Einbahnstraße ohne Abzweig? Sie übernahm Rebeccas Job als Sekretärin und spielte Erwachsensein mit den Kollegen, die um die Dreißig waren. Freitagabends betranken sich alle in der Kneipe, und die Krönung war Haschrauchen unten am Bahndamm.

An einem solchen Abend verlor sie in einer alles andere als romantischen Situation ihre Jungfräulichkeit. Nachdem sie ihr drittes Glas Rotwein auf sich und den weißen Teppich ihres Liebhabers geschüttet hatte, griff er ihre Hand und zog sie aufs Bett. Entsetzt über ihre Erregung, tupfte er ihre Feuchtigkeit mit Kleenextüchern trocken... eine Erniedrigung, wie sie im Buch steht.

Sie lötete Kabel für medizinische Geräte zusammen, packte Waren aller Art, sortierte Kirschen. Mistete Pferdeställe aus. Kellnerte, tütete ein, fuhr für eine Auslieferung.

Das einzige, das sie neben dem Transport ihrer bescheidenen Habseligkeiten von einem Apartment zum nächsten (Rebecca hatte Max geheiratet und längst wieder verlassen) beständig tat – sie schlief mit Männern, die sie nie wiedersah oder viel zu bald am nächsten Montag. Und jeden Abend notierte sie in ihrem Tagebuch die Abstufungen von Sinnlosigkeit, die *Mein Leben* waren.

Jeden Herbst und Frühling brütete sie über dem Kursangebot, aber selten brachte sie es bis zur Einschreibung. Die beiden Male, die sie sich für einen Kurs eingetragen hatte, tötete der mühsame Trott der Gruppe ihre anfängliche Begeisterung. Sie konnte nicht still sitzen. Sie hatte Großes vor – unfähig, auf etwas zu warten, auch wenn sie nirgendwohin kam. Ungeduld. Ihr Schicksal.

Nach fünf, sechs, sieben Jahren – eine Abfolge von Arbeit, Einkaufen, Trinken, Partys – begannen Zweifel sie anzufallen. Sie mochte es sich nicht eingestehen, aber vielleicht würde sie doch nicht Schriftstellerin oder Filmemacherin werden. Sie brachte ja nicht mal einen Kurs zu Ende. Was hatte sie annehmen lassen, sie hätte, was es zum Schreiben braucht?

Während Spencer noch mit ihrer Unschlüssigkeit und mangelnden Selbstachtung haderte, rief ihre Mutter an und erzählte ihr, die Firma von Hank und Jonathon habe sich endlich erholt, und sie wären bereit, Spencer bei einer Ausbildung zu helfen, solange es sich um etwas Praktisches handle. Es war die übliche Fessel, von der Stärke der Kabel an den Brücken von San Francisco, aber warum nicht, dachte sie. Sie fing mit ihrem Leben ohnehin nichts an, und wenn sie einen Abschluß hatte, würde sie vielleicht einen Job finden, der ihre kreativen Anstrengungen besser finanzierte als das Trinkgeld einer Kellnerin. Wie viele Träume enden so?

Sie schrieb sich in Betriebswirtschaft ein, und eines Tages las sie am Schwarzen Brett eine Anzeige. Jemand suchte eine Schreibkraft auf Zeit. Sie wußte nicht, warum sie, als sie anrief, eine Männerstimme erwartete, aber sie war angenehm überrascht, die Stimme einer Frau zu hören.

Adrienne Curtis hatte ein bißchen geerbt und wollte ein Frauencafé oder -restaurant aufmachen. Sie brauchte dringend eine, die ihre krähenfüßigen Notizen für mögliche Investoren lesbar machte. Spencer verabredete sich mit ihr für den folgenden Tag in einem Café.

Sie hatte gerade den einschläferndsten Teil statistischer Buchführung hinter sich, und nicht mal ein doppelter Milchkaffee konnte daran etwas ändern. Sie wollte schon den Kopf auf den Tisch legen, als ihr Blick geradewegs in die stahlblauen Augen einer der kräftigsten Frauen fiel, die sie je gesehen hatte. Die Frau saß drei Tische weiter und sah aus, als erwarte sie jemanden. Spencer brauchte einige Zeit, bis sie kapierte, daß das Adrienne war.

Adrienne reichte ihr einen Packen Unterlagen und eine handgeschriebene Gewinn- und Verlustrechnung, die zu entziffern allein drei Tage dauern würde. Zwei Wochen drauf überreichte Spencer die fertigen Dokumente. Adrienne war beeindruckt und schrieb einen Scheck aus.

„Ich bin gerade auf dem Weg zu einem Laden, den ich mir ansehen will. Haben Sie Lust mitzukommen?"

Spencer überlegte nicht lange.

Sie hielten vor einem Loch, das sich Ladies Galore nannte und ein Striplokal gewesen war. Es roch nach Bier und kaltem Zigarettenrauch. Spencer sah Adrienne zu, die das Lokal inspizierte. Sie bemerkte die feste Form ihres Pos, den starken Rücken, die energischen Schultern. Als Adrienne sich umdrehte, sie angrinste und die Daumen senkte, fuhr ein Blitz durch Spencers Solarplexus, und sie merkte, wie sie die Zähne zusammenpreßte, als sie zurücklächelte.

Spencer hatte nie damit gerechnet, daß eine Frau sie anziehen könnte. Wenn du diese göttlichen Walnußhörnchen mit Ahornsirup nicht kennst, wie sollst du darauf kommen, eins essen zu wollen? Für Spencer, die ihre zwanziger Jahre zwischen Arbeit und dem nächsten Bettangebot zugebracht hatte, waren Frauen nicht auf dem Radarschirm. Manchmal, in Augenblicken ernster Selbstreflexion, bekümmerte es sie, daß ihr Verhältnis zu Sex und Romantik nie auch nur in die Nähe jener Leidenschaften geriet, von denen sie früher gelesen hatte. Sie akzeptierte, was sie für eine gesunde Haltung zu dieser Frage hielt: Was eine gute Geschichte ausmacht, hat mit der Realität wenig zu tun.

Adrienne jedenfalls war anders als jede andere Frau, die Spencer kannte. Sarah, ihrer Freundin und engsten Vertrauten, beschrieb sie sie als ausgesprochen männlich.

„Sie hat etwas, ich weiß nicht, sehr –"

„Anmaßendes?" schlug Sarah vor.

„Genau." Das war's. Und sie fand es enorm attraktiv.

Donald Paris war alles, was Spencer nicht war. Pünktlich. Ordentlich. Konzentriert. Auf festem Kurs, von dem ihn nichts abbrachte. Mit seinen verschleierten Augen (er litt an

chronischem Heuschnupfen), dichtem honigfa
und einem nicht sehr überzeugenden Schn
schmalen Lippen glich er entfernt Errol Flynn.

Die meisten Menschen erinnern sich an die E
ihrer Beziehung mithilfe eines Kalenders, die M steine zwischen Spencer und Donald bezogen sich allein auf Sieg oder Niederlage der Portland Trail Blazers. Verloren sie, gab es Pizza. Gewannen sie, war Donald charmant und großzügig und spendierte ein Essen bei Opus II. Anläßlich eines Auswärtssiegs der Blazers schliefen sie zum erstenmal miteinander. Zuvor aßen sie in Donalds Lieblingssteakhaus.

„Donald?" Spencer sah in ihr zweites Glas Wein. „Machst du manchmal auch noch was anderes als Basketball?"

„Aber klar, du Dummerchen."

„Was zum Beispiel?"

„Oh, alles Mögliche. Ich bin ziemlich beschäftigt. Juristerei ist nichts für Leichtsinnige." Er begann einen Vortrag über Verantwortung, und sie betrachtete seine Backenknochen und die perfekten Zähne, die nicht ganz echt wirkten.

„Ja, ich weiß. Aber was machst du am liebsten? Außer Basketball?"

„Philatelie."

„Briefmarken, stimmt's?" Auch Jonathon hatte eine Briefmarkenobsession gehabt.

„Ja. Ich habe eine prächtige Sammlung. Von meinem Vater, und der hatte sie von seinem Vater. Ist ein kleines Vermögen wert." Er lachte, er war in guter Stimmung. Der Wein hatte seine Verklemmtheit gelockert, fast konnte man ihn in diesem Moment hübsch nennen. „Und was ist mit dir?"

„Filme. Ich bin ganz wild auf Filme. Filme ansehen, Filme untersuchen. Filme machen. Eines Tages möchte ich Filme machen." Wie lächerlich und pompös sich das anhörte. Als sagte ein Kind, es wolle Astronaut werden. Oder Gehirnchirurg. Oder Spion bei Scotland Yard.

„Das ist nicht dein Ernst", scherzte er gutgelaunt. „Damit verdient man doch kein Geld."

„Mit Geld hat das nichts zu tun“, antwortete sie hochmütig.

„Ich sage ja nur, wo ist der Unterschied zu den Träumern an der Uni, die alle den großen amerikanischen Roman schreiben? Wie viele dieser Manuskripte werden je beendet? Finden einen Verleger? Vielleicht eins? Und wie viele müssen am Ende begreifen, daß ihre Ideen naiv sind und Klischees...“ Er verstummte. Auch unter diesem perfekt gebügelten Oxfordhemd schlug also das Herz eines Dichters, eine einzige Ablehnung hatte ihn auf den Pfad der Achtbarkeit gebracht.

„Donald“, sagte sie mitfühlend.

„Ach komm, es ist so verdammt vorhersehbar.“ Angewidert warf er seine Serviette auf den Tisch.

„Und du bist das nicht?“

„Doch. Ich bin sehr vorhersehbar, deshalb werde ich auch Erfolg haben.“

Als Donald sie schweigend nach Hause fuhr, hatte sie sich entschieden, ihn laufen zu lassen. Aber als er den Motor abstellte und sich zu ihr beugte, waren seine Augen ernst. „Jetzt hatten wir also unseren ersten Streit. Wollen wir uns wieder vertragen?“ Er küßte sie sanft und zärtlich, und als seine Zunge die ihre fand, löste sich ihre Wut in ein Gefühl auf, das stärker war als ihr Vorsatz, ihn nicht zu mögen.

Zwei Jahre später machte Donald mit Auszeichnung sein Examen und trat in die Kanzlei von Buckman, Buckman, Steele und Witherspoon ein. Spencer hatte in der Zeit viermal das Fach gewechselt und lebte weiter von Teilzeitjobs.

Donald und sie hatten wenig gemeinsam, aber ihre Unterschiedlichkeiten hielten sie nicht davon ab, nach einem Jahr das Hin und Her zwischen seiner Wohnung und ihrem Apartment zu beenden. Sie zog in sein elegantes Loft ein und glaubte, nun den wirklichen Menschen hinter der Fassade kennenzulernen. Aber wenn sie sich wirklich mal beim Abendessen unterhielten, drehten sich ihre Gespräche um Praktisches und Erschwingliches. Oder um Jura.

„Du weißt, daß bei Massingers eine Stelle frei ist“, bemerkte Donald eines Nachmittags, nachdem sie miteinander geschlafen hatten. Sein Penis lag schlapp auf seinem Oberschenkel. Ein extrem langer Penis. Nicht sehr bequem. „Assistentin des Vizedirektors im Marketing." Von dieser Sorte waren die Perlen, die er nach der Leidenschaft rausließ.

„Was sagst du?"

„Komm schon, Spencer, wie lange willst du noch die Berufsstudentin spielen?"

„Ich arbeite auf etwas hin, Donald."

„So? Was denn?"

„Ich hab's dir gesagt. Ich versuche die Nische zu finden, in der ich schnell soviel Geld verdiene, daß ich mir ein kleines Filmprojekt leisten kann."

„Richtig." Donald war zum Verrücktwerden ruhig. Er beugte sich zu ihr und sah ihr in die Augen. Das war neu. Penetration der Seele. Ihr Herz klopfte heftig, dann sagte er: „Wenn du dabei wärst, einen Film zu machen oder Schriftstellerin zu werden, müßtest du inzwischen irgendwas vorweisen können Und sei es ein Ablehnungsschreiben."

Er rollte zurück und stand auf. Sie lag da, ohne jeden Schutz, und bewegte seine Worte in ihrem Kopf. Sie lag da, bis es dunkel wurde und er kam und sie daran erinnerte, daß sie mit seinen Eltern zum Abendessen verabredet waren.

„Ich komm nicht mit. Ich fühl mich nicht gut." Seine stockkonservativen Eltern hätte sie jetzt nicht auch noch ertragen.

Sie lag immer noch zusammengerollt da, als er zwei Stunden später zurückkam. Sie hörte, wie er das Programm abarbeitete, das er jeden Abend mit der Präzision durchzog, die eines Shuttlestarts würdig gewesen wäre. Als er schließlich ins Bett kam und bevor sein Atem gleichmäßig wurde, sagte sie leise. „Ich mach' es." An seinem erleichterten Seufzer merkte sie, daß er sie gehört hatte.

Eine Zeitlang erhellte der Erfolg ihre Welt. Sie vergaß die Träume. Wenn sie schon keine Filmregie führte, verführte sie doch mit verlockenden Werbekampagnen die Hausfrauen Amerikas zum Kauf von Klient Xs *Line of House and Home.*

„Ich bin ja so stolz auf dich“, flötete Donald eines Abends beim Essen. „Du bist wirklich erfolgreich.“

„Ja, fast ein Star“, gab Spencer grimmig zurück.

„Gibt's ein Problem?“ Donald überflog die Karte.

„Kein Problem.“

„Spencer.“

„Okay. Ich habe einfach nicht gedacht, daß es so werden würde. Hund frißt Hund. Irgend jemand bleibt immer auf der Strecke. Ich koste Jim Butterfield seine Beförderung.“

„Butterfield ist ein Verlierer.“

„Ist er nicht. Er ist ein Arschloch, dessen Einfälle nicht mehr ganz so scharf sind wie früher.“

„Liebling, tu einfach deinen Job. Und denk nicht an Jim.“

„Deshalb wollte ich ja einen Film machen. Dabei wird wenigstens niemand verletzt.“

Donald zog eine Augenbraue hoch, so geringschätzig wie skeptisch. „Manchmal machen deine Träumereien mir wirklich Angst, Spencer. Glaubst du ernsthaft, das Filmgeschäft ist anders? In jedem Geschäft geht's ums Gewinnen, ob du Autos oder handgearbeitete Babyschuhchen verkaufst. Sei doch nicht so naiv. Es geht *nur* ums Gewinnen. Wenn du anfängst zu verlieren, wie Butterfield, ist es aus. Komm schon“, er strahlte, „wir wollen doch feiern.“

Sie hob ihr Champagnerglas. „Prost.“

Zwei Monate später kam das Gerücht auf, Jim Butterfield habe gekündigt. Er lud Spencer zu einer Partie Squash ein. Stöhnend, schwitzend, Punkt auf Punkt machend wußte sie, daß es seine Eier waren, die hier mitleidslos durchgeprügelt wurden. Er sah Spencer zögern und ging zu ihr, Schweißbäche liefen ihm von der Stirn.

„Hauen Sie drauf, als wollten Sie mir den Ball zum Frühstück servieren.“

Sie waren Gleichgesinnte. Beide verachteten Killerinstinkte, aber die waren ein notwendiges Übel. Sie schlug den Ball so in die Ecke, daß beim Versuch, ihn noch zu erreichen, seine Kniescheibe zersplitterte. Auf dem Weg ins

Krankenhaus brummte er: „Hab nicht gesagt, Sie sollten mir das Bein brechen." Es hörte sich an wie Marlon Brando, er zwinkerte ihr zu, sie lächelten. Ähnlich der Initiation mit dem toten Vogel, vor langer Zeit auf dem Friedhof, war sie nun in die Welt der durchgeschnittenen Kehlen eingetreten. Sie hatte keine Ahnung, was das für sie bedeuten würde.

In ihrem zweiten Jahr bei Massinger traf sie zufällig in einer Buchhandlung Adrienne wieder. Sie wollte zahlen, als von der Kasse nebenan jemand rief: „Spencer?"

Sie blickte hoch und direkt in diese Augen.

„Adrienne! Das ist... Wie geht es Ihnen?" stammelte sie.

„Großartig. Und Ihnen?"

„Dito. Und... haben Sie jetzt Ihr – Restaurant?"

„Ja und nein. Genaugenommen ist es eine Bar geworden. Das ganze Geld in Schnaps angelegt."

„Oh. Und wo?"

„Im Nordwesten. Ein altes umgebautes Lagerhaus. Mit großer Tanzfläche."

„Donald und ich kommen vorbei und sehen es uns an."

„Das kann ich mir schlecht vorstellen." Adrienne grinste.

„Wieso?" fragte Spencer verwirrt.

„Es ist eine Lesbenbar, Spencer."

„Oh", machte Spencer kaum hörbar.

Adrienne zog eine Visitenkarte aus der Jackentasche und gab sie Spencer. „Ich muß los. War schön, Sie wiedergesehen zu haben." Sie lächelte wieder, was Spencers Adrenalinspiegel noch höher trieb.

Spencer sah ihr nach, bis Adrienne verschwunden war. Eine unerklärliche Traurigkeit hatte sie überfallen.

Jill war zu Besuch aus Seattle gekommen, um Donald kennenzulernen und mit Spencer Thanksgiving zu feiern, und Spencer fiel auf, daß sie ein bißchen rundlicher war als früher. Sie schlug Cal nach – klein, stämmig und muskulös, und bei ihrem Anblick mußte Spencer immer an ihn denken.

Jill in ihrer brutal ehrlichen Art hatte Spencer im Badezimmer abgepaßt und gezischt: „Du wirst ihn doch hoffentlich nicht heiraten, oder?“

„Ehrlich gesagt... ich weiß es noch nicht.“

„Spencer, nun komm schon. Er ist ein Lackaffe.“ Feinfühligkeit war nie Jills Stärke gewesen.

„Er ist nicht übel. Bloß ein bißchen nervös, weil er dich noch nicht kennt.“

„Er kennt *dich* noch nicht“, schnaubte Jill.

An Thanksgiving saßen sie zu dritt um Donalds fein gedeckten Tisch, zwangen sich zu Fröhlichkeit und füllten sich mit Truthahn und Beilagen voll. Danach machten sie eine Pause, um Platz für den Nachtisch zu schaffen. Donald brachte aus der Küche auf einem Silbertablett sein berühmtes Kürbissouflee, Jill sah es und kotzte quer über den Tisch.

„Blöde Kuh!“ bellte Donald. „Zwei Tage Arbeit sind futsch.“

Er schäumte, und Spencer half Jill ins Badezimmer.

„Ich kann's nicht glauben“, schimpfte Donald. „Bist du krank? Willst du uns anstecken?“

„Ich bin nicht krank“, antwortete Jill. „Ich bin schwanger.“

Beide starrten sie an. „Wer ist der Vater?“ fragte Spencer.

Jill rülpste und hielt die Serviette an den Mund. „Es war künstliche Befruchtung. Bin ja schwer beeindruckt, daß Mami euch nichts gesagt hat. Hätte nicht gedacht, daß sie es für sich behalten kann.“

„Aber –“, hob Donald an.

„Meine Partnerin und ich wollten ein Baby.“

„Deine Partnerin?“

„Ja. Wir fanden, es sei Zeit für künstliche Befruchtung.“

Donald und Spencer waren wie vom Donner gerührt. Jill lachte entschuldigend. „Wollt ihr behaupten, Mami hat euch auch das nicht gesagt? Ich bin lesbisch.“

Den Rest des Tages war Donald schweigsam und abwesend. Abends im Schlafzimmer sagte er dann: „Ich glaub es nicht. Ich glaub einfach nicht, daß sie es tun würde.“

„Was? Lesbisch sein?"

„Daß sie ein Kind mit hineinzieht. Auch noch künstliche Befruchtung. Das ist nicht mal hygienisch."

„Aber Penisse sind hygienisch?"

„Du weißt, was ich meine. *Die* Keime sind normal."

Spencer mußte lachen. „Ich geb' ja zu, daß ich auch Zeit gebraucht hab', es zu verdauen. Aber Jill war schon immer anders. Und wenn sie glücklich ist, wunderbar. Ich denke nur, sie ist zu jung für ein Baby. Wenn ich ein Baby hätte –"

Er warf ihr einen Blick zu. „Glaub ja nicht –"

„Ach, Donald, ich weiß. In unserem Leben ist kein Platz für ein Baby."

Er stieg ins Bett und schmiegte sich an sie, als wäre sie ein Bollwerk gegen alles, was Jill repräsentierte, eine Welt, die Männer nicht wollte und auch nicht brauchte.

Wenigstens war sie weder schwanger noch lesbisch.

Um Jill zu zeigen, daß sie ihren Entschluß akzeptierte, nahm Spencer sie mit in Adriennes Bar. Girl's Town war im Stil der späten Achtziger eingerichtet, über der Tanzfläche drehte sich eine gigantische Discokugel, aus den Lautsprechern dröhnte Madonna. Spencer faßte Jills Arm.

„Woher kennst du dieses Lokal?" fragte Jill. „Du weißt, ich darf nichts trinken, aber ich geb dir ein Bier aus."

„Gern."

Sie setzten sich auf zwei Barhocker, als Adrienne, in der Hand ein Clipboard, durch die Schwingtür kam und hinter der Bar die Vorräte kontrollierte. Daß Spencer „Hallo" gerufen hatte, hatte sie offenbar nicht gehört. Erst als sie sich umdrehte, sah sie die beiden.

Sie lächelte, und Spencers Knie wurden weich. „Was macht ihr denn hier?"

Irgendwas sagte Spencer, daß Adrienne keineswegs so überrascht war, wie sie tat. Sie machte Jill und Adrienne miteinander bekannt, beide hatten sofort Kontakt zueinander. Sie sprachen die gleiche Sprache. Spencer sah Frauen mit kurzen Haaren, Flannelhemden und Jeans, eine spielte Billard, ihre Arme waren tätowiert, und sie rauchte, als wäre jede Zigarette ihre letzte, auf der Tanzfläche schmusten Frauenpärchen – Spencer wußte, die Außenseiterin hier war sie.

Adrienne legte ihre Hand auf Spencers. „Möchten Sie etwas trinken?"

Spencer nickte. „Ja. Einen Martini."

Adrienne mixte ihn selber und stellte ihn vor Spencer, die das Glas mit einem Schluck leerte und in ihrer Handtasche nach einer Zigarette suchte. Ihr Kopf begann sich zu drehen. Glücklicherweise wurde Jill nach einer halben Stunde übel.

Adrienne brachte sie zum Wagen. „Schön, daß Sie hier waren", sagte sie. „Kommen Sie doch wieder."

„Ich weiß nicht, ich wollte es ja nur Jill zeigen. Ich dachte, es würde ihr gefallen."

„Ach so." Adrienne steckte die Hände in die Taschen. „Nun, ich muß wieder an die Arbeit."

„Sie haben es sehr schön gemacht", setzte Spencer schnell hinzu. „Ich meine, die Bar. Es ist hübsch hier."

„Danke."

„Na denn..." *Warum brachte sie es nicht fertig, auf Wiedersehen zu sagen?*

„Auf Wiedersehen, Spencer", sagte Adrienne und wandte sich ab.

Jill kehrte nach Seattle und Spencer zu ihrem Leben zurück, so bedeutungslos es auch war. Sie hatte angefangen, zweimal die Woche abends den Kurs *Stimme des unabhängigen Films* von Perry Van Houten zu besuchen, einem Drehbuchautor, der in den siebziger Jahren einen Hit gelandet hatte.

Van Houten verschwendete kostbare Zeit damit, seinen Hörerinnen und Hörern einzubimsen, daß sie nicht die geringsten Chancen hatten. „Wie ein Schneeball in der Hölle. Dieser Kurs ist das reinste Vergnügen, aber ich sage Ihnen, niemand hier hat das Zeug, was zu werden. Hätten Sie es, säßen Sie nicht hier."

Die Studierenden rutschten unruhig hin und her. Die Frau neben Spencer verdrehte die Augen und grinste. Was war in Spencer gefahren? Überall fielen ihr jetzt die Frauen auf. Auf dem Markt, im Videoladen. Beim Joggen im Park hatte sie eine Blondine überholt, die sie angelächelt hatte.

„Warum sind Sie überhaupt hier?" Van Houtens Stimme bohrte sich in ihre Gedanken. „Weil in uns allen diese kleine Stimme wohnt, die sagt, ‚ich bin anders. Ich schaffe es.'"

Dieser Kurs war das Allerwichtigste für sie, und er machte alles kaputt. Spencer stand auf und ging.

„Entschuldigung, Miss?" rief Van Houten ihr nach, aber sie antwortete nicht.

„Wahrscheinlich gilt das als Meuterei", sagte Spencer zu sich, während sie darauf wartete, daß die Heizung die Windschutzscheibe auftaute. Weil sie keine Lust hatte, in die leere Wohnung zu kommen, beschloß sie eine kleine Rundfahrt zu machen, um ihre Gedanken zu ordnen. Als sie sich auf dem Parkplatz von Girl's Town wiederfand, murmelte sie: „Was zum Teufel tust du?" Sie startete und brauste davon.

Schwer bewaffnet mit der Ausrede, „ein Mitbringsel zur Eröffnung zu bringen", kehrte Spencer am folgenden Mittag zur Bar zurück. Das Tageslicht zerstreute alle Spekulationen über mögliche Absichten.

Adrienne nahm eine Lieferung Bier in Empfang, sie dirigierte den Fahrer gerade in den Vorratsraum, als Spencer ein großes viereckiges Paket aus dem Auto wuchtete.

„Was ist das?"

„Ein Geschenk zur Eröffnung. Weil Sie wirklich was Tolles geleistet haben." Sie kratzte sich an der Lippe. „Jedenfalls bin ich beeindruckt." Sie überreichte Adrienne das Paket.

Die bedeutete Spencer, ihr zu folgen. In ihrem winzigen Büro bot sie Spencer einen Stuhl an, aber die blieb stehen, bis Adrienne ausgepackt hatte. Ein gerahmtes Schwarzweißfoto, circa 1920, Frauen in Männerkleidung in einem Pariser Salon. Adrienne lachte.

„Das ist wunderbar. Wirklich. Und ich weiß auch schon, wo es hängen wird. Kommen Sie."

In der Bar war es finster, bis Adrienne die Beleuchtung der Tanzfläche eingeschaltet hatte. Sie ging hinter die Bar, nahm ein nichtssagendes Bild, das über der Kasse hing, ab und hängte an seine Stelle die *Femmes Dangereuses*.

„Toll. Wirklich perfekt." Sie nickte begeistert. „Und jetzt mache ich Ihnen was zu essen."

„Aber ich muß zurück ins Büro."

„Essen müssen Sie so oder so."

Beim Lunch sprach Adrienne über die Schwierigkeit, die richtigen Geschäftspartner zu finden, über die Verrücktheiten des Kneipengeschäfts und daß sie überhaupt nicht sicher wäre, ob sie die richtige Entscheidung getroffen hätte.

„Aber warum haben Sie es dann gemacht?"

„Weil ich einen Raum für Lesben schaffen wollte. Nur daß sie es nicht zu schätzen wissen. Klagen, Klagen, Klagen. Das ist alles, was sie können."

„Das tut mir leid."

„Muß es nicht. Sie jedenfalls haben mir eine große Freude gemacht." Sie sah Spencer unverwandt an. „Also, Spencer, und was tun *Sie* hier? Bloß mal reingucken? Reine Neugier?"

Spencer biß sich auf die Unterlippe.

„Sie müssen wissen, meine Schwester Jill ist les... les... – sie ist wie Sie und die anderen hier." Sie strich sich nervös durchs Haar. „Sagen wir einfach, ich versuche mich einzustellen – zu begreifen."

„Und was ist Ihre Geschichte?" Adrienne lehnte sich zurück und sah sie abschätzend an.

„Tut mir leid, da gibt's nichts zu erzählen."

„Etwas an Ihnen ist sehr interessant."

„Es ist lange her, daß jemand irgend etwas an mir interessant gefunden hat", antwortete Spencer ohne zu überlegen. „Das hört sich wahrscheinlich auch ziemlich lahm an."

„Überhaupt nicht." Adrienne strahlte sie an, und Spencer merkte, wie ihre Finger den Jeansstoff kneteten.

„Schaun wir mal." Adrienne beugte sich vor. „Sie stammen aus einer reichen Familie und wurden immer mißverstanden. Aber Sie hatten Träume. Filmemachen, stimmt's?"

Spencer nickte fasziniert.

„Ihre Familie und Ihr Freund" – sie wartete, bis Spencer seinen Namen eingefügt hatte – „Donald finden Sie zum Verrücktwerden wild und theatralisch. Donald ist nett, aber verklemmt. Er sieht nicht schlecht aus, wenn man den arischen Typ mag. Das einzige, das Sie davon abhält, in den Fluß zu springen, ist der Liebhaber, den Sie in einem Wohnwagencamp in Gresham versteckt haben, er fährt eine Harley, raucht Hasch und flüstert Ihnen poetischen Unsinn ins Ohr."

Spencer mußte lachen. Adrienne war ein Schatz.

„Sehen Sie? Es ist gar nicht schwierig, von Ihnen zu reden."

Und dann begann Spencer zu erzählen. Sie erzählte von ihrer Kindheit, ihren Wünschen und Träumen – Filme zu machen, zu schreiben. Über ihren Job, Massinger und das ganze verrückte Marketinggeschäft. Sie hatte aufgehört, auf die Uhr zu sehen, als ihr klar wurde, daß sie bereits seit einer Stunde im Büro sein sollte, und dann erzählte sie von Jill und ihrer unerwarteten Erklärung.

„Das war wohl eine Überraschung." Adrienne grinste.

„Die eigentliche Überraschung war, daß sie schwanger ist."

„Künstliche Befruchtung?"

Spencer nickte.

„Wie hat – wie hieß er noch – Donald es aufgenommen?"

„Wie die meisten Männer. Er fand es bedrohlich und verführerisch zugleich."

Adrienne trank ihre Cola aus. „Und wie haben Sie es aufgenommen?"

Etwas an dieser Frage, an der leisen Heiserkeit der Stimme ließ Spencer aufblicken, aber als sie Adriennes Gesichtsausdruck sah, fühlte sie das dringende Bedürfnis, mit dem Salzstreuer zu spielen.

„Nun, ich... ich hab' kein Problem damit. Ich liebe meine Jilly Bean. Es ist nur so, ich habe wenig Erfahrung mit –"

Einen langen Moment sahen sie sich schweigend in die Augen.

„Und Sie?“ fragte Spencer schließlich.

„Ich bin Lesbe, seit ich denken kann“, erklärte Adrienne schlicht und sah Spencer wieder mit zermürbender Direktheit an.

„Du meine Güte.“ Spencer sammelte ihre Sachen ein. „Da sitzen wir den ganzen Nachmittag und quatschen.“

„Tu nicht so fremd“, murmelte Adrienne, als Spencer aufstand und ging.

Sie redete sich weiterhin ein, das Leben sei gut. Fest und sicher. Donald hatte einen Karrieresprung gemacht, sie hatten eine reizende Wohnung und waren gut versichert. Massinger war von ihrer Arbeit begeistert. Alles war wie immer.

Massinger machte es sich zur Gewohnheit, am Ende eines Arbeitstages in ihr Büro zu kommen, seinen massigen Hintern auf eine Ecke ihres Schreibtisches zu wuchten und seine Lieblingsthemen abzuarbeiten. „Natürlich weiß ich sie zu nehmen. Nein, nein –“ er hob die Hände, als wollte Spencer ihn unterbrechen, „Frauen sind besser als Männer. Müssen es sein. Aber was wirklich aus der Menge heraushebt, ist das Wissen, daß Opfer verlangt werden. Daß das Privatleben an zweiter Stelle kommt.“

Nach dem letzten Zusammentreffen dieser Art hatte Spencer auf den Haufen Papier auf ihrem Schreibtisch gestarrt und war dann einfach aufgestanden und gegangen, ihrer Sekretärin hatte sie gesagt, sie bekäme eine Grippe. Sie fuhr zu einem Videoladen in der Nähe ihrer Wohnung und fragte den schlaksigen Jugendlichen hinter dem Tresen nach einem Film. „Ich möchte was... ich weiß nicht, was Emotionales, weiß nicht, Romantisches vielleicht, ist nicht nötig, aber es muß wirklich gut sein, verstehen Sie?“

Er drehte sich um, ging an ein Regal, nahm mit einer fast poetischen Geste gezielt ein Band heraus und überreichte es ihr, als handle es sich um die Übersetzung einer alten Religion.

Zu Hause angekommen, zog sie sich um, ließ die Rollos herunter, schob das Video ein und setzte sich auf die Couch.

Als Donald nach Hause kam, sah sie zum drittenmal Moira Shearers balletthaften Todessturz am Ende des Films *Die roten Schuhe*. Donald machte das Licht an und erstarrte, als er ihr tränenüberströmtes Gesicht sah und die halbleere Flasche Jack Daniel's auf dem Tisch.

„Spencer, was ist passiert?"

Sie wandte ihm ihre geschwollenen Augen zu.

„Großer Gott, dein Stiefvater."

„Nein." Sie konnte kaum sprechen. „Es ist Moira Shearer, es ist so... traurig."

„Was?" Donalds Schock verwandelte sich in Ärger. „Wer ist Moira Dingsda?"

„Die Tänzerin." Sie zeigte auf den Fernseher. „In *Die roten Schuhe*."

„Was zum Teufel geht hier vor, Spencer."

„Sie muß sich entscheiden zwischen ihrer Kunst... und... und... der Liebe ihres Lebens." Sie war betrunken.

„Ich weiß, daß du in letzter Zeit viel zu tun hattest, aber das ist nicht das Ende der Welt. Du bist müde. Geh schlafen."

„Nein."

„Geh schlafen, Spencer."

„Nein."

„Du bist ja betrunken."

„Eine treffende Beob... obachtung." Sie kicherte.

Donald ging auf und ab. „Du brauchst Hilfe Spencer. Ich schlage vor, du gehst in eine Therapie. Du warst eine sensible Person, du hattest Ziele, und du warst glücklich. Jetzt bist du eine emotionale Achterbahn. Jeden Tag was anderes. Ich halte das nicht aus. Verstehst du? Ich will die Frau zurück, in die ich mich verliebt hatte."

„Dies ist die Frau, in die du dich verliebt hast. Die, mit der du gelebt hast, ist eine Heuchlerin."

„Prima Kinodialog, Spencer. Aber dies ist das Leben."

„Das ist es ja, wovor ich mich fürchte."

Er griff nach der Flasche, sah sie an und stellte sie wieder hin. „Laß dich doch von deinem Stress nicht so unterkriegen."

„Kinodialog hilft ganz schön, was?" schnappte sie zurück. Donald ging aus dem Zimmer.

Sie machte das Licht aus, setzte sich wieder hin und drückte auf die Fernbedienung.

Am nächsten Tag saß sie mit einem schweren Kater im Büro. Donald hatte recht. Sie mußte was unternehmen. Sie wollte Sarah anrufen, aber als sie den Hörer abhob, wählte sie eine andere Nummer.

Adrienne machte die Tür auf, Spencer stand da wie angewurzelt. Adrienne führte sie zu einem Barhocker und goß ihr einen guten Schuß warmen Kognaks ein.

„Da. Es ist kalt draußen."

„Nein, es ist –" Spencer zündete sich mit zitternden Händen eine Zigarette an. „Ich... ich glaube, ich bin nur verwirrt."

„So. Und was ist das Problem?"

„Ich. Ich bin das Problem... mein Leben... oder daß ich keins habe. Jedenfalls nicht das, das ich mir vorgestellt hatte."

„‚Leben ist das, was geschieht, während du Pläne machst'?"

Spencer hob ihr Glas mit einer Geste, die „genau" signalisierte, und stürzte den Kognak hinunter. Wärme breitete sich in ihr aus und vertrieb das Gefühl von Gefahr. Sie betrachtete Adrienne, die an der Bar lehnte. So verdammt unwiderstehlich mit ihren gefährlichen blauen Augen.

„Wie machen Sie das?"

„Was?"

„Alles zusammenhalten. Sie wirken, als kennen Sie alle Antworten. Als könnte Sie nichts durcheinanderbringen."

„Glauben Sie mir, ich werde durcheinandergebracht." Adrienne lächelte mitfühlend. „Warum erzählen Sie nicht von Anfang an?"

Spencer hatte keine Ahnung, wie sie erklären sollte, daß ein Video sie aus der Bahn geworfen hatte. Daß die Qual der

Heldin, zwischen Kunst und Liebe wählen zu müssen, sie ins Schleudern gebracht hatte. „Ich kann mich nicht mit ihr vergleichen. Ich habe ja noch nicht für meine Kunst gelitten."

„Nein, es scheint, als hätten Sie einfach so gelitten."

Bei dieser simplen Wahrheit begann Spencer zu weinen, sie haßte und bemitleidete sich gleichzeitig. „Es tut mir leid. Das ist so lächerlich. Da schwatze ich über meine Probleme, und Sie kennen mich kaum –"

„Ich kenne dich, Spencer", stellte Adrienne fest. „Denkst du nicht auch, daß ich dich kenne?"

Spencer wischte sich die Tränen ab. „Ich bin fertig. So fertig, daß ich einschlafen und nie wieder aufwachen möchte."

„So weit würde ich nicht gehen." Adrienne nahm Spencer am Ellbogen und führte sie auf die Tanzfläche. Sie legte eine Platte auf, eine langsame Melodie kam aus den Lautsprechern.

Adrienne kam zurück, wartete einen Moment und streckte die Hände aus. „Ich beiße nicht", sagte sie sanft.

Spencer berührte Adrienne, in dem Augenblick wußte sie... Adrienne sollte sie berühren, sie wollte es so sehr, aber... Adrienne legte ihre Hand um Spencers Taille.

Adrienne begann sich zur Musik zu bewegen. Spencer stand da, unfähig sich zu rühren, bis Adrienne ihre Hand sanft auf Spencers Schulterblatt drückte und ihr nichts übrigblieb, als sich Adriennes Führung zu überlassen.

Sie hielt sich an Adrienne fest, um nicht zu fallen, roch ihr Parfüm, die Wärme ihrer Haut, den Kognak in ihrem Atem, und wußte, sie wollte ihre Zunge schmecken, ihre Lippen und ihre Wangen an den ihren fühlen, die Hitze des Begehrens in ihrem Nacken, wie eine Marionette.

Spencer schlang ihre Arme um Adrienne, hielt sie fest, als ginge es um ihr Leben, sie spürte ihr Herz im ganzen Körper, sie blendete ihr Denken aus, als Adriennes Lippen kamen, ihre Hände Spencers Nacken umfaßten, ihr Mund Antwort verlangte, die ein Kampf aus zerbissenen Lippen, aufeinandergepreßten Zähnen, Zungen und Speichel wurde. Adrienne drängte sie gegen eine Wand. Adrienne preßte sich an ihren Körper, ihre Hände öffneten Knöpfe, berührten Spencers Haut, ihre Zunge fand ihr Ohr, Adriennes Hand zwischen ihren Schenkeln, und dann, ja, da, wo sie sie wollte, tief in ihr, und als sie Adriennes Daumen auf ihrer Klitoris spürte, fiel ihr Kopf nach hinten... sie kam, kam hart, Adrienne keuchte ihren Namen... jedenfalls glaubte sie, es wäre ihr Name... sie hörte nicht, sah nicht... sie spürte nur Adrienne, die sie ausfüllte, und gab sich hin, zitternd vor ihrer Macht.

Im Morgengrauen lagen sie in Adriennes Bett, in einer Wohnung nur wenige Blocks von der Bar entfernt. Spencer war aufgekratzt – aus Mangel an Schlaf und zuviel Adrenalin, aus Abenteuer und Furcht. Sie wurde geliebt. Sie wurde angebetet. Sie war sehr durcheinander.

Adrienne schlief, und Spencer betrachtete ihr Profil, die kräftige Nase mit der leichten Krümmung, die von einem Unfall in ihrer Kindheit herrührte, marmorweiße Haut, schmale, auch im Schlaf noch angespannte Lippen. Sie blickte über Adriennes Körper, muskulös, breite Schultern, schmale Hüften, volle Brüste – ein männlicher Körper mit gerade soviel Kurven, daß er der Körper einer Frau blieb. Im Spiegel über dem Bett sah sie ihr eigenes Gesicht. Als sie sich ihr wieder zuwandte, war Adrienne wach.

„Hallo. Geht's dir besser?"

„Ja." Spencer lächelte. „Ich glaube schon."

Adrienne sah Spencer nachdenklich an. „Was wolltest du eigentlich werden, als du klein warst."

„Filmemacherin."

„Dann mußt du ernstmachen. Wie letzte Nacht."

„Was soll das heißen?"

„Es ist ja prima, daß du all diese Kurse machst. Einen hier. Einen da. Aber damit bleibst du am Rand stehen, da, wo's bequem ist. Glaub mir, ich kenne das. Es hat mich Jahre gekostet, bis ich meinen Hintern hochbekam und die Kneipe kaufte. Wenn du etwas wirklich willst, mußt du mitten reinspringen. Und zwar ganz. Nicht bloß für einen Abend hier und ein Wochenende da." Adrienne beugte sich vor und küßte sie. „Eins mußt du von mir wissen", flüsterte sie, als Spencer nach Luft schnappte. „Ich nehme keine Rücksicht. Wenn ich etwas will, hol ich es mir. Gefangene werden nicht gemacht. Du verstehst, was ich meine?"

Spencer nickte gehorsam.

Die Mittwoch- und Donnerstagabende verbrachte Spencer nun mit Adrienne. Donald sagte sie, sie hätte einen neuen Dokumentarfilmkurs, und anschließend müßte sie mit einer Kollegin arbeiten. Sie log. Ziemlich gekonnt. Bisher hatte sie immer die Wahrheit gesagt, egal was ihr das einbrachte.

Aber sie konnte nicht anders. Sie zählte die Minuten, bis sie wieder mit Adrienne vereint war. Sie gehörte Adrienne. Nie war sie so begehrt worden, es war Labsal für ihr angeschlagenes Ego, ein Rauschgift, das abhängig machte.

Wie sollte sie Adriennes Begehren begegnen – Lippen, die sie antrieben, daß sie kam in einem Sturm von Gefühlen. Ihre Zunge in ihrer geschwollenen Lust, bis beide verschmolzen – aber kommen durfte sie erst, wenn Adrienne es befahl. Adriennes Gewalt wurde stärker, ihre Kontrolle dominierender.

Spencer tat, was immer Adrienne in diesen Augenblicken wollte, wenn sie ihr Innerstes nach außen kehrte, ihre Finger die Quelle ihrer Lust klopften in endloser Wiederholung und mit der Präzision einer Klavierübung, ein Arm um Spencers Hüfte geschlungen, eine Hand sie öffnend. Alles an ihr gehörte Adrienne, und je mehr sie sich ihr aussetzte, um so schärfer klang Adriennes Stimme in ihrem Ohr, um so straffer wurde ihr Mund, um so enger zogen sich ihre Augen zusammen, wenn Spencer wieder und wieder kam.

Selbst nachdem Adrienne ihr Fleisch geknetet hatte, bis es blutete, ihren Mund geküßt hatte, bis er blutete, ihr Haar nach hinten gezerrt und auf ihrem Hals Knutschflecke hinterlassen hatte wie ein zorniger Liebhaber – die sie tagelang unter einer Puderschicht verstecken mußte –, kehrte Spencer immer wieder zurück. Adriennes Liebkosungen verwandelten sich in Mißhandlungen, ihre Finger wanderten von dem, was Spencer kannte, zu dem, was Adrienne ihr beibringen wollte – in den After eindringen, während sie kam. Adrienne nahm sie an Stellen, von denen sie nichts wußte, Spencers Angst ging auf in Adriennes Manipulationen.

Eines Abends, Adrienne war ins Lokal gegangen, sie lag da, und das Blut zwischen ihren Schenkeln trocknete, wußte sie plötzlich, daß dies mit Liebe nichts mehr zu tun hatte. Adriennes Bücherregale waren voller Porno- und S/M-Romane; ein Dildo lag unterm Bett und Handschellen für die Handgelenke ihrer Geliebten. Das war ihre Domäne, eine gefährliche Welt mit weit hinausgeschobenen Grenzen. Und Spencer vermochte nicht nein zu sagen.

Wer war diese Frau? Gezeichnet von einer gewalttätigen Kindheit, Drogen und Herumtreiberei, war sie brillant und brachte Spencer viel bei, nicht zuletzt Sex. Die meisten Lektionen allerdings handelten von S/M, und Spencer hatte Mühe, die Manipulationen, die Fassaden, das Doppelgesicht von Erniedrigung und Vertrauen zu begreifen.

„Dies ist keine intellektuelle Übung", sagte Adrienne einmal nach einer besonders sportlichen Vorstellung einschließlich Dildo und Peitsche. „Niemand erwartet, daß du das verstehst, du sollst es fühlen."

„Ich dachte", Spencer war angesichts von Adriennes Erfahrung sehr unsicher, „ich dachte, das Fühlen kommt von allein. Ohne die ganzen Tricks."

„Manchen Leuten gefällt eben die kleine Extrastimulation. Manche Leute wollen angefeuert werden." Sie begann ihr Schambein zu reiben und dann, Spencer unverwandt ansehend, bewegte sie ihre Finger langsam und rhythmisch auf ihrer Klitoris. „Es ist gut, Spencer... sehr gut... so gut." Ihre Stimme war heiser vor Erregung. Sie leckte zwei Finger ihrer linken Hand und reizte ihre Nippel, dann nahm sie Spencers Hand und legte sie auf ihre, damit Spencer fühlte, wie Adrienne onanierte, und dabei selbst immer erregter wurde. Und dann drehte Adrienne Spencer um, rieb sich an ihrer Hüfte, als sie kam, und dann stieß sie ihre Finger in Spencer, nahm sie härter und härter, bis Spencer nichts mehr fühlte.

„Genaugenommen also lebten Sie mit Ihrer Mutter und hatten ein Verhältnis mit Ihrem Vater", interpretiert die Therapeutin.

Natürlich hatte ich so nie darüber gedacht, aber so war es. Am Tag ließ ich Donald mich kleinmachen, nachts gestattete ich Adrienne, mir meinen Verstand zu nehmen. Meine Schultern ziehen sich zusammen vor Unbehagen, ich empfinde Schuldgefühle über mein Doppelleben mit Adrienne und die Scham, die mich überfällt, wenn sie mit mir fertig ist.

Vielleicht bin ich da auseinandergebrochen. Habe von da an immer mehr gesehen, daß jemand anders meine Rolle spielt – Spencer, die Angestellte und ahnungslose Geliebte, die sich erfolgreich schlecht fühlt und erfolgreich selbst bestraft.

Ich krampfe mich zusammen, meine Muskeln zittern, um Wärme zu erzeugen, da höre ich ein Rascheln und merke, mein Notizbuch steckt in meiner Hosentasche. Ich hocke mich auf die Knie und suche mit zitternden Händen im Dunkeln nach Holz und finde zwei Stücke, fühle ihre Nässe und ein Gefühl von Vergeblichkeit. Mit steifen Fingern zerknittere ich das Papier und lege die Holzstückchen kreuzweise darüber.

Ich verplempere ein Streichholz, dann noch eins. Trotzdem flackert wundersamerweise ein Feuerchen auf, mein kalter Atem facht die Miniaturflammen an, dreißig Sekunden lang hoffe ich, aber dann rollen die Papierstückchen sich schwarz zusammen, und Rauch berührt meine Wange. Ich puste weiter. Wieder flackert etwas auf, ich füttere es mit mehr Papier – es gelingt, ein richtiges Lagerfeuer erhellt meine Höhle. Ich blättere durch die übrigen Seiten und überlege, wie lange ich die Sache am Leben halten kann.

Immer waren es Kleinigkeiten, die mich erleuchteten.

Jill war aus Seattle gekommen, ohne Geliebte und ohne Zuhause. Spencer und Donald nahmen sie bei sich auf, bis sie wieder auf eigenen Füßen stehen konnte. Da Donald einen Fall in San Francisco bearbeitete und deshalb oft weg war, war es für Spencer nicht nötig, sich den Problemen zu stellen, die unter der Oberfläche brodelten. Als sie Jill gestand, daß sie heimlich liebte und zwar eine Frau, wurde Jill Trainerin, Einpeitscherin, Therapeutin, alles in einer Person. Ihre Schwangerschaft und Spencers Depression rieben Salz in alte Wunden. Aber Jill verliebte sich in Kat, bevor es zu schlimm wurde, und zog zu ihr in ein altes Haus im Nordosten von Portland. Donald schien Kat durchaus zu mögen, aber er kam nicht drüber weg, daß „sie" die Welt an den Eiern gepackt und ihre eigenen Regeln aufgestellt hatten.

So wie Adrienne ihre Regeln aufgestellt hatte. Regeln, die Spencer mehr und mehr Angst machten. Langsam begriff sie, daß, was sie anfangs als grenzenlose Leidenschaft empfunden hatte, nicht Begehren war, sondern daß Adrienne mit Macht und Gewalt um ihre eigene Rettung kämpfte. Donald war immer so aufrecht und konzentriert gewesen, also hörte sie zu. Adrienne bestand nur aus amazonenhafter Wildheit, also hörte sie zu. Beide wußten immerhin, was sie taten, ob sie den Weg vorsichtiger Berechenbarkeit oder Ketten und Leder gewählt hatten.

Spencer mußte eine Entscheidung fällen. Sie beschloß, wieder zu schreiben. Wenn sie schrieb, einfach schrieb – vielleicht würde sie sich besser fühlen.

Der erste Lehrsatz in jedem Ratgeber war: *Schreib, was du kennst.* Das tat sie. Sie schrieb jeden Abend und am Wochenende. Sie sagte Verabredungen mit Adrienne ab, damit sie schreiben konnte. Sie mischte Metaphern, verdrehte die Grammatik, während sie jeden Gedanken, der ihr durch den Kopf ging, zu Papier brachte, schrieb manchmal Unfug und manchmal Literatur.

Und dann eines Tages kam alles auf einmal heruntergekracht.

Sie hatte ein Schreibhoch und erlebte eine dieser Erfahrungen, die mit leichten Abweichungen jede Autorin erfährt. Die Finger können gar nicht schnell genug tippen, der Kopf weiß nicht, was das Unterbewußte diktiert. Keine Ahnung, ob es Tag ist oder Nacht, Regen oder Sonnenschein, nur diese Szene tief drinnen, und was dabei herauskommt, hängt weniger von Talent und mehr von der Muse ab. Wenn eine Person dabei unterbrochen wird, ist es wie das Erwachen aus einem Koma.

In so einem Moment kam Donald hereingeschlendert, beugte sich über sie und räusperte sich sarkastisch. Spencer roch förmlich seinen Widerwillen, fühlte, wie er auf die Uhr sah, und dann sah sie ganz am Rand ihres Gesichtsfelds, wie er sich bückte und den Stecker zog. Der Bildschirm wurde schwarz. Sekundenlang war sie zu verblüfft, um sich zu rühren.

„Was zum Teufel machst du da? Hast du eine Ahnung, wieviel ich eben verloren habe?“

„Es ist halb elf.“

„Das ist mir egal –“ Sie war zu erregt, um aufzupassen.

„Spencer, Massinger hat mich angerufen. Er macht sich seit ein paar Monaten Sorgen um dich. Glaubt, etwas beeinträchtige deine Leistung.“

„Und du glaubst, deine Machoallüren wie eben würden das ändern?“

„Vielleicht bringt es dich zum Nachdenken. Die Sache ist ernst. Du bist in den letzten zwei Wochen dreimal zu spät gekommen.“ Als sie mit geballten Fäusten auf ihn zukam, begann seine Stimme zu schwanken.

„Ich *will* schreiben, Donald. Ich will schreiben, wann ich will, solange ich will, und wenn ich den ganzen Tag im Morgenrock rumlaufen und die Arbeit schwänzen will, gibt es nicht das kleinste Bißchen, das du dagegen tun kannst.“

„Spencer –“

„Halt den Mund. Ich könnte dir eine reinhauen, Donald, es ist mir ernst. Ich könnte dir deine blasierte Fresse polieren.“

Er lächelte entschuldigend. „Spencer, sei kein Kindskopf."

Ihre Knöchel in seinem sorgfältig rasierten Gesicht machten genau das Geräusch, das sie gehört hatte, als Jonathon sie schlug.

Donald fiel rücklings aufs Sofa, vor lauter Verblüffung brachte er kein Wort heraus.

„Den Stecker rausziehen wird mich nicht aufhalten. Also geh mir verdammt noch mal aus dem Weg." Damit ging sie ins Schlafzimmer und zog sich für die Arbeit um.

Es war Freitag und sie, als sie ins Büro kam, bereits drei Stunden überfällig. Sie starrte aus dem Fenster und auf die Arbeit auf ihrem Schreibtisch. Wie im Nebel kam sie durch den Tag. Als der kleine Uhrzeiger auf fünf glitt, packte sie ihre Tasche und ging. Auf dem Weg zur Bank hätte sie beinahe einen Unfall verursacht.

Sie ließ sich ihr Konto in bar auszahlen, fuhr zurück ins Büro und schrieb ihre Kündigung. In einem Briefchen an Adrienne teilte sie ihr mit, sie habe recht gehabt. Sie wolle welchen Walzer auch immer aus ganzem Herzen tanzen, ginge nach L.A. und würde sich melden, sobald sie Fuß gefaßt hätte. Ein dritter Brief ging an Donald.

Sie räumte die Schubladen ihres Schreibtisches aus, fuhr nach Hause, packte zwei Koffer, stopfte ihren Computer und so viele Bücher wie möglich in ihr Auto. Sie fuhr bei Jill und Kat vorbei, um ihnen zu sagen, daß eine Frau tun muß, was eine Frau tun muß.

Dann fuhr sie aus ihrem Leben davon. Einfach so.

Lilian, eingehüllt in eine alte Wolldecke, seufzte und sah auf das Blatt Papier vor sich, angestrengt suchte sie nach dem Wort, das eine bestimmte Nuance von Verzweiflung exakt beschrieb. Sie sah die fleckigen Wände, die enger zusammenzurücken schienen. Reste vom Abenbrot standen auf dem kleinen Tisch, im kühlen Zug vom undichten Fenster her wehte frisch gewaschene Unterwäsche, Bücher und Papiere belegten jeden freien Platz.

Schließlich stand sie auf und zog sich so fein an wie möglich. Sie nahm das Manuskript und verließ den Raum.

Eine Stunde später führte ein kränklicher Angestellter sie in das schmale Büro von Robert Applebury. Robert Applebury von Applebury & Crone war im Unterschied zu seinem Angestellten ein stattlicher, gut aussehender Mann mit pfeffer- und salzfarbenem dichten Haar und Schnurrbart. Er gab ihr die Hand und bat sie, auf einem harten Holzstuhl vor seinem Eichenschreibtisch Platz zu nehmen, auf dem sich Papierberge türmten.

Er setzte sich, zog ihr Manuskript aus einem Haufen hervor, legte es bedächtig vor sich auf den Tisch und zelebrierte für einige Augenblicke ein dramatisches Schweigen.

„Absolut gewagt", wiederholte er mehrmals, während er die Seiten umschlug. „Ich kann Ihnen gar nicht sagen, Miss Harrington, was für ein Vergnügen es mir gewesen ist. Wirklich ein Vergnügen." Er zwirbelte die eine Spitze seines Schnurrbarts. „Unglücklicherweise –"

Lilian sah auf und erwartete nichts Gutes.

„Meine liebe Miss Harrington, die Wahrheit ist, daß ich solche Gedichte noch nie gelesen habe. Dazu in einer unerhörten Form – geradezu frei strömend, mit allen Zeichen der Vertrautheit mit den Klassikern. Ganz einzigartig, Miss Harrington, und ich sehe genau, worauf Sie hinauswollen. Nicht daß es fertig sei. Es braucht immer noch viel Arbeit.

Sie sind jung, mit der Zeit werden Sie mit den Besten wetteifern können.“ Er räusperte sich. „Aber selbst für einen Mann ist es zu heftig, es würde den Leser – ich weiß keinen anderen Ausdruck – in größte Verlegenheit bringen. Noch nie, soweit ich mich erinnern kann, sind diese Themen mit solcher... Offenheit behandelt worden. Oder besser, mit solch unerbittlicher Ehrlichkeit. Bedauerlicherweise publizieren Applebury und Crone Bücher, die das Publikum unterhalten sollen. Dieses, meine Liebe, würde ihm Angst machen.“

Es wurde ganz still, Lilians Schultern sackten nach vorn. Eine ihr nur zu bekannte Furcht ergriff sie, nach außen zwang sie sich, gleichmütig zu wirken.

„Ich danke Ihnen für Ihre Zeit, Mr. Applebury“, sagte sie und wollte gehen. Auch Mr. Applebury stand auf.

„Miss Harrington, darf ich Sie etwas fragen?“

„Selbstverständlich.“

„Diese Gedichte stammen aus persönlicher Erfahrung, vermute ich.“

„Ja.“

„Vielleicht waren sie für Sie notwendig, um Ihre Dämonen zu bekämpfen. Ich möchte mir einen Vorschlag erlauben.“

Lilian sah Robert Applebury in die Augen und entdeckte die Freundlichkeit darin.

„Ihre Gedichte mögen Sie für sich schreiben. Aber vielleicht könnten Sie sich vorstellen, für Applebury und Crone Ihr Talent in einen Liebesroman zu investieren. Oder einen Kriminalroman. Sie sind eine sehr begabte junge Frau. Ich würde Sie für diese Begabung gern bezahlen.“

„Danke, Mr. Applebury.“ Lilian reichte ihm die Hand. „Ich werde über Ihr freundliches Angebot nachdenken.“

„Soll Rabbit doch zur Hölle fahren.“ Das war das erste, was Lilian hörte, als sie die Tür zu Dorothy Parkers Büro öffnete. Eine winzige Person lief auf und ab, ihre Augen sprühten, sie schüttelte ihr kurzgeschnittenes braunes Haar und fauchte: „Wie kann er mich so hängenlassen.“

Lilian räusperte sich. „Mrs. Parker?“

Die Frau warf angewidert einen Brief auf den Tisch und wandte sich ihr zu. „Dorothy Parker. Höchstpersönlich.“

Lilian trat ein. „Lilian Harrington. Robert Applebury meinte, ich sollte Sie kennenlernen. Er schlug auch vor, ich sollte meine Arbeiten Mr. Crowninshield vorlegen.“

„Crownie ist für eine Weile verreist. Tut mir leid.“ Mrs. Parker beäugte den Packen Papier. „Was haben Sie da? Geschichten von eifersüchtigen Ehefrauen und nichtsnutzigen Ehemännern? Die ultimativen Essays über den Weltkrieg? Kritiken? New York ist voll von Kritikern. Wie ein großer Teller voll Rührei mit dem Talent als armer Petersilie, die am Rand verwelkt.“ Sie verharrte einen Moment. „Nicht schlecht. Könnte mein nächstes Editorial werden.“

„Ich wüßte nicht mal, wie man Kritiken schreibt“, sagte Lilian zurückhaltend.

„Ihr Glück. Was ist es dann?“

„Gedichte.“

„Du lieber Gott. Gute?“

„So heißt es.“

„Hörensagen ist alles.“ Mrs. Parker warf das Manuskript auf den Tisch. „So, nachdem wir das erledigt haben, gehen wir essen. Mr. Benchley und ich. Kommen Sie mit?“

Wochen nachdem sie Dorothy Parker kennengelernt hatte, fiel Lilian auf, daß jedesmal wenn sie zum Lunch gingen, die meisten Tische bereits besetzt waren, und wenn sie gingen, gingen die anderen noch lange nicht. Sondern diskutierten – „meine Liebe, das ist eine Debatte, keine Diskussion“ – die neuesten Theatereignisse, Bücher, Ausstellungen, Liebesaffären. Wann verfertigten sie all das, worüber sie sprachen?

„Das ist das Geheimnis, Lil“, sagte Dorothy. „Sie sind Angeber. Und die meisten Autoren schwatzen mehr als sie schreiben.“

„He, meine Lieben!“ rief jemand. Aller Augen richteten sich auf einen hochgewachsenen, bemerkenswert gut aussehenden Mann, der den Hut in der Hand mit einer leichten Verbeugung eintrat.

„Da ist ja Rabbit." Dorothy verzog den Mund. „Ist das ungezogene Kind endlich nach Hause gekommen?"

„Der ungezogene Junge ist zu den Verbrechern zurückgekehrt, die ihm alle Tricks beigebracht haben."

„Lilian, Sie müssen Parnell Walbrook kennenlernen", schnurrte Dorothy. „Seine Zunge ist noch spitzer als meine."

Er verbeugte sich. „Bitte nennen Sie mich Rabbit, wie alle meine Freunde."

Lilian liebte seine Stimme von Anfang an. Den tiefen, melodischen Tonfall, die Präzision seines makellosen englischen Akzents. Er küßte ihre Hand.

„Es gibt doch noch Kavaliere", witzelte Dorothy.

„Jedenfalls in Paris", antwortete Rabbit.

„Setz dich, ich hole dir etwas zu trinken", bat Dorothy.

Walbrook setzte sich zu Lilian. „Ich wollte Sie unbedingt kennenlernen."

Lilian fand die Vorstellung schwierig, daß ein Mann von seiner Zivilisiertheit ausgerechnet sie kennenlernen wollte, und das auch noch unbedingt.

„Ich hoffe, Sie nehmen es nicht übel, aber Dorothy hat mich gestern einen Blick in Ihre Gedichte werfen lassen."

„Oh..." Lilians Stimme kam von ganz weit her, als gehörte sie nicht zu ihr.

„Sie sind verdammt eindrucksvoll. Und ziemlich anstrengend, meine Kleine", sagte Rabbit leise.

Lilian wurde bei dieser Eröffnung rot.

„Wie absolut entzückend", sagte er verblüfft. „In dieser Stadt gibt es eine Person, die rot werden kann."

Dorothy stellte ein Glas auf den Tisch. „Ich sehe, du bist schon wieder verliebt."

Benchley belegte sie mit Beschlag, er müßte ihr etwas sagen. „Etwas Wichtiges." Er lachte und nahm ihren Arm.

„Also, Lilian. Hat Crownie mit seinen Hosenträgern geknallt", fragte Rabbit, „und etwas gesagt wie ‚Um ganz offen zu sein, der einzige Grund, warum ich zugestimmt habe, Sie kennenzulernen, war, daß Dorothy lobend von Ihnen gesprochen hat – weil sie selten von jemandem lobend spricht. Diese seltene Gelegenheit wollte ich nicht versäumen.'?"

Lilian lachte, denn Rabbits Vorstellung kam dem ziemlich nahe, wie sich der distinguierte Verleger aufgeführt hatte.

„Ich bin beeindruckt", fuhr er fort. „Ihre Gedichte sind ja eher rauh. ‚Gehn ans Eingemachte', wie Benchley sagte –"

„Aber woher –"

„Darling, auf dem Spielplatz gibt es keine Geheimnisse. Unglücklicherweise ist es nicht wichtig, ob wir Ihre Gedichte mögen. Die Frage ist, mag sie die Zahnarztgattin in Krähwinkel? Crownie glaubt, er verliert die Hälfte seiner Leserschaft, wenn jemand nur die leiseste Spur von Intelligenz zeigt. Was hier in den Staaten tatsächlich sehr wichtig ist. Dorothy mag ein intellektueller Snob sein, aber sie ist dabei so charmant, daß es schon wieder unterhaltsam ist."

Der wütende Ozean wirft riesige Wogen auf den Strand, ein Mädchen kämpft mit den Wellen. Sie kann den Elementen kaum widerstehen, das Wasser wirft ihren Körper wie eine Puppe gegen das Kliff.

Eine Hand streckt sich aus und hilft ihr heraus. Es ist ihre Mutter, Gottseidank, es ist ihre Mutter, die sie retten wird, ihre Hand nimmt und sie mit aller Kraft herauszieht, aber als Lilian oben steht, ist da ihr Bruder Charles.

„Nein..." Lilian wachte auf. Sie hatte Hunger. Auf dem Regal lag nur ein verschimmelter Kanten Brot.

Als Lilian später Rabbit traf, versuchte sie verzweifelt nicht so gierig zu erscheinen, wie sie war. Seit ihrer letzten Mahlzeit war ein ganzer Tag vergangen, und als Rabbit die Karte studierte und die jeweiligen Vorzüge von Jack Horner-Pastete, Kalbskoteletts, Steaks und gefüllten Eiern pries, lief ihr der Speichel im Mund zusammen. Als das Kalbskotelett mit Kartoffeln und Erbsen vor ihr stand, aß sie langsam und tunkte noch die letzte Scheibe Brot in die cremige Soße.

Rabbit winkte dem Kellner. „Würden Sie uns bitte noch einmal Brot bringen. Und Kaffee."

Lilian war betroffen. „Ist es so offensichtlich?"

„Unfug." Rabbit zog sein goldenes Zigarettenetui hervor. „Sie wissen gar nicht, was für ein Vergnügen es ist, eine Frau mit gesundem Appetit essen zu sehen und nicht immerzu dieses Nippen einer höflichen Kirchenmaus."

„Sie müssen uns Nordwestler für ungezähmte Barbaren halten. Aber es gab eine Zeit, da hatte auch ich Manieren."

„Hunger und Ablehnung sind des Künstlers Paradox." Rabbit trank seinen Kaffee und rauchte eine Zigarette. „Sie schüren das Feuer des Genius und treiben ihm die Demut aus."

Leicht flog die Feder über die letzten Seiten. Sonst herrschte Chaos. Auf dem Bett lagen Kleider, Bücher und Papiere stapelten sich neben dem Schiffskoffer, den Rabbit besorgt hatte.

Das Manuskript war fertig. Lilian nahm ein neues Blatt, schrieb *Wahrheit* darauf und darunter *von Lilian Har* –

Sie strich den Namen aus und zerknäulte das Blatt.

Als Dichterin hatte sie keinen Erfolg gehabt, und auch Rabbit hatte gesagt, sie sollten für ihre Einführung in Paris eine neue Person erfinden.

Sie griff nach einem Buch, das auf einem Stapel lag, „Englische Dichter der Romantik", und stieß auf die Strophe:

This bosom, responsive to rapture no more,
Shall hush thy wild notes, nor implore thee to sing;
The feelings of childhood, which taught thee to soar,
Are wafted far distant on Apathy's wing.

„Gut gesagt, Lord Byron", bemerkte Lilian nachdenklich.

Sie nahm ein neues Blatt Papier, schrieb den Titel und dann ihr neues Pseudonym: *Byron Harrington.*

Sie verpackte das Manuskript. Das leise Lächeln der Vorfreude vermochte die neuen Spuren von Zynismus um ihren Mund nicht ganz zu verdecken.

Lilians Leben ähnelt meinem. Wo hört die Schriftstellerin auf, wo fängt ihre Schöpfung an?

Erinnerungen, aufgeschrieben, haben ihre eigene Wirklichkeit, und wer dürfte sagen, sie seien weniger wert? Anaïs Nin sagt, Schriftsteller schrieben, um zweimal zu leben. Vielleicht ist es richtiger zu sagen, daß wir schreiben, um zu verstehen, was wir erfahren haben.

Nichts ist uns heilig, also verrate uns nicht deine Geheimnisse. Wir stehlen, was uns in die Finger kommt. Wenn meine Freunde etwas Kluges oder Witziges sagen, kritzele ich das auf einen Briefumschlag und verwende es im nächsten Drehbuch. Wir hamstern Leben. Wir beobachten Menschen, nehmen Details und Nuancen in uns auf, werden Zeugen großer Freude und Todesangst.

Ich weiß, ich muß zurück, dahin wo es anfing, den Anfang entwirren. Aber es ist soviel angenehmer, noch einmal in die Welt einzutauchen, in der ich die letzten Wochen gelebt, Cynara *geschrieben habe...*

Aussteigen braucht Zeit. Es passiert nicht über Nacht. Im Kino scheint es immer, als reiße eine Katharsis dich aus dem Abgrund der Depression und schleudere dich an eine neue Grenze. Erregung und Abenteuer ersetzen die stoppelbärtige Unzufriedenheit. Ein neues Leben. Gesehen durch eine neue Brille. Die Realität der Depression aber ist wie jedes andere Übel... eine Krankheit. Ein Schritt voran, zwei zurück. Selbst wenn die Tage längst nicht mehr so schwarz und unversöhnlich sind wie damals, braucht es eine elend lange Zeit, bis eine Reihe von guten Tagen zusammenhängt wie eine Kette am Weihnachtsbaum.

Später fiel es Byron schwer, auf die Frage zu antworten, was sie in Paris am meisten geliebt habe. Vom Augenblick ihrer Ankunft als Rabbits kleines Waisenkind war sie gefangen von den Bildern, Geräuschen und Gerüchen einer Stadt, die unter Strom stand. Es war, als wäre das Ölbild zum Leben erwacht – die Pferdekutschen, die Architektur, die kopfsteingepflasterten, von Pappeln und Ulmen begrenzten Straßen –, bevölkert von Künstlerinnen, Schriftstellerinnen, Malerinnen und Dichterinnen, die dabei waren, Literatur und Kultur zu verändern.

War ihr Liebstes etwas so Einfaches wie die Luft im Frühling, wenn der Regen fiel, der auf ihre langen Spaziergänge eine süße Melancholie legte? Oder die stillen Augenblicke, wenn sie in ihrer winzigen Mansarde am Fenster stand, eingehüllt in einen von Rabbits abgelegten Mänteln? Oder ihr Lieblingsbistro, wo der freundliche Besitzer ihr einen Milchkaffee machte, damit sie ihre Arbeit beginnen konnte?

Die Spaziergänge die Seine entlang, über den Platz, wo auf den Bänken Liebespaare saßen, Tauben Krumen aufpickten. Das schnellere Tempo, wenn sie ihre morgendliche Schreibsitzung beginnen wollte. Die Nachmittage, die sie damit verbrachte, ein Buch nach dem anderen zu lesen, das Rabbit ihr gegeben oder sie bei Sylvia ausgeliehen hatte. Die sonnige Wärme machte sie müde, wenn sie die Hausboote betrachtete, die ihre Rauchwolken in den Himmel malten. Die Fischer am Ufer mit ihren Angeln aus Rohr, die genauso ins Bild gehörten wie die stattlichen Bäume. Und wenn die Sonne zu sinken begann, lief sie oft durch einen der vielen Parks nach Hause, in denen Brunnen und Statuen vom Glanz der Vergangenheit erzählten.

Vielleicht die Musik, die aus den Cafés und Bistros strömte, Josephine Bakers helle Stimme, das fröhliche Akkordeon oder die klagende Violine – immer wenn sie die Melodien hörte, wurde sie ein bißchen traurig.

Ein Ort ganz oben auf Byrons Liste war die Buchhandlung von Sylvia Beach, denn dort lernte sie den Unterschied zwischen Kunst und Kommerz. Sie konnte es kaum erwarten, ins Innenleben von Shakespeare & Company und die letzte Büchersendung einzutauchen. Sylvia brachte das Neueste aus der angelsächsischen Literatur – Übersetzungen, Kritiken, Experimente – in die französische. Fast noch wichtiger: Von Sylvia und ihrem ungewöhnlichen Kreis lernte

Byron weibliche Überredungskraft. Sie genoß die Dinnerpartys bei Sylvia und Adrienne, Adriennes schlichte Küche, die zur Lust an den Worten die Lust am Essen fügte, weil sie beides als Seelennahrung verstand.

Sie debattierte und klatschte mit dem noch unbekannten Ernest Hemingway, dem großzügigen Ezra Pound, dem faszinierenden Scotty Fitzgerald und den anderen aus Rabbits Umgebung. Wo Rabbit war, war die nächste Mahlzeit und die nächste spannende Konversation nicht weit weg. Zum Essen in Hemingways Lieblingscafé, die Closerie des Lilas. Gespräche beim Wein in den Straßencafés und Bistros. Die frühen Morgen in der Dingo-Bar zwischen farbbekleckssten Malern, jovialen Philosophen, Schriftstellern mit buschigen Augenbrauen, die ihre Sorgen in Wein ertränkten.

Der Regen, der die Stadt reinigte, sie frisch und lebendig machte, der Geruch nach frischem Brot aus den Bäckereien, die pikanten Gerüche auf dem Markt, oder auf Kieswegen durch den Jardin du Luxembourg laufen oder der Geruch frischer Blumen – all das würde sie nie vergessen.

Aber die Wahrheit wäre, daß von all den Dingen, die sie sich lebendig und bewußt und voller Kraft fühlen ließen, von all den Orten und Menschen das, was sie unter gar keinen Umständen hätte missen wollen, die Stunden waren, die sie allein in ihrer kleinen Mansarde verbrachte. Die kostbaren Momente, bevor sie die Fassade der Indifferenz annahm und zu Partys und Lesungen ging, bevor sie sich in eine Person verwandelte, die ihr gute Dienste leistete, aber nicht gut bekam. In der Mansarde saß sie mit klammen Fingern an ihrem Tischchen und kritzelte die Worte nieder, die in ihrem Herzen waren, als sie immer noch daran glaubte, daß etwas möglich war. Das war es, was sie am meisten liebte.

Die Mansarde hatte Rabbit dank seiner unendlichen Verbindungen besorgt. Er hatte ihr eine Woche zugestanden, damit sie sich „angemessen akklimatisierte", dann erschien er eines Nachmittags mit mehreren Päckchen.

„So können Sie nicht länger herumlaufen.“ Er zeigte auf ihren Bauernrock und das Hemd, das inzwischen knapper saß, weil ihre Brüste voller geworden waren. „Gertrude mag damit durchkommen, aber nicht Sie, eine junge Dame. Wir wollen eine – sagen wir, eine gewisse Unbekümmertheit schaffen...“ Er reichte ihr sein Zigarettenetui. „Ein bestimmtes Bild, Eleganz und vor allem Geheimnis. Machen Sie auf.“

Bryon entfernte das braune Papier, zum Vorschein kamen ein raffiniert geschnittenes Hemd, eine gestreifte Krawatte samt Krawattennadel und eine Jacke geschnitten wie ein Männerjackett.

„Hosen sind natürlich optional“, sagte Rabbit und mit einem Blick auf ihren Rock: „Ich persönlich allerdings würde das Gebammel um meine Beine störend finden. Und vor allem gefährlich.“

Byron mußte lachen. „Rabbit, das kann ich nicht annehmen.“

„Natürlich können Sie. Und jetzt los. Wir sind spät dran – das ist natürlich sehr schick, aber es bringt nichts, einzutreffen, wenn alle anderen längst weg sind.“

Byron bat Rabbit, sich umzudrehen. Als sie das Hemd anzog, steif und förmlich, lief ein Schauer über ihren Rücken. Die Kleidungsstücke waren für jemand von Bedeutung, eine, mit der zu rechnen war, und als sie den Schlips band, wurde sie immer aufgeregter. „Ich bin fertig“, flüsterte sie.

Rabbit strahlte vor Vergnügen. „Mon Dieu! Eine überaus geschmackvolle Verbesserung. Und jetzt zu meinem Friseur. Sie können nicht durch Paris laufen mit einer Mähne wie ein Pferd. Man würde Sie für eine Indianerin halten.“ Er lächelte ermutigend und nahm ihren Arm. „Vertrauen Sie mir. Wenn es etwas gibt, von dem ich was verstehe, dann ist das Mode.“

So kam es, daß, als Rabbit seinen Schützling bei einem ihrer berüchtigten Freitag-Salons mit Natalie Barney et al. bekanntmachte, Byron sich vor den gut zwanzig Personen wie eine Preiskuh vorkam, die auf einen Klaps auf den Hintern und die Überprüfung des Gebisses wartete.

In Natalie Barneys Freitagssalon traf sich, was berüchtigt, elitär und bizarr war. Hier wurden Personen und Karrieren gemacht und zerstört, seziert und analysiert und gründlich betratscht. „Wie eine Malerin Bilder, so stellt Miss Barney ihre Menagerie aus“, hatte Rabbitt zu Byron im Wagen gesagt. „Das dürfen Sie unter keinen Umständen versäumen.“

Miss Barney, Mitte vierzig und immer noch schön, begrüßte sie. „Ein junges Talent. Das brauchen wir. Wir brauchen mehr Stimmen von Frauen.“ Und zu Rabbit: „Sei ein Schatz und mach Miss Harrington mit den anderen bekannt.“

„Mit Vergnügen.“ Er zog Byron mit sich. „Keine Angst, meine Liebe“, flüsterte er ihr zu. „Ich zeige Ihnen das Geheimnis hinter dem Schein, dann sind die Sterne längst nicht mehr so beeindruckend. Da drüben zum Beispiel unter dem Nymphenbild“, er wies auf eine attraktive Frau mit kastanienrotem Haar und elegant zwischen den Fingern schwebender Zigarette, „steht die ultimative Nymphe, Miss Djuna Barnes. Sie schreibt im Bett, bekleidet mit nichts als einem Umhang, wie es heißt einem Geschenk von Peggy Guggenheim. Trinkt selbst Mr. Joyce unter den Tisch. Die maskuline Erscheinung in der Ecke ist Janet Flanner, daneben ihre Freundin Solita Solano mit den blauen Augen, die ihren Mann in die Wüste geschickt hat. Die Dritte im Bunde ist Nancy Cunard, sie erbt die größte Schiffswerft Britanniens.“ Alle drei trugen Maßanzüge aus weißem Leinen. „Unsere drei Parzen“, fügte er hinzu.

Er wies auf einen schmächtigen Gentleman mit schwarzer Augenklappe und dünnem Spitzbart. Er ging so krumm, daß er ohne seinen Stock wahrscheinlich vornübergefallen wäre. „Das ist unser eigentlicher Genius, Mr. James –“

Byron packte Rabbits Ärmel. „Oh... Mr. Joyce.“

„Genau. Aber bevor Sie vor Ehrfurcht ohnmächtig werden, vergessen Sie nicht, daß halb Paris davon ausgeht, sein Meisterwerk sei höchstens wert, Fische drin einzuwickeln. Gerade erst hat Miss Virginia Woolf es das Werk eines ‚überempfindlichen Studenten, der sich an den Eiern kratzt‘, genannt. Und bevor Sie sich von seiner sensiblen, fragilen

Poetenerscheinung beeindrucken lassen, denken Sie daran, daß er von der Hälfte der Frauen in Paris durchgefüttert wird."

Natalie entführte Byron. Sie hängte sich bei ihr ein und führte sie zu einer Gruppe von Frauen, die sich heftig über eine Person, die nicht anwesend war, aufregten. Natalie räusperte sich, alles wandte sich Byron zu. Zwei der Frauen konnten ihrem Benehmen und ihrer Kleidung nach glatt als Männer durchgehen, sie taxierten Byron ganz offen, die dritte, von femininem Äußeren, zog nur eine Augenbraue hoch.

„Sei kein Frosch, Lavinia", mahnte Natalie. „Unser Gast soll sich doch willkommen fühlen."

Zwei Frauen traten herein. Die eine hatte die stämmige Figur einer Bäuerin und das Haar straff zu einem Dutt gebunden. Neben ihr erschien die andere noch vogelartiger, ihr Gesicht beherrschte eine große Nase und ein beachtlicher Anflug von Haar auf der Oberlippe. „O Gott, die Steins", sagte Natalie und winkte. „Hallo, Gerty." Dann leiser: „Machen wir das beste draus." Sie flüsterte Byron zu: „Das sind Gertrude und Alice. Oder besser: Frau Stein und Gemahlin."

Alles verstummte, als wäre Königliche Hoheit eingetreten. Byron merkte, wie der Raum sich zu drehen begann, und bevor sie wußte, wie ihr geschah, sank sie zu Boden.

„Lieber Himmel", sagte Gertrude. „Warum hat man ihr nicht gesagt, daß ich komme."

„Byron, ich weiß, in Ihrer Heimat kommt es selten vor, aber bestimmt war Ihnen klar, daß diese Frauen..."

Byron schien verwirrt.

„Meine Liebe, Sie sind göttlich." Rabbit lachte. „Es ist wirklich erfrischend, mit jemand von so argloser Wesensart zusammen zu sein, ich meine das nicht böse. Was wissen Sie von Frauen, die mit Frauen...?"

Sie schüttelte den Kopf.

„Aber Sie haben davon gehört?"

Byron hustete. „Ich habe nur von Männern gehört. Ich habe darüber in New York gelesen."

„Wollen Sie damit sagen, daß Sie auch von meinen Neigungen keine Ahnung haben?“

Byron nickte. Rabbit war plötzlich sehr verlegen. „Ich möchte etwas erklären –“

„Aber das müssen Sie nicht“, versicherte Byron. „Sie sind mein Freund, mein lieber und guter Freund. Und nichts wird daran etwas ändern.“ Sie legte ihre Hand auf seine.

Rabbit begriff, daß er Byron falsch eingeschätzt hatte. In äußeren Dingen mochte sie naiv sein, in Dingen des Herzens war sie es nicht.

An diesem Morgen gab sich Byron besondere Mühe mit ihrem Aussehen. Sylvia hatte sie gebeten, ihr zu helfen. Byron rannte die zwei Meilen von ihrer Mansarde zu Shakespeare & Company und kam eine halbe Stunde zu früh. Daß Sylvia soviel von ihr hielt, daß sie sie in ihren Laden einlud, um die Untergrundexemplare von Mr. Joyces *Ulysses* zu verpacken und auf die Post zu bringen, war eine einzigartige Ehre.

Byron war voller Ehrfurcht vor diesen Menschen. Daß Sylvia aus ihrem Buchladen den Mittelpunkt der kulturellen Elite gemacht hatte; daß ihre Partnerin Adrienne Monnier mit ihrer Buchhandlung direkt gegenüber dasselbe für die französische Seite tat; daß männliche Schriftsteller sich die Hacken abliefen, damit Miss Stein ihnen eine Einleitung schrieb; daß Natalie Barney einen der beliebtesten Treffpunkte der Stadt kreiert hatte – all das zeigte Byron, was sie in Bay Cliff nie hätte erfahren können: daß Frauen alles schaffen konnten, was sie wollten – alles, was ein Mann tun konnte – und daß das nur zu oft den Unterschied zwischen Erfolg und Unbekanntheit ausmachte.

Während sie unter dem Shakespeare-Bild, das über dem Laden hing, auf und ab ging malte sie sich eine Zukunft aus, in der sie ganz unbefangen mit diesen Frauen sprechen, bedeutende Themen diskutieren und davon ausgehen konnte, daß ihr Buch hier im Schaufenster lag.

Das ganze folgende Jahr setzte Byron sich unter Druck. Sie stand vor Sonnenaufgang auf, trank ihren ersten Café au lait, rauchte eine Zigarette und machte sich an ihr Manuskript. Auch in New York war sie nicht faul gewesen, aber das war nichts im Vergleich zu der Herausforderung hier. Lavinia, die düstere und dominante Dichterin, „war sowenig davon abzuhalten, ein Genie nach ihrem Bild zu formen, wie vom Besuch der Opiumhöhlen" – so jedenfalls drückte es Rabbit aus. Lavinia akzeptierte nichts, das nur halb perfekt war, und Byron wollte ihr unbedingt gefallen. Sie arbeitete, wie sie es nicht für möglich gehalten hätte, um ihren Worten und Sätzen größtmögliche Genauigkeit und Nuanciertheit zu geben.

Sie schrieb zuerst mit der Hand, mit Feder und Tinte, dann die zweite Fassung in die Schreibmaschine. Korrekturen machte sie nicht mit rotem Stift, das erschien ihr zu gewalttätig, sie benutzte einen durchscheinend gelben Stift, so daß die erste Version noch zu lesen war – für den Fall, daß sie doch dazu zurückkehren wollte.

Jeden Vormittag verbrachte sie so, gewissenhaft damit beschäftigt, ein vorher festgelegtes Ziel zu erreichen. Erst dann hörte sie auf, erschöpft, aber hochgestimmt, und machte sich auf einen Spaziergang die Seine entlang. Gespannt wartete sie darauf, was Lavinia sagen würde.

„Mei, mei, mei", murmelte Lavinia und sog an ihrer Zigarette. Sonst nichts. Oder: „Also, ma chérie, erklären Sie mir, was das ist, ‚besorgter Regen'. Ich wußte gar nicht, daß Regen besorgt sein kann. Wollen Sie mir wirklich weismachen, Sie wüßten, wie Regen *fühlt, ma petite méteologue?*"

Byron verteidigte sich. „Ich... es ist eine Metapher."

„Eine Metapher? Wirklich?" Lavinia schien amüsiert.

„Ja, sollte es jedenfalls sein."

„Also ist es nun eine oder nicht?" drängte Lavinia. „Es könnte helfen, wenn Sie nicht alles so ernst nehmen würden. So verdammt wichtig. So tief bewegend." Lavinia spülte ihren Sarkasmus mit einem Schluck Wein hinunter. „Was zum Teufel ist denn wirklich so wichtig? Na? Versuchen Sie's noch mal. Schreiben Sie über den Regen – erzählen Sie mir alles über ihn. Wie er sich auf Ihrer Haut anfühlt, nachdem Ihre Geliebte in Ihren Armen gestorben ist. Wie er reinigt, nachdem Sie im Kuß den Atem des Verrats gespürt haben. Alles, nur um Himmels willen nicht, wie der Regen ‚sich sorgt'."

Zurück in ihrer Wohnung ging Byron ärgerlich auf und ab. Wie konnte sie glauben, sie habe das Zeug zur Dichterin? Und sei es nur einer lausigen? Sie wanderte auf und ab, biß sich auf die Unterlippe, um nicht zu weinen. Wenn sie weinte, mußte sie an ihren Vater denken, den sie vermißte wie am ersten Tag. Trotz aller Ablenkungen hatte sie Heimweh. Nächtelang lag sie in ihrer Mansarde und sehnte sich nach den fröstelnden Morgenspaziergängen, dem Rostrot des Sonnenuntergangs. Und dem Meer.

Wenn sie weinte, erinnerte sie sich an den Regen, wie er den zornigen Ozean traf, den Regen an der Küste in allen Stimmungen, und dann stand sie auf, setzte sich an ihren Tisch und überarbeitete ihren Text, mit der Hilfe von Lavinias Kommentaren, willkommenen Freunden gegen den Feind. Sie schliff an den Zeilen, ähnlich dem chinesischen Schnitzer, an dessen Laden sie täglich vorbeikam, der seine zierlichen Figurinen bearbeitete, als hole er aus dem Elfenbein nur heraus, was sein geistiges Auge darin erblickte.

„Manchmal kann ich für einen einzigen Satz einen ganzen Tag brauchen", erklärte Hemingway, als sie mit Rabbit auf der Terrasse des Negre de Toulouse zu Mittag aßen

Byron legte die Gabel nieder. „Wirklich?"

„Ja. Bis es absolut stimmt. Ich kann nicht weitergehen, bevor nicht alles genauso ist, wie ich es mir vorstelle."

„Genau wie bei mir!" rief Byron. „Und ich dachte schon, ich sei die einzige, die so lange an einem Satz feilt, bis er –"

„Scharf und präzise ist", ergänzte Hemingway. „Wissen Sie, wann ich die Dinge am schärfsten sehe?" Er strich Butter auf ein Hörnchen. „Wenn ich hungrig bin. Wenn es nach frischem Brot riecht. Wenn das Licht auf dem Fluß am hellsten und der Himmel am blausten ist. Hunger schärft die Sinne."

Rabbit warf seine rot-weiß karierte Serviette auf den Tisch. „Ich bin so satt, mir fehlen die Worte."

So wie Hemingway einen Tag auf einen einzigen Satz verwenden konnte, verstand sie nun auch, wie jemand mit einem einzelnen Wort oder einem Gedanken beschäftigt sein konnte. Miss Stein hatte etwas Ähnliches bei einem der letzten Salons gesagt, obwohl Byron Rabbit gestand, daß sie schwierig fand, was Miss Stein schrieb. Sie vermutete, sie sei zu schlicht, um jemand so Avanciertes zu verstehen.

„Quatsch", reagierte Rabbit auf ihrem Spaziergang durch den Jardin du Luxembourg. „Alles Quatsch. Ich verstehe nicht, wie sie Sie einschüchtern kann. Ja, vielleicht ist sie die Vorbotin der modernen Literatur." Er pflückte eine Rose und befestigte sie an seinem Revers. „Aber ‚eine Rose ist eine Rose ist eine Rose' ist reine Redundanz."

„Aber sehen Sie denn nicht, daß sie sagen will, es ist mehr als eine Rose. Sondern eine unendliche Folge von Dingen. Es sieht vielleicht aus wie eine Rose, aber es ist viel mehr. Es ist den einen Tag dies und am nächsten etwas anderes."

„Sie verstehen Gertrudes Werk besser als sie selbst."

„Oh... ich wollte nicht überheblich klingen –"

Rabbit lachte. „Sie sind eine Perle. Bereit, die ganze Welt in einem großen Schluck hinunterzustürzen, stimmt's? Denken Sie daran: Lassen Sie sich von all dem nicht vereinnahmen, und versprechen Sie mir, sich von niemandem zu sehr beeindrucken zu lassen. Wir haben alle unsere Fehler, also lassen Sie sich von Ihrem Scharfblick leiten."

„Ich kann nicht." Byron preßte die Hände zusammen, Rabbit saß mit übereinandergeschlaegenen Beinen auf ihrem Bett und strahlte. Sylvia hatte durch ihn mitteilen lassen, Byron möge sie zum Tee besuchen, damit sie ihr Manuskript diskutieren könnten.

„Aber Sie müssen doch keine Angst haben."

„Und wenn Sylvia sagt, es gefällt ihr nicht, was dann? Daß es der größte Schund ist, den sie je gesehen hat?"

„Byron, vertrauen Sie mir?“

Sie sah ihm ins Gesicht. „Natürlich tu ich das.“

„Dann kriegen Sie Ihren hübschen Hintern hoch und stellen sich Ihrem Schicksal.“

„Werden Sie –“

„Wann war ich nicht an Ihrer Seite? Natürlich bringe ich Sie zu Ihrem Rendezvous, wir treffen uns hinterher im Lilas.“

Nachdem Rabbit sie wie versprochen abgeliefert hatte, ging sie vor dem Buchladen auf und ab und rauchte eine Zigarette. Und noch eine. Sie machte mehrere Anläufe, aber irgendwie schaffte sie es nicht über die Schwelle.

Schließlich machte Sylvia die Tür auf. „Wäre es Ihnen lieber, wenn wir den Tee auf dem Bürgersteig trinken? Nun kommen Sie schon herein. Ich tu Ihnen nichts.“

Byron folgte ihr und setzte sich auf den angebotenen Stuhl, während Sylvia den Tee bereitete.

„Byron, ich will nicht um die Sache herumreden.“ Sie reichte Byron eine Tasse Tee. Die Tasse klapperte auf der Untertasse, sie wollte weglaufen aus lauter Furcht, ihre Welt könnte zusammenbrechen, wenn Sylvia noch ein Wort sagte.

„Lieber Himmel, seien Sie doch nicht gleich entmutigt, Byron. Ich finde es ganz außergewöhnlich. Ja, es ist wirklich bemerkenswert. Ihre Arbeit mit Lavinia hat sich bezahlt gemacht. Ich kann mir denken, daß es nicht einfach war.“

Byron merkte, wie der Stein ihr vom Herzen fiel. „Glauben Sie wirklich –“

„Ich bin lange genug im Geschäft und kann den Wald von den Bäumen unterscheiden. Ich mache nicht Bücher, weil ich denke, ich könnte davon tausend Stück verkaufen. Wenn ich etwas lese, das andere auch lesen sollten – nein, lesen müssen –, kann ich nicht anders als meinem Weg folgen.“ Sylvias Augen funkelten siegessicher.

„Dann werden Sie –“ Byron konnte es nicht ganz fassen.

„Unbedingt. Ich habe vor, *Wahrheit* zu veröffentlichen.“

Für einen Augenblick spüre ich die Aufregung des Abfahrens. Die Nacht durchfahren in halsbrecherischer Geschwindigkeit, um aus einer Realität in eine andere zu fliehen. Keine Ahnung, wohin ich fuhr. Wenn ich Ängste hatte, verflüchtigten sie sich, als der Himmel über der Wüste sich rosa färbte und der Geruch einer Million Jahre blühenden Jasmins sich mit der staubigen Hitze über dem Boden mischte.

Was, wenn ich in Portland geblieben wäre? Wenn ich nicht fortgegangen wäre, säße ich bestimmt nicht in dieser Höhle. Was, wenn ich nicht an diesem Nachmittag beschlossen hätte, eine Pause zu machen, nach der Digitaluhr exakt um drei Uhr elf, und stolz meinen endlich fertigen Pfad hinuntergegangen wäre zu diesem menschenleeren Strand. Weil es ein Wetter war wie in den Mooren von Heathcliff und ich meine Höhle für Cynara *erforschen wollte.*

Mein Leben hat sich immer darum gedreht, etwas zu schaffen, bis hin zu meinem Pfad, und als ich sah, was ich geschaffen hatte, fing ich an zu begreifen, daß das Leben in L.A. sich nicht um den Prozeß, sondern um das Produkt drehte. Und wie leicht ich in das Spiel eingetaucht war.

Vom ersten Augenblick an, als Spencer die von der Hitze verbrannte, vom Smog tyrannisierte, verwelkte Schönheit Hollywood betrat, begann die Erosion der unbewußten Ordnung – der mikroskopisch kleinen Schrammen, die ihre Seele verletzten, war sie sich nicht bewußt.

Nur in L.A. teilen einander unbekannte Menschen sich ihre intimsten Geheimnisse mit, miteinander verbunden durch die Lust am Unmöglichen, Unwahrscheinlichen, das gleich um die Ecke wartet. Nur in L.A. verkaufst du deine Seele für eine Nebenrolle. Kino verändert das Leben.

In diesem Milieu hatte Spencer die letzten zehn Jahre zugebracht – fast ein Viertel ihres Lebens. Vergeudete Zeit, deren Ziel Leistung und deren Ergebnis Null war. Bis sie anfing, sich wie eine nur mäßig interessierte Zuschauerin ihres Lebens zu fühlen. Aufstehen, Zähneputzen, die immergleiche Haselnußcreme zum bitteren Kaffee. Endlose Stunden in Sitzungen mit Produzenten, die frisch von der Highschool kamen, ein Meer von Fotos der immergleichen munteren Blondinen mit mal mehr mal weniger Silikon, die immergleichen Premierenfeiern. Und spätabends gähnte der Monitor, und der Computer wartete auf eine Eingabe. Alles so unsäglich uninteressant.

„Ein klassischer Fall von Depression", beharrt die Therapeutin und kritzelt auf den Rezeptblock eins der Mittelchen, die der Pharmaindustrie ihre Umsätze garantieren.

„Es ist ein bißchen viel für dich", wiegelt Lena ab.

„Du bist ausgebrannt", greift Sarah an.

„Das sind andere auch."

Sarah, Spencers beste Freundin, hatte aus finanziellen Gründen ihre Ambitionen in Richtung unabhängiger Filmproduzentin zugunsten einer Beschäftigung aufgegeben, die wenigstens die Miete einbrachte. Sie war Supervisorin für Spezialeffekte und diskutierte Fragen wie: Soll Blut fließen, bevor der Knochen durch die Wange tritt oder danach?

Spencer lauschte Sarahs Zynismus und schwor sich, nie soweit kommen zu wollen, daß sie Beruhigungsmittel mit Bier runterspülte. Aber Spencer hatte auch geschworen, L.A. zu verlassen, sobald ihr der Smog nicht mehr auffiele.

Sarah war einen Monat später nach L.A. gekommen als Spencer. Zusammen hatten sie in Studio City ein Haus mit zwei Schlafzimmern gemietet. Es war klein, aber es hatte den nierenförmigen Swimmingpool, der Erfolg signalisierte.

Spencers Rücklagen für ein Jahr waren nach einem halben Jahr auf ein Viertel zusammengeschrumpft. Sie hatte auf der Grundlage der Preise in Portland kalkuliert und keine Ahnung gehabt, was das Leben in einer Großstadt kostete.

Sie verbrachte viel Zeit im Café Bistro, wo arbeitslose Autoren, Regisseure und Schauspieler sich in der Kunst des

Herumhängens übten. Wenn sie nach Hause kam, hatte sie manchmal sieben oder mehr Visitenkarten in der Tasche, auf denen die Telefonnummern standen, unter denen jemandem eine Nachricht hinterlassen werden konnte. Dieses gigantische Netzwerk hatte leider nicht den geringsten Effekt. Wenn sie sich mit Espresso vollgedröhnt hatte, erleuchtete ein Hoffnungsschimmer ihren Bildschirm, aber das Klicken der Tasten war ihre einzige Gesellschaft.

Ja, sie sehnte sich nach Portland, dem Geruch der feuchten Luft, nach Jill, nach Adriennes Körper auf ihrem – sie träumte mit offenen Augen von ihr, ihrer Haut, ihrem Mund, ihren Augen – dann rief sie sich zur Ordnung. Ihre Sexualität war ein Problem, mit dem sie nicht fertig wurde. Ihr fehlte ihre Familie, sogar ihre Mutter. Sie dachte daran, Jill zu besuchen, statt dessen rief sie sie an. Jill erzählte ihr, Donald habe angerufen, weil er unbedingt mit ihr sprechen wollte. Sie beschloß, nicht zickig zu sein, und meldete sich bei ihm.

„Wie lange willst du das noch fortsetzen, Spencer?“ Donalds Stimme klang gelassen.

„Wie lange werde ich noch was fortsetzen?“

„Da unten bleiben. Diese Sache machen, die du da machst.“

„Diese Sache ist zufällig mein Leben.“

„Du weißt, was ich meine.“ Donald sprach leise. „Massinger ruft mich immer noch an. Er sagt, du kannst jederzeit zurückkommen. Er weiß, daß er dir zuviel zugemutet hat –“

„Nein, Donald, das ist nicht –“

„Ich habe mit deiner Familie gesprochen. Sie machen sich Sorgen, und ich muß auch sagen, daß ich die Kriminalität da unten bedenklich finde. Alleinlebende Frauen werden verfolgt, belästigt, sogar umgebracht.“

„Aber Donald, nun übertreib nicht. Ich passe schon auf.“

„Aber warum? Hier war doch alles in Ordnung.“

„Hast du meinen Brief nicht gelesen?“

„Klar.“ Sie hörte ihn schniefen, wie immer, wenn er log. „Ich habe einfach nicht verstanden, warum du weg wolltest, wenn doch alles in Ordnung ist.“

„Wo bist du die letzten Jahre gewesen? Ich war bei Massinger auf dem besten Weg durchzudrehen, und unsere Beziehung war so leidenschaftlich wie ein Reiscracker. Hast du je mitgekriegt, wie elend ich mich fühlte? Hast du nicht begriffen, daß mein Traum erstickte zwischen Rechnungen und verantwortungsvollem Verhalten, was immer das ist? Leben heißt, Träume verwirklichen. Es wenigstens versuchen."

Das Telefon rauschte leise. Dann fragte er: „Und wir? Ist es aus zwischen uns?"

„Oh, Donald." Sie schüttelte den Kopf. „Nenn mir irgend etwas in unserer Beziehung, das dir jetzt fehlt?"

„Ist es diese Adrienne?" Er klang wütend. „Denkst du, ich weiß nicht, daß sie lesbisch ist?"

„Ja, sie ist lesbisch Und nein, es wäre schön, wenn's so einfach wäre. Aber ich kann dir sagen, die einzige Person, deretwegen ich dich verlassen habe, bin ich."

Nachdem Donald aus ihrem Leben verschwunden war, schöpfte sie Hoffnung. Befreit von den letzten Resten ihres früheren Lebens konnte sie sich wirklich an die Arbeit machen. Sie zog *May You Always* hervor und überarbeitete es. Dann fragte sie ihre Kumpel im Bistro, was sie davon hielten. Sie erhielt Bombenkritiken. Bewaffnet mit den Ansichten derer, die am Totempfahl ganz unten standen, war sie in der Lage, namhafte Produzenten anzurufen. Was sie nicht wußte: Ein Manuskript ohne Agenten anzubieten, hieß, daß es auf einen großen Stapel kam, wo es mit vielen anderen einmal die Woche entsorgt wurde. Sie verschickte *May You* zehnmal die Woche, in der Annahme, irgendwann würde der Blitz einschlagen. Dann würde sie nachhaken.

Aber so funktioniert Hollywood nicht. Hollywood ist ein Sumpf von Verbindungen und Beziehungen, Cliquen und Machtzentren, und solange du nicht weißt, wer wer ist und wer nicht und wer nicht wirklich so wichtig ist, wie er glaubt, daß er ist, solange bist du verloren.

Ungeachtet ihres Mangels an Selbstvertrauen hatte sie sich immer für eine patente Person gehalten, die schnell lernt. Sie mußte einen Plan entwickeln. Geld war Mangelware. Wie jede Kellnerin oder Bankangestellte mußte sie schließlich ihr Manuskript auf den Nachttisch legen, neben die Stapel mit *Hollywood Reporter, Variety* und *Dramalogue,* Zeitschriften, in denen die Stellengesuche inzwischen mehr Platz brauchten als die Produktionspläne.

Gesucht wurde ein Produktionsassistent für einen kleinen unabhängigen Film. Eine Chance, praktische Erfahrung zu gewinnen. Die Bezahlung war dürftig, aber sie konnte sich wenigstens sattessen. Die Ironie war, daß sie den Job aufgrund ihrer Fachkenntnisse bekam. Sie verstand etwas von Kalkulation, Zuständigkeiten, Buchhaltungstricks. In kurzer Zeit war sie Assistentin des Buchhalters. Beim nächsten Film gab man ihr die Stelle der Assistentin des Produzenten. Beim dritten Film wurde sie Coproduzentin.

Dann kam der große Durchbruch. Sie bekam den Job einer Texterin bei einer TV-Pilotsendung und die Zusage, am Drehbuch beteiligt zu werden. Sie wußte, daß der Schritt vom Film zum Fernsehen in die falsche Richtung ging, aber wenn sie schon für ihre Kunst litt, wollte sie das wenigstens auf einem gewissen Niveau tun. Sie hatte lange genug von Hungerlöhnen gelebt und sehnte sich nach dem, was für sie Luxus war: gebundene Bücher und ein CD-Spieler.

Um ihren ersten Vertrag zu machen, brauchte sie einen Agenten. Nennen wir ihn Lou. Nennen wir alle Agenten Lou, denn sie sind austauschbar. Er brachte einen guten Abschluß für *Lucifer* zustande, die Polizistenserie über einen entlassenen Strafgefangenen, der zum Rächer wird. Die Produzenten merkten bald, daß Spencer gute Ideen hatte und eine unermüdliche Arbeitsmoral. Sie boten ihr eine Festanstellung als eine von drei Frauen in einem Team von fünfzehn Autoren. Spencer brauchte drei Nächte für ein Probeskript. Sie machten ein paar Änderungen, einige ziemlich einschneidende, aber das meiste blieb und verschaffte ihr die Achtung des Teams. Sie hatte einen Teil ihres Traums verwirklicht. Sie war Autorin. Sie gehörte zum Betrieb.

In diesem Zustand geschärften Bewußtseins kam ihre Sexualität über sie wie ein LKW. Sie war so ausgehungert, daß sie von einer Affäre in die nächste rannte, wie ein Kind, das seine Finger nicht aus der Kuchenschüssel halten kann. Eine schnelle Fummelei mit einer Frau im Auto nachts auf dem Parkplatz. Mit einer Schauspielerin in ihrem Wohnwagen zwischen zwei Aufnahmen. Es war aufregend und konnte ihre Karriere gefährden, wenn es sich um die Gastschauspielerin handelte. Oder die Drehbuchsupervisorin.

Keine dieser Liebschaften hatte die Intensität der Affäre mit Adrienne. Die meisten ihrer Eroberungen waren wie sie getrieben vom gleichem Bedürfnis – ihrem unberührbaren Traum, für den Beziehungen nichts bedeuteten. Aber immer wieder beklagten sich ihre Geliebten, daß sie keine Zeit hatte zum Schmusen, romantischen Abendessen der Sonntagszeitung. Lange genug hatte sie sich an die zweite Stelle gesetzt. Jetzt kultivierte sie die hohe Kunst des Egoismus.

Und dann war die Saison plötzlich vorbei. Es überfiel sie ganz unerwartet, sie hatte Herz, Schweiß und Tränen in ihre Arbeit gesteckt – daß sie nichts mehr zu tun hatte, ließ sie in einer Wüste von betäubender Ziellosigkeit zurück.

Sie hatte vorgehabt, in diesem Sommerloch *May You* noch einmal zu überarbeiten, aber das lustlose Unbehagen war wie ein lästiger Schatten, der ihr überallhin folgte. Sie hatte auch Wichtigeres zu tun. An Sitzungen teilnehmen, sich zum Mittagessen verabreden. Bei einer dieser Verabredungen – von der Art, bei der die Freundin einer Schauspielerin eine Cousine kennt, deren Mann Produzent ist und auf der Suche nach neuen Ideen – geriet sie an Jerry.

„Er ist ganz begeistert von *May You*", schwärmte seine Assistentin.

„Oh, hat er es denn gelesen?"

„Also, nein... aber die Zusammenfassung fand er toll."

Sie traf sich mit Jerry zum Lunch im Cantor's, wo sich ganz Hollywood traf. Jerrys Ruhmestat war *Flush Tones* gewesen, das von einem Jungen handelte, der von seiner sprechenden Toilette Ratschläge bekam. Der Film hatte bei der vorpubertären Klientel, für die er gedacht war, eingeschlagen wie eine Bombe – er stand sieben Wochen hintereinander an der Spitze der Kassenschlager.

Jerry hatte einen der lausigsten Rufe in einer Stadt, in der viele Schlange standen, um zu den Lausigsten gezählt zu werden. Er hatte gerade *Bongo Bikini* beendet, und wenn er sein Ansehen verbessern wollte, mußte er in der Wahl seiner Themen vorsichtiger werden.

Was mit Jerry los war, erkannte sie sofort. Er war genetisch unfähig zu gutem Geschmack. Er hielt *Bongo* für künstlerisch wertvoll, weil ein Teil der Aufnahmen schwarzweiß war. Aber *May You* hatte irgend etwas in ihm zum Klingen gebracht, aus welchem Grund auch immer.

„Sie hat Mumm", sagte Jerry.

„Ja... Es braucht Mut –"

„Aber sie muß jünger sein."

„Ich dachte, das hätten wir am Telefon besprochen –"

„Und nicht Tara Wilson. Ihr Hintern ist platt, und vorne ist sie flach wie ein Surfbrett."

Achtzehn Monate *Bongo Bikini* hatten ihre sprachlichen Spuren hinterlassen, aber sie hielt den Mund. Sie hatte *May You* überall angeboten, aber selbst mit ihren Beziehungen hatte sie niemanden zu mehr als zu der Bemerkung bringen können, es sei gut geschrieben.

Sie hatte ihre Papierserviette in kleine Fetzen zerrissen, die sie jetzt zu einem ordentlichen Häufchen zusammenfegte. „Darf ich Sie fragen, warum Sie es machen wollen?"

„Sehen Sie, ich habe mehr als fünfzig Filme gedreht. Die meisten sind zum Vergessen." Er zuckte die Schultern. „Ich bin an einem Punkt in meinem Leben, wo ich einen Film machen möchte, den ich meinen Kindern zeigen kann."

Jerry war der einzige, der bereit war, Geld in das Projekt zu stecken. Tatsächlich war er so reich, daß er es umgehend kaufen wollte, was bedeutet hätte, daß *May You* ihm gehörte.

Lou bekniete sie, dem Geschäft zuzustimmen.

„Und wenn er das Stück kaputtmacht?" Spencer saß in Lous Büro, das ihm ähnlich sah.

Während ihres Gesprächs mußte er telefonieren, er raspelte Süßholz und verzog das Gesicht, dann drückte er eine Taste und sagte „So eine Fotze!" und ließ die Taste wieder los. Es gab Spencer ein Gefühl großer Sicherheit zu wissen, wie er über sie redete, wenn sie nicht dabei war. „Nun sagen Sie bloß, daß Sie mitspielen", hustete er in den Hörer.

Spencer wartete, daß er diese vierte Unterbrechung ihres Gesprächs beendete, und überlegte, ob sie wirklich das einzige Manuskript, an dem sie hing, hergeben sollte.

„Spencer, das ist ein gutes Geschäft. Sie bekommen einen Haufen Geld – und ich zehn Prozent davon – und bisher sind Sie es sonst nirgendwo losgeworden, und wenn Sie wirklich aus dem Fernsehen rauswollen – ich will sagen –"

„Aber Lou, wenn er es verstümmelt und... und was ist mit meinem Wunsch, Regie zu führen? Ich meine, dafür habe ich die ganze Zeit durchgehalten."

„Kein Problem. Wir werden unser Möglichstes tun, daß das in den Vertrag kommt."

„Prima. Und ich glaube an den Osterhasen."

„Wenn Sie so weitermachen wollen, Spencer, bitte sehr. Ich denke, es ist Scheiße."

Lou hatte recht. Es war Scheiße. Warum konnte Jerry sich nicht mit einer ganz normalen Option begnügen?

„Gut." Lou holte dramatisch Luft. „Wenn Sie das wollen. Aber Sie könnten entschieden mehr Geld machen, wenn Sie die Sache laufen ließen."

Vielleicht hätte sie das wirklich tun sollen. Aber hinterher sind alle immer klüger. In der Zwischenzeit war sie alle sechs Monate positiv überrascht, wenn mit der Post der Scheck über die Optionsrechte kam. Hinterher fiel ihr dann wieder ein, daß sie keinen Schritt weiter waren. Als ihr das klar wurde, hatte sie ihre ersten richtigen Kopfschmerzen.

Dann gab es eine abrupte Pause. Eines Abends, als sie ihren Anrufbeantworter abhörte, sagte Lou mit geradezu ekstatischer Stimme: „Hallo, Spencer – haben Sie heute die Nachrichten gesehen? Sie haben es geschafft. Sie sind nominiert mit dem Lucifer-Drehbuch. Donnerschlag, Baby. Jetzt zählen wir die Einschläge. Zum Teufel aber auch."

Irgend jemand hat gesagt: „Preise sind das Kennzeichen der Mittelmäßigkeit." Das kann ich nicht bestätigen. Es fühlt sich verdammt gut an, wenn du einen bekommst. Die Leere empfindest du später. An die Nacht, in der ich den Emmy gewann, erinnere ich mich mit kristalliner Klarheit. Die Limousine, der rote Teppich, Blitzlichtgewitter. Ich wurde zu meinem Platz geleitet, wo ich zwei Stunden keine Luft kriege.

Als unter den fünf Nominierten mein Name genannt wird, höre ich nicht mehr, wer ausgewählt wurde. Aber ich lese es in Lous Gesicht, in den Gesichtern der Teamkollegen, im Kuß des Produzenten. Meine Mutter weint vor Stolz.

Ich stehe auf, gehe durch ein Meer aus Smokings und Abendkleidern, mehrere Stufen hoch, oben verwandeln sich meine Kniescheiben in Gummibällchen. Judith Light zeigt auf mich, und ich gehe auf sie zu, küsse sie auf ihre hübschen Wangen. Jemand hält eine Rede, kurz und lieb, bedankt sich bei Produzenten, Berufsvereinigungen, der Jury – und eine Million Leute schaut zu und klatscht begeistert.

Wir gehen in ein Chichi-Restaurant, das die Produzenten gebucht haben. Und alle sind meine besten Freunde. Singen, Tanzen, Glückwünsche, Schulterklopfen. Lou taucht mit einer Person nach der anderen auf, die ich „unbedingt kennenlernen muß". Ich kann es nicht fassen und schwebe einfach durch eine Märchennacht.

Meine Eltern sind wunderbar in ihrer Naivität und rot vor Stolz. All die schrecklichen Erinnerungen sind weg. Mehrere Gläser Champagner weiter sitze ich zwischen meiner Mutter und Hank, und wir sind fröhlich, als gäbe es kein Morgen, ein Seufzer der Erleichterung. Alter Groll löst sich in Luft auf.

Und als nur noch eine Handvoll da ist, zieht Hank den zerknitterten Artikel aus der L.A. Times heraus – der, den er mit seiner gesunden Hand den ganzen Abend herumgezeigt hat – darin steht, daß seine Stieftochter „eine neue und wichtige Stimme" ist. Er sieht mich an, dann nickt er mit seinem Ich-muß-euch-was-sagen-Lächeln und sagt: „Ich bin stolz auf dich, Spencer."

Aber als dann die Lichter ausgehen und ich im Bett liege und mich kneife, ob das alles auch wahr ist, weiß ich, daß etwas fehlt.

Wo ist sie?

Lucifer wurde abgesetzt. Erstens war die Serie sowieso nicht die beste, und zweitens hatte sie sich totgelaufen. Lou bot Spencer drei Krimiserien an. Aber sie hatte keine Lust, weiter das Gleiche zu machen, und fürchtete die Abstempelung als Krimiautorin. Sie wußte ja nicht, daß es einfacher war, Arbeit zu bekommen, wenn der Agent einen mit einem Wort beschreiben konnte. Außerdem galt sie mit über Dreißig als alt. Sie landete schließlich bei einer Primetime Soap, die die Grenzen der Glaubwürdigkeit ganz entschieden strapazierte.

Aber sie gab die Hoffnung nicht auf. Sie hatte den Emmy gewonnen. Beweis, daß sie es zu etwas gebracht hatte und auf dem richtigen Weg war. Um es sich selbst zu beweisen, stand sie um vier Uhr auf und arbeitete an Scripts bevor sie ins Studio eilte und am Nachmittag fix und fertig war. Sie schickte ihre Arbeiten herum, wechselte den Agenten, ging auf Partys und Sitzungen.

„Ihre Arbeit gefällt mir, sie ist nur zu sanft." Diesen Kommentar hörte sie häufig.

„Was heißt das?" fragte sie schließlich einen Produzenten, der sie nur anstarrte. Er wußte es auch nicht so genau. So nannte man eben solche Arbeiten.

„Sanft entspricht Frau, entspricht emotional", erklärte Sarah. „Emotional heißt nicht kommerziell. Heißt wenig Klasse."

Was sollte Spencer dazu sagen?

Sie schrieb eine Serienkiller-Geschichte mit einem umwerfenden Opening, alle zehn Seiten eine neue Wendung, jede Menge Blut, ein überraschender Schluß. Lou schickte das Script an verschiedene Firmen, es wurde sehr gelobt. Es gab mehrere Optionen, Ausarbeitungen, sogar Finanzpläne, aber es kam nie auf den Bildschirm. In der Zwischenzeit vergammelte *May You* auf Jerrys Schreibtisch. Bei jedem Anruf die gleichen Vertröstungen.

„Wie lange willst du dich noch von dem Typen hinhalten lassen?" fragte Sarah sie bei einem Cappucino.

„Er ist einer, der das Kino liebt."

„Großer Gott", schnaufte Sarah. „Und das glaubst du?"

Aber allmählich versanken ihre Räder im Matsch – sie überschritt die schmale Linie zwischen Wut und Verzweiflung. Die Partys, Konferenzen, Geschäftsessen, die sie in Bewegung hielten – alles war plötzlich gleichzeitig Furcht und Erregung, Kampf und Erschöpfung, Hoffnung und Zurückweisung. Es hatte eine gewisse Symmetrie, das Gleichgewicht der Extreme.

„Du blöde Fotze! Ich kann es nicht glauben. Sucht sich hinter meinem Rücken eine neue Agentur. Nach allem, was ich für dich getan habe. Niemand glaubt, daß du auch nur einen Funken Talent hast. Wenn ich nicht gewesen wäre, hättest du nie einen Emmy bekommen. Und wenn du glaubst, bei einem anderen Agenten unterschreiben zu können, kannst du dich auch gleich von deiner Karriere verabschieden."

Vom Anrufbeantworter schrie Lou ihr noch einige Kraftausdrücke zu.

Zitternd wählte Spencer die Nummer von Lou-Anne. „Hast du Lou gesagt, daß ich in deine Agentur komme?"

„Nicht im Traum. Warum?"

„Er hat's herausgefunden und ist ziemlich sauer." Spencer spielte die Nachricht übers Telefon ab.

„Meine Güte, was für ein Fiesling. Wenn er dir noch mal so kommt, sag ihm, er soll sich selbst ficken. Wir machen den Vertrag so schnell wie möglich fertig."

„Ich würde gern mit Anstand da rauskommen –"

„Scheiß drauf. Da passiert nichts. Mach dir keine Sorgen.“

Sie legte auf und fühlte sich wieder mal, als hätte sie eine Schlacht gewonnen und den Krieg verloren. Das Telefon klingelte. Malcolm war dran. „Wo bleibst du denn?“

Scheiße. Sie hatte vergessen, daß sie mit ihm bei seinem Fundraiser verabredet war. „Kleidervorschriften?“

„Komm, wie du bist.“

Sie sah sie von hinten. Sie war größer, als Spencer attraktiv fand, und sehr schlank. Und dann drehte sie sich um. Sie war es. Die Frau aus dem Flugzeug.

Spencer konnte die Augen nicht von ihrer dunklen exotischen Schönheit abwenden. Ob sie – Lena, stimmt's? – sich an ihr seltsames Zusammentreffen erinnerte? Offensichtlich tat sie das, denn nach einigen Augenblicken flog ein Lächeln des Wiedererkennens über ihr Gesicht.

Wie schön sie ist, dachte Spencer. Sie strahlte Selbstbeherrschung aus, eine gewisse Distanz. Ihre Autonomie war wie ein Fels in der Brandung oder ein Leuchtturm, und als Spencer ihr entgegenging, spürte sie die Wärme, mit der sie ihre Umgebung anzog.

Lena streckte die Hand aus. „Spencer?“

„Ja. Sie erinnern sich?“ Spencer wurde rot.

„War schwer zu vergessen.“

Spencer versuchte ihre Verlegenheit zu überspielen. „Das muß bald zwei Jahre her sein.“

Lena nickte. „Stimmt.“

„Und wie geht es Ihnen?“

„Sehr gut. Und Ihnen?“

„Ganz gut.“

Malcolm kam dazu, allgemeine Vorstellung, und Lena erwähnte ihr Zusammentreffen im Flugzeug.

„Ach, *Sie* sind das.“ Malcolm realisierte leider zu spät, was er da gesagt hatte.

Lena warf Spencer einen fragenden Blick zu.

„Ich habe ihm erzählt, wie nett Sie zu mir waren...“

Lena sagte: „Ich muß gehen“, holte aus ihrer Handtasche eine Karte und gab sie Spencer.

Bisher hatte Spencer nicht den Nerv gehabt, anzurufen. „Ich kann einfach nicht... Und außerdem, woher soll ich wissen, ob sie lesbisch ist.“

Nach ein paar Monaten trafen sie sich bei einer Cocktailparty wieder. Aber es war Lena, die fragte, ob sie ihr Gespräch nicht an einem ruhigeren Ort fortsetzen wollten.

„Daß wir uns ausgerechnet heute wiedergetroffen haben, ist ein merkwürdiger Zufall“, sagte Lena, als sie in einer ruhigen Ecke des St. James Hotels saßen. „Ausgerechnet heute habe ich von Ihnen gehört. Eine Freundin arbeitet bei Dream Works.“ Lena biß in ihre Olive. „Sie sprach sehr anerkennend über Sie. Sie hätten eine Berufung, keinen Beruf.“

„Hm.“ So hatte Spencer sich das Gespräch nicht vorgestellt. „Eigentlich wollte ich nicht über meine Arbeit reden.“

„Aber sie ist sehr wichtig für Sie.“

„Ziemlich.“

„Und was noch?“ fragte Lena.

Spencer räusperte sich. „Ich liebe meine kleine Nichte. Sie heißt Heather. Ich nenne sie Pookerdoodle. Als sie geboren wurde... habe ich mich über beide Ohren in sie verliebt.“

„Sie mögen Kinder.“ Lena fragte nicht, sie stellte fest.

„Ja – Sie haben eine Tochter.“

„In die ich über beide Ohren verliebt bin.“

„Ist sie Ihnen ähnlich?“

„Sie hat meine Augen.“

Worauf Spencer Lenas Augen studierte, sie waren dunkel und eindringlich. „Dann müssen sie wunderschön sein.“ Hatte sie das eben gesagt? Was für ein mieser Text.

„Danke“, antwortete Lena huldvoll.

„Ich würde sie gern kennenlernen“, sagte Spencer ohne zu überlegen.

„Wirklich?“ Lena lächelte und rutschte näher, als das Mobiltelefon in ihrer Tasche sich meldete. „Entschuldigung, ich erwarte einen wichtigen Anruf. Macht es Ihnen was aus?“

„Nicht im geringsten? Soll ich Sie alleinlassen?"

Lena schüttelte den Kopf, und Spencer erhaschte einen Schimmer ihres Ausschnitts, ihr Hals wollte geküßt werden, ihre Augen glänzten. Spencer merkte, wie sie fiel. War sie verrückt? Sie hatte sie doch gerade erst kennengelernt.

Lena beendete das Gespräch, zärtlich berührte sie Spencers Kragen. „Tut mir leid, aber ich muß dies abkürzen. Ich habe eine Krise."

„Das tut mir leid. Ich hoffe, nichts Schlimmes."

Lena beugte sich zu ihr und küßte sie. Ihr Mund paßte auf Spencers wie angegossen. Als sie fertig war, rieb sie mit dem Daumen den Lippenstift von Spencers Lippen.

„Bestimmt nicht", sagte sie. „Darf ich dich anrufen?"

„Bitte... bitte...", stotterte Spencer. „Das wäre schön."

Lena war überhaupt nicht ihr Typ. Spencer stand auf Botticelli-Frauen. Aber nun hatten sie ihr erstes Rendezvous. Lena hatte angerufen, ohne die Anstandsfrist von zwei Tagen abzuwarten. Und als sie anrief, machte sie keine Umstände.

„Willst du mit mir zu Abend essen?" hatte sie gefragt.

Schon beim ersten Cocktail streiften ihre Finger wie zufällig über Spencers Arm, und ihre Augen flirteten unverhohlen. Sie taktierte nicht, sie spielte keine Spielchen. Das war ebenfalls gegen den Typ. Spencer stand auf Jagd und Verfolgung. Um so schöner war die Kapitulation. Lena war direkt und unverstellt, und Spencer merkte, wie sie sich von ihr angezogen und gewärmt fühlte.

Erst später, als sie nicht einschlafen konnte, wurde ihr klar, was das war mit Lena. Sie war nicht nur sexuell attraktiv für Spencer, Spencer *mochte* sie.

Lena war geradeheraus und grundanständig. Sie war in Wohlstand geboren und aufgewachsen. Sie hatte ungewöhnliche Ansichten und stiftete einen Großteil ihres Geldes ihren politischen Überzeugungen. Spencer fühlte sich von soviel Herrlichkeit eingeschüchtert. Das andere war Lenas Schönheit. Spencer liebte die Art, wie sie sich bewegte, ihre braunen Augen und diese Arme – die sie auch gern zeigte, indem sie ärmellose Tops trug, die Hals und Schultern frei ließen.

In ihrer kurzen, aber heftigen Geschichte mit Frauen hatte Spencer nie mit einer geschlafen, von der sie gesagt hätte, sie sei ihre Freundin. Außerdem war sie zu nett – „genau, nett wäre eine Katastrophe", hatte Sarah gegrinst. Spencer fand, diese Art Geliebte stand ihr nicht zu. Mit guten Freundinnen kam sie klar, aber die Lenas dieser Welt waren eindeutig nichts für sie.

Als Lena dann anrief und sich mit ihr ins Kino verabreden wollte, ergab Spencer sich. Schon beim Klang ihrer Stimme schmeckte ihr Herz die Freiheit.

Bei Kaffee und Kuchen erklärte Spencer ein paar Tage später: „Daß ein Film richtig tickt, merke ich, wenn ich mir nicht bewußt bin, daß ich zuschaue, weil ich mitspiele. Mein Kriterium für einen guten Film ist, daß ich die handwerklichen Bestandteile nicht mehr beurteile, sondern alles ganz unangestrengt und nahtlos wirkt."

„So habe ich das noch nicht gesehen. Ich weiß nur, ob ich einen Film mag oder nicht. Aber für dich muß das sehr enttäuschend sein. Etwas zu lieben und sich aller Details bewußt zu sein, reißt einen doch aus der Stimmung."

„Berufsrisiko." Spencer sah irgendwohin. „Das ist ja das Problem", sagte sie nach einem Moment des Nachdenkens. „Kino macht das Unerreichbare erreichbar. Wahre Liebe zum Beispiel. Und wenn du entdeckst, daß es nicht die Realität ist, daß alles mit Zauberei, Rauch und Spiegeln erreicht wird, ist deine Wirklichkeit angeschlagen, und du siehst deine Träume mit anderen Augen."

„Es verliert seine Magie?"

„Du fängst an zu gucken, wo die Wirklichkeit aufhört und der Schein beginnt, und siehst die Geschichte nicht mehr."

„So hat dein Beruf dich betrogen."

„Ja... so ist es wohl."

Rabbits Tagebuch

Paris, im November 1922

In den letzten Monaten hat sich die Aufregung ein wenig gelegt, Byron steht nicht mehr im Mittelpunkt des Wirbels von Berühmtheit, der die Arme so überraschend überfallen hat. Plötzlich wollten alle wissen, wer sie ist – genauer, woher dieser geheimnisvolle Harrington kommt. Es war eine Frage der Zeit, bis es herauskam. In dem Moment, als Janet Gertrude steckte, B. Harrington wäre das schüchterne Kind, das ihr bewußtlos vor die Füße gesunken war, wußte ganz Paris, daß B. eine Frau ist.

Byron wird von ihrer Lyrik nicht reich werden, aber die Poesie hat unser Vögelchen auf eine höhere Ebene unseres Kastensystems gehoben. Sie genießt den kritischen Beifall, der den Joyces und Eliots vorbehalten ist, also männlichen Respekt. Von Frauen wird sie bewundert.

Endlich hat sogar Miss Stein ihr Schweigen gebrochen. Ich bin sicher, es hat sie fast umgebracht, aber sie drückte ihren Respekt in einem Wort aus: „Bedeutend!" Wenn sie diese Zurückhaltung nur auch in ihrem eigenen Werk üben würde!

Sylvia und Adrienne hatten Byron, Rabbit und Eliot ins Michaud eingeladen, Sylvias Geburtstag zu feiern. Je später es wurde, um so kühner wurden die Geschichten über Sylvia.

„Und dann flog der Papagei von Sylvias Schulter auf und durchs Fenster und nahm ein Bad in der Seine. Und Sylvia zog die Schuhe aus und sprang hinterher. Wer einen Papagei aus der Seine rettet, hat das Kreuz der Ehrenlegion verdient." Rabbit hob sein Glas.

„Hört, hört!" machten die anderen.

Ein großer Herr ganz in Schwarz drängte an den Tisch. „Entschuldigen Sie. Ich möchte der wunderbaren Miss Beach meine Aufwartung machen."

Seine Stimme hatte einen starken russischen Akzent. Nachdem er sich vor Sylvia verbeugt und den Rest der Gesellschaft begrüßt hatte, küßte er Byron die Hand.

In den folgenden Wochen rief Pilieskov Byron an, lud sie ins Theater ein, zu einer Lesung bei Shakespeare & Company und schließlich in eine Galerie, die seine Arbeiten zeigte. Byron genoß seine Gesellschaft, seine Düsterkeit zog sie an, sie wußte nicht warum.

„Er ist so... schwarz", protestierte Rabbit. „Besitzt er denn nichts als Trauerkleidung?"

„Ich gebe zu, er ist ein bißchen exzentrisch, aber auch sehr klug, und seine Malerei ist –"

„Großer Gott, wenn noch ein Exzentriker zum Genie erklärt wird, erschieße ich mich."

„Warum mögen Sie ihn nicht?"

„Ich traue ihm nicht."

„Sie kennen ihn doch gar nicht."

„Warum haben Frauen wie Sie bloß sowenig Ahnung. Dieser Mann gilt als der größte Schürzenjäger Europas."

„Rabbit, haben Sie mir nicht beigebracht, ich sollte nicht alles glauben, was andere sagen? Seien Sie doch froh, daß ich einen neuen Freund gefunden habe."

Rabbit seufzte und nickte resigniert.

„Ich treffe ihn zum Abendessen. Bringen Sie mich hin?"

Er küßte ihre Hand. „Mit größtem Vergniegen", sagte er Pilieskovs Akzent nachahmend.

An diesem Abend fragte Pilieskov sie: „Würden Sie mir Modell sitzen?"

Sie hätte gelogen, wenn sie gesagt hätte, sie wäre nicht geschmeichelt.

„Gut. Morgen dann."

Am nächsten Nachmittag führte er sie in sein Atelier. Es war vollgestopft und unordentlich, ihrem Arbeitsplatz nicht unähnlich.

Er nahm sie am Arm. „Kommen Sie. Sie sich umziehen. Hier ist Kleid."

Byron betrat einen begehbaren Schrank, in dem Piliesskovs Kleidung, Malutensilien und ein paar Abendkleider hingen. Sie zog sich um und fand, daß sie ziemlich mutig war. Einem Künstler Modell zu sitzen.

Als sie das Atelier betrat, führte er sie zu einer Chaiselongue, auf der er sie sorgfältig drapierte – das Gewicht auf einen Ellbogen gelagert, zwei Finger der rechten Hand auf der Robe, der Rest der Hand in einer Falte verborgen. Er legte Falten, strich eine Locke aus ihrer Stirn, massierte ihre Wangen, damit sie erröteten. Dann trat er an die Leinwand und begann schnell und ohne etwas zu sagen, zu arbeiten.

Zuerst war Byron sich nur ihres Atems bewußt, des Flatterns ihres Herzens, ihr Fleisch reagierte auf die leichte Kälte, ihre Brustwarzen wurden steif. Ihre Kühnheit erregte sie. Mit Ausnahme Rabbits war sie seit Charles nicht mehr mit einem Mann allein gewesen. Nachdem sie Bay Cliff verlassen hatte, war sie mit Überleben beschäftigt gewesen. Die wenigen Männer, die sich überhaupt für sie interessiert hatten, hatte sie sofort zurückgewiesen.

Als dies in Paris so weiterging, fragte sie sich, ob sie eine Mißgeburt war. Oder ob, was Charles getan, aus ihr eine der Frauen gemacht hatte, von denen sie manchmal las. Kalt, frigide. Sie dachte an die Männer, die sie kannte. Hem, Ezra, Mr. Joyce, den sie bewunderte. Keinen fand sie attraktiv. Wenn sie an die Frauen dachte und ihre Partnerschaften – Sylvia und Adrienne, Frau Stein und Gemahlin – beruhigte es sie, daß sie keine begehrte. Aber begehrte sie Männer?

Sie betrachtete Pilieskov, seine Hände, wie er beim Malen sich in den Hüften wiegte, und sie fühlte unter der Seide die Wärme und Sensibilität ihrer Haut, ein Bewußtsein von ihrem Körper als einem perfekten Werkzeug.

„Fertig für heute.“ Er wusch seine Hände in einer Schüssel. Als Byron sich bewegte, sagte er: „Bitte, bleiben Sie einen Moment.“ Er trocknete seine Hände, kniete neben ihr und nahm ihre Hand. „Danke.“ Er küßte ihre Hand und flüsterte: „Schön... sehr schön...“ Schauer liefen über ihre Arme, die Härchen im Nacken stellten sich auf, sie war entzückt über seine Huldigung. Er zog sie an sich. Sein anbetender Blick schmolz in Lust und erregte sie noch mehr.

Mit einer einzigen raschen Bewegung warf er sich auf sie, sein Mund verschlang brutal ihren Hals, ihre Schultern, ihre Brüste. Er öffnete seine Hose und zerrte sein Geschlechtsteil mit solcher Abruptheit hervor, daß sie erstarrte. Er preßte ihre Hand um seinen Schwanz und verlangte, sie sollte ihn streicheln. Als er groß und steif war, schob er ihre Hand weg und drang in sie ein. Ihre Erregung war dahin. Sie fühlte nur Leere, ihr Körper erstarrte, als er aufstöhnte.

Er kam mit einem Schrei, zog sein Glied aus ihr und wischte sich den Speichel vom Kinn. Sie suchte in seinem Gesicht nach ein bißchen Zärtlichkeit, aber er sah sie nicht an, murmelte nur, sie solle sich anziehen, er müsse weg.

Byron ging ohne ein Wort. Sie hatte nicht vor, diese Erfahrung zu wiederholen. Sie beendete die Verbindung mit Pilieskov, als wischte sie sich Krumen von den Händen.

Nach Pilieskov hatte Byron kurze Affären mit Männern, die kultivierter, auch weniger maskulin waren und mit denen sie schlief, wie um zu beweisen, daß sie wenn schon keine Frau, so doch ein Mitglied der menschlichen Gesellschaft war. Mit Gefühlen oder auch nur Lust hatte das nichts zu tun, und so endeten diese Beziehungen so schnell, wie sie begonnen hatten. Viel glücklicher war sie in der herzlichen und witzigen Gesellschaft ihres Freundes Rabbit.

Eine ihrer Lieblingsbeschäftigungen waren Kriminalfälle, eine Vorliebe, die sie mit Hemingway teilten. Wochenlang verfolgten sie die Aufklärung des Mordes an einer Schauspielerin, die erfolgreicher hinter als auf der Bühne gewesen war. „Wenn ich den Fall untersuchen müßte“, sagte Byron eines Tages, „würde ich mich auf den Theaterdirektor konzentrieren. Angenommen, sie hat ihn benutzt. Angenommen, andere haben ihn ebenfalls benutzt. Angenommen, sie hatte einen Liebhaber –“

„Hört euch das an", lachte Hemingway. „Sie haben sich ja enorm Gedanken gemacht."

Rabbit klopfte seine Gauloise auf den Daumen. „Byron, ich finde, Sie sollten es ausprobieren. Warum machen Sie keinen Krimi daraus?"

„Ich schreibe Gedichte, keine Geschichten", protestierte Byron.

„Das ist ja richtig", fiel Hemingway ein. „Aber es wäre die Gelegenheit, Ihr Talent im Umgang mit den rauhen Seiten des Lebens zu nutzen. Wo ließe sich die Natur des Menschen besser erforschen als in Mord, Gier und Lust?"

„Ich weiß nicht." Byron runzelte die Stirn.

„Keine Widerrede. Die Sache ist beschlossen", sagte Rabbit. „Jetzt brauchen wir nur noch einen Titel."

Byrons Vater, der in London zu tun hatte, kam für eine Woche nach Paris. Rabbit zeigte Vater und Tochter die Stadt abseits von den touristischen Trampelpfaden. Byron sorgte dafür, daß ab und zu ein wenig Kultur eingestreut wurde.

„Dabei", sagte Francis Harrington, „würde es mir vollauf genügen, meine Tochter anzuschauen." Er hatte Byrons Veränderungen wohl bemerkt und gutgeheißen. Darauf gingen sie ins Musée du Luxembourg und sahen sich die Monets und Cezannes an. Danach hatten sie Hunger und aßen in der Mittagssonne einen Lunch und tranken eine Flasche Macon. Als Hunger und Durst gestillt waren, schlief Vater Harrington am Tisch ein. Byron sah ihm anbetend zu.

„Es ist nicht leicht für Sie", sagte Rabbit. „Ich sehe, wie sehr er Ihnen fehlt."

„Ja, das tut er. Aber ich hatte keine andere Wahl", stellte Byron kryptisch fest

„Was wollen Sie damit sagen?"

„Daß ich meinen Vater nicht freiwillig verlassen habe." Byron stand auf und beendete damit die Unterhaltung.

Am Nachmittag trafen sie sich mit Hemingway, der sie zum Pferderennen einlud.

„Ich dachte, er hätte mit dem Wetten aufgehört", flüsterte Byron Rabbit zu.

„Vielleicht ist er uns zu Ehren heute dazu zurückgekehrt", flüsterte Rabbit zurück.

Byron hakte sich bei ihrem Vater ein, sie hatte sich in Paris noch nie so sicher und gut gefühlt. Nein, sie hätte ihren Vater nicht verlassen, wenn sie die Wahl gehabt hätte.

Hemingway hatte eine Decke auf dem Rasen ausgebreitet, sie saßen und sahen den Pferden zu, die die Strecke entlangrasten. Sie tranken ziemlich viel Wein, und als die Sonne unterging, tauschten Francis und Hemingway ihre Erfahrungen mit Spanien und Geschichten von Stierkämpfen aus.

Rabbits Tagebuch

Paris, April 1924

Das Buch ist da. Es heißt Chaos am Montparnasse *und ist ein Riesenerfolg. Finanziell. Leider hat es schlechte Kritiken.*

Janet, die inzwischen unter dem Namen Genet im New Yorker *eine vierzehntägige Kolumne hat, schrieb: „Es ist nicht das wichtigste Buch der Saison, aber das schockierendste."*

Ich habe Byron bei der Suche nach einer neuen Wohnung geholfen. Zuerst wollte sie unter keinen Umständen ihre Behausung unter dem Dach verlassen. Aber allein für ihre Korrespondenz braucht sie Platz für einen größeren Schreibtisch.

Einen so gutaussehenden Mann wie Scott Fitzgerald glaubte Byron bisher nicht kennengelernt zu haben. Goldblondes Haar, gebogene Nase und ein sinnlicher Mund verliehen ihm eine elegante Schönheit, die eigentlich eher zu einer Frau paßte. Sie fand ihn so faszinierend, weil sie wie alle *Gatsby* in einem Rutsch gelesen hatte und seine Brillanz schätzte.

„Ich hab's versucht." Fitzgerald stürzte den nächsten Kognak hinunter. „Es liegt an der Stadt. Unmöglich zu schreiben."

„Wenn jemand in Paris nicht schreiben kann, alter Junge", erklärte Rabbit, „dann fürchte ich, kann er's nirgendwo."

„Parnell hat recht", bellte Hemingway. „Scott, du solltest die blöden Kurzgeschichten lassen. Immerhin hast du *Gatsby* geschrieben."

„Ach, Ernest, mit den Kurzgeschichten ist es gar nicht so schlimm. Ich schreibe sie, wie es erwartet wird. Verändern kann ich sie hinterher immer noch."

„Quatsch. Als würde ich sagen, wenn ich mich nach dem Besuch im Puff wasche, ist es nicht Hurerei, sondern Liebe."

„Hem, bitte", warnte Rabbit.

„Mir reicht's. Wenn du unter deinem Niveau schreibst – deine Sprache diesem oder jenem Publikum anpaßt –, gehst du auch als Person unter dein Niveau. Du kannst Integrität nicht teilen. Über kurz oder lang hast du dein Talent ruiniert."

„Ich... ich glaube, ich muß mir das nicht länger anhören", brauste Scott auf, dann erbleichte er, sackte zusammen und fiel auf den Tisch.

„Was hat er?" Byron prüfte, ob er noch atmete.

„In einer Stunde geht's ihm besser." Hemingway knallte Scott seinen Hut auf den Kopf. „Träum schön."

Als die geleerten Weinflaschen bereits lange Schatten warfen, kam Fitzgerald wieder zu sich. Hemingway zog ihn hoch. „Einen wunderschönen Abend euch beiden", sagte er und schwankte mit Fitzgerald davon.

„Waidmannsheil." Rabbit hob sein Glas, und als die beiden außer Hörweite waren, sagte er: „Der arme Hem. Hat es sich zur Aufgabe gemacht, auf Scott zu achten, weil er unbeirrbar an sein Genie glaubt."

„Aber hat er nicht recht?" fragte Byron, der immer noch in den Ohren hallte, was Hem gesagt hatte. „Schließlich hat er bewiesen, daß er wundervoll schreiben kann –"

„Genau wie Sie –"

„Sie haben mich nicht ausreden lassen. Er muß sich doch nicht verkaufen, bloß weil sein Werk Geld bringt."

„So wie Ihres."

„Meine Geldarbeiten sind auch nicht besser als seine Kurzgeschichten."

„Meine Liebe, Sie machen einen Fehler. Sie urteilen über sich und über ihn, ohne nachzudenken. Der Punkt ist, daß Sie die Begabung haben, eine Geschichte gut zu erzählen."

„Aber das ist nicht das, was ich eigentlich will."

Umständlich zündete er eine Zigarette an. „Ich will Ihnen was sagen. Erfolgreich zu sein ist keine Schande, egal was die elitäre Clique uns weismachen will. Für die Kunst zu hungern, sich zu quälen, das haben Sie zur Genüge getan."

Byron erstarrte. Was wußte Rabbit von ihr?

„Regen Sie sich nicht auf, Byron. Ich habe keine Ahnung, was Sie so quält, aber jeder Narr sieht Ihren Schmerz. Irgend etwas ist passiert, und Sie haben es mit *Wahrheit* verarbeitet. Genießen Sie Ihren Erfolg. Er ist nicht das Stiefkind, das niemand sehen darf. Lassen Sie zu, daß Nate Sie schweinisch reich macht und alle Welt Sie bewundert – das wäre weise."

Byron folgte Rabbits Rat und gestattete ihrem schlagfertigen Detektiv einen zweiten Auftritt.

„Er ist so charmant und geheimnisvoll, daß das bessere Geschlecht von einer Ohnmacht in die nächste fällt", schwärmte Rabbit. „Ich würde sagen, Byron, er basiert auf meinen guten Eigenschaften."

Rabbit lag gar nicht so falsch. Nate Venable war eine Person, die Männer und Frauen gleichermaßen bezauberte, nach dem Erscheinen des zweiten Buchs, *Phantom des Entzückens,* wurde er berühmt und Byron Harrington eine Sensation.

Nates Abenteuer waren gepfeffert mit Ausflügen in die Unterwelt von Paris, in neblige Straßen mit schurkischen Bewohnern, die den Schlüssel besaßen für das Rätsel, das Nate lösen wollte. Sein jüngstes Opfer hatte Nate hinter der Bar *Das Loch in der Wand* gefunden, aus deren Hintereingang die Abwässer geschüttet wurden, die zum Höhepunkt der Geschichte in die Katakomben führten.

Weil die Stoffe immer schockierender wurden, hielten die Verleger es zunehmend für wichtig, Byrons Identität zu verschleiern. „Nein, es würde für Ihre Fans gar nichts bringen, wenn sie wüßten, wer Sie wirklich sind, Miss Harrington", beharrte Mr. Abercrombie.

„Und wenn sie es doch herausfinden?" fragte Byron, des Versteckspiels überdrüssig. „Wir haben das bei *Wahrheit* auch gehabt, irgendwie kommt es doch heraus, meist wenn man am wenigsten damit rechnet."

„Das war etwas ganz anderes. Die wenigsten Amerikaner kennen *Wahrheit*, und wenn, gehören sie zur Literaturszene, die die Venable-Serie bestimmt nicht liest."

„Darauf würde ich mich nicht hundertprozentig verlassen." Byron verzog resigniert den Mund.

„Da Sie in Paris leben, wird es leichter sein, die Presse von Ihnen fernzuhalten, während wir uns auf die Hauptfigur konzentrieren. Ganz von selbst verschmelzen dann in den Augen der Öffentlichkeit B. Harrington und Nate Venable."

„In den Staaten mag das funktionieren, Mr. Abercrombie", warf Sylvia ein. „Aber meine Partnerin, Adrienne Monnier, will die französische Übersetzung herausbringen. Miss Harrington ist hier wohlbekannt, bei der Intelligenz und beim lesenden Publikum – und sie ist als Frau bekannt."

Der Verleger lenkte ein. „Dann lassen Sie uns überlegen, was wir in der Zwischenzeit tun können. Da Miss Harringtons Erscheinung nicht –" er hustete – „im konventionellen Sinn weiblich ist, könnten wir dies vielleicht noch verstärken. Würden Sie dagegen etwas haben?"

„Einfach göttlich!" bemerkte Rabbit dazu, als Byron und Sylvia ihm von Mr. Abercrombies Vorschlag berichteten. „Das schreit nach Champagner, und wie's der Zufall will, habe ich welchen dabei." Er holte die Flasche und Sylvia Teetassen. „Meine Liebe, das ist wirklich hinreißend." Er zog begeistert die Augenbrauen hoch.

Byron schüttelte den Kopf. „Was ist, wenn die Nachricht in den Staaten ankommt, daß ich eine Frau bin?"

„Sie wollen mir doch nicht erzählen, Sie wüßten nicht, daß genau das die Hoffnung Monsieur Abercrombies ist. Ein bißchen Druck hier und ein Gerücht da. Ach, ja, wie faszinierend.“ Rabbit senkte seine Stimme zu einem leisen Flüstern. „Der Hotelportier schwört, daß der Autor –“

„Nein, was Sie nicht sagen!“ Sylvia spielte die Entsetzte.

„Aber eine Frau könnte doch niemals solch –“ Rabbit schlug sich mit der Hand gegen die Stirn, „heißen Stoff schreiben. Ich glaube es nicht. Ich geh gleich los und kauf das Buch und entscheide selbst.“ Rabbit schenkte Champagner ein. „Das ist genau die Werbung, die unbezahlbar ist.“

Byron wandte sich zu Sylvia. „Stimmt das?“

„Ich fürchte, so ist es.“

„Nun kommt schon. Es wird Zeit zu feiern und Rache zu üben.“ Rabbit hob das Glas und zwinkerte Byron zu. „Auf Nate. Er soll leben.“

Shakespeare & Company war so überfüllt, daß die Gäste auf der Straße Champagner tranken – rund um ein Plakat, auf dem stand: „Die gefeierte Romanautorin Byron Harrington signiert ihren jüngsten Venable-Krimi *Erben ist göttlich*.“ Außer der Kulturschickeria drängten sich neugierige Fans, unter den amerikanischen Touristen in Paris war es zu einer Art Sport geworden, B. Harrington in echt gesehen zu haben.

Der neueste Venable-Krimi, der fünfte, lag in Stapeln im Fenster und neben der Kasse. Byron signierte einen nach dem anderen. Rabbit sah ihr zu und sinnierte, wie wenig in der eleganten Erscheinung Byrons von Lilian übrig geblieben war. Im maßgeschneiderten Anzug und mit Bubikopf wirkte sie androgyn und graziös zugleich.

Er schlenderte durch die Menge und schnappte Fetzen der Unterhaltung auf. Als er Byron berichten wollte, was über sie erzählt wurde, hob sie die Hand. Eine Pariserin hielt ihr Buch in der Hand und sagte kopfschüttelnd: „Also wirklich, was erwartest du von den Amerikanern? Sie können nichts außer Geld machen.“

„Das aber einzigartig“, sagte ihr Begleiter. „Vergiß es.“

Die Stimmen von Hemingway und Gertrude erhoben sich über das Gemurmel und retteten den Augenblick.

„Hem und Gerty mit ihrer endlosen Debatte über diesen Integritätsquatsch werden auch nicht spannender. Alles ist relativ, und ich möchte, daß Sie das begreifen. Ich bin sicher, daß die Öffentlichkeit lieber auf hohem Niveau unterhalten als mit philosophischen Eintagsfliegen umworben werden will." Rabbit führte Byron aus der Gefahrenzone.

Spät in der Nacht landeten Byron, Rabbit, Jake, Pierre und noch ein paar andere in der Bar *Das Loch in der Wand* in der Rue des Italiens. Hinter einer unauffälligen Tür öffnete sich eine hoffnungslos überfüllte Kneipe, Treffpunkt für Ausgestoßene, Desillusionierte, Prostituierte und Süchtige. An diesem Abend kam noch eine Gruppe Zirkusartisten dazu.

Die Artisten sangen und johlten und drängten Byron und ihre Freunde zu einer Diele mit niedriger Decke, bis zum Rand vollgepackt mit tanzenden Männern und Frauen. Maskierte Phantome, ein Minotaurus, ein obszöner Pan, der an einer vollbusigen Ophelia herumfingerte. Eine Frau mit Haaren bis auf den Boden pfiff hinter Rabbit her, bei näherem Hinsehen hatte sie einen Vollbart.

„Byron, behalten Sie einen klaren Kopf."

„Und wo soll der herkommen?" nuschelte Byron.

Rabbit drehte sich besorgt zu ihr um. „Wirklich, Byron, passen Sie auf. Zirkusleute sind nicht die beste Gesellschaft."

„Dann gehen Sie nicht zu weit weg."

Zusammenzubleiben war nicht einfach in der tanzenden Menge, die sich wie eine Schlange durch den Raum wand. Der Lärm war ohrenbetäubend, eine Kakophonie aus Musik, Geschrei und Gelächter, und als Byron sich hindurchdrängte, stellte sie plötzlich fest, Rabbit war verschwunden. Sie wollte ihn suchen, da spürte sie eine Hand auf ihrem Ärmel.

Sie drehte sich um und starrte in die schwarze Maske eines Unbekannten in Smoking und schwarzer Fliege, der auf Französisch sagte: „Sie brauchen keine Angst zu haben."

„Pardon?" fragte Byron.

„Ich sagte, es gibt keinen Grund zur Angst", wiederholte

er auf Englisch mit starkem Akzent, seine Stimme war weich und heiser zugleich.

„Ich habe keine Angst. Ich suche nur meinen Freund."

Etwas an der dunklen Erscheinung befahl Wachsamkeit.

Der Fremde preßte ihre Finger, und Byron roch eine exotische Mischung aus seltenem Eau de Cologne und parfümierten Zigaretten. „Kommen Sie."

Byron war aus unerklärlichem Grund fasziniert. Vielleicht konnte sie es ja als Recherche verbuchen. Sie ließ sich durch die Menge zu einem dunklen Flur führen, hinter geschlossenen Türen hörte sie Geräusche und Stimmen.

Der Fremde zog sie durch die Hintertür eine kleine Gasse entlang, dann durch einen dunklen Torbogen. Einen Moment fragte Byron sich, ob sie nicht einen Fehler machte.

„Sehr dunkel, passen Sie auf", sagte der Fremde, dann öffnete sich eine Tür. Es roch scharf, Byron sah samtgepolsterte Möbel, obszöne Bilder an den Wänden. Der Fremde zog ein paar Scheine hervor und drückte sie einer verhutzelten Chinesin in die Hand. Er führte Byron in einen Raum, gedämpft erleuchtet von einer Tiffany-Lampe, die alles in Rosa tauchte.

Byron wußte, daß sie nicht mehr nüchtern war, was ihre Gelassenheit erklärte. Der maskierte Fremde zog Byron an sich und murmelte etwas, das sie nicht verstand. Er führte sie zu einem schäbigen Sofa und zog einen Sessel heran. „Oh, wie ich darauf gewartet habe."

Er strich mit einem Streichholz über die Wand und brachte die Flamme ans Ende einer langen Spirale, einen von mehreren aufgerollten Schläuchen, die aus einem Apparat in Form einer Vase kamen. Er nahm das Ende des Schlauchs in den Mund und zog daran, als zündete er eine Pfeife an, dann reichte er es Byron und sah sie aufmunternd an.

Ein süßes Brennen kratzte ihre Kehle entlang, und als sie das Gift einatmete, erfaßte sie plötzlich wilder Schrecken. Aber bevor sie fragen konnte, was sie da tat, fiel ihr Körper in einen Zustand vollkommener Leichtigkeit.

Der Fremde inhalierte tief, und Byron sah seine schlanke Erscheinung und fand sich seltsam erregt. Anziehung von Anfang an. Sie kicherte.

Er wandte sich ihr zu. „Warum lachen Sie?“

„Sie. Ich. Was tun wir hier?“

„Wir probieren das Beste am Leben.“

Als der Fremde sich neben sie setzte und seine warme Hand ihren Hals streichelte, leistete sie keinen Widerstand, denn seine Finger fühlten sich wie Seide an; so seltsam sanft waren seine Hände, als sie ihren Weg zu ihrem Haar fanden, dann langsam über ihre Augenbrauen strichen und einen Schauder durch ihren Körper schickten, der sich anfühlte wie eine sich entrollende Schlange. Byron schloß die Augen, plötzlich unwiderstehlich müde und gleichzeitig wie elektrisiert. Der Fremde legte sich neben sie, vorsichtig löste er ihre Krawatte, knöpfte ihr Hemd auf. Sie schüttelte den Kopf, sie wußte, daß sie dies beenden mußte... jetzt sofort, aber ihr Verführer nahm ihre Hand und bedeckte sie mit Küssen. Jedesmal wenn seine Lippen Kontakt mit ihren Fingern hatten, spürte sie einen ziehenden Schmerz im Magen, der sich in ihrem Schoß fortsetzte.

Byron hatte nur einen Gedanken. Sie mußte diese Hände fühlen. Sie schlang ihre Finger in seine, erforschte seine Handflächen, dann schob sie seine Hand unter ihr Hemd und atmete schwer, als die schlanken Finger ihren Bauch streichelten, und als er ihren Hals küßte, wurden ihre Brustwarzen so schnell steif, daß es wehtat. Unbedingt, so unbedingt wie sie es noch nie gefühlt hatte, wollte sie, daß dieser Mund auf ihr spielte, daß sie seine Zunge auf ihren Brüsten spürte, und als er an ihren Brüsten sog, warf sie sich in seine Arme und wollte nur noch seine Haut spüren.

Sein Mund auf ihrem Leib, seine Finger an ihren Nippeln, die so fest waren, daß sie wußte, sie würde zerbrechen, wenn er aufhörte, er spielte mit ihr, aber er machte keine Anstalten, ihre Hose zu öffnen, bis Byron es nicht mehr aushielt und ihr Sehnen herausflüsterte.

„Es wäre mein größtes Vergnügen", murmelte er, seine Hand öffnete rasch ihren Gürtel, dann die Hose, und dann beugte er seinen Kopf über ihr hochgerecktes Becken. Sie spürte ihre Nässe, so seltsam wie der ganze Abend, so hatte sie noch nie empfunden – war nie so voller Sehnsucht gewesen. Seine Zunge schlug gegen das, was sie nur berührte, wenn ihr Körper nach Erleichterung schrie, das, was bisher lästiger Hunger gewesen war und jetzt wütendes Rasen, das Antwort verlangte, seine Zunge fuhr fort, bebende Wellen durch ihren Körper zu senden, bis sie ihn endlich eindringen fühlte. Aber... das war ja nicht *er*, es waren seine Finger, die in sie hineinstießen, sie ausfüllten, zwei, dann drei, bis sie nur noch die Fülle spürte, die ihr Begehren beantwortete. Sie kam in einem langen umwerfenden Orgasmus, zitternd, bis die Wellen endlich nachließen und ihr Körper schlaff und still wurde und sie wußte, daß sie sich nicht bewegen konnte. Und wenn ihr Leben davon abgehangen hätte, sie konnte sich nicht bewegen.

Byron lag da, erschöpft, leer, der Fremde stand auf. Er ging zu dem Schlauch und sog gierig daran, dann setzte er sich mit dem Rücken zu ihr. Er nahm Maske und Fliege ab, zog den Smoking aus, streifte sein Hemd ab, zum Vorschein kamen schmale Schultern. Byron versuchte zu sprechen, brachte aber kein Wort über die Lippen. Und obwohl ihr Märchenprinz nur noch ein undeutlicher Schatten war – als er sich zu ihr umdrehte, war sie sicher, daß das, was er ihr zeigte, die vollen Brüste einer Frau waren.

Ihre Haut war warm, zwischen ihren Brüsten rannen kleine Schweißbäche, und Byron küßte die rosafarbenen Brustwarzen. Der Geschmack nach Frau war neu, und doch schien es ihr, als wäre sie dafür geboren. Sie verlangte nach mehr. Mehr von der Haut dieser Frau unter ihren Händen, die auf die Berührung antwortete wie eine erwachende Katze, die sich Byron entgegenneigte.

Byron sah den Körper neben sich – ein Frauenkörper. Das neue Bild war erregtes Fleisch, Frauenhaut, die unter ihren Händen brannte. Als die Frau Byrons Gesicht nahm und Byrons Mund auf ihren drückte, überströmte sie wieder das brennende Verlangen ihres Schoßes... salzige Küsse sich begegnender Zungen, überzogen mit dem bitteren Stachel der Opiumpfeife... die sie zu ihrer neuen Sehnsucht führte, die Frau hieß.

Sie erwachte im hellen Licht der Mittagssonne und brauchte eine Weile, bis sie ihr Arbeitszimmer wiedererkannte. Aber wie war sie nach Hause gekommen?

Als ihre Beine kräftig genug waren, stand sie vorsichtig auf, ging hinaus auf den Balkon und klopfte eine Zigarette auf dem Geländer fest. Als sie sie anzündete, sah sie plötzlich die Opiumpfeife vor sich, es durchzuckte sie, ihr wurde heiß. Was hatte sie getan? Die Bilder waren so undeutlich, daß sie sie auch geträumt haben konnte. Sie rauchte mit geschlossenen Augen und hoffte, die Sonne würde sie reinwaschen, sie in ihr früheres Selbst zurückverwandeln. Und dann fiel es ihr blitzartig ein. Die Person, mit der sie zusammengewesen war, mit der sie genauer gesagt so offen intim gewesen war, war die Schauspielerin Marie Salavier.

Während sie versuchte, die Eindrücke der vergangenen Nacht zu ordnen, flogen Schritte die Treppe herauf. Es klopfte. Bevor sie öffnen konnte, stürzte Rabbit herein.

„Mein Gott, ich habe Sie überall gesucht." Rabbits Haar war zerzaust, seine Kleidung zerknittert.

„Bitte..." Byron hielt sich den Kopf. „Nicht so laut."

„Byron." Rabbit packte sie bei den Schultern. „Es geht um Ihren Vater."

Ihr wurde schwarz vor Augen, aber bevor sie umfallen konnte, fing Rabbit sie auf und führte sie zum Sofa.

„Gestern abend ist bei Sylvia ein Telegramm eingetroffen. Er ist krank. Sie müssen sofort abreisen."

„Ich muß packen –"

„Aber schnell. Ich habe für uns auf dem nächsten Dampfer zwei Plätze gebucht."

Kurz nach ihrem ersten Rendezvous hatte Lena Spencer zum Essen zu sich nach Hause eingeladen. Spencer hatte früher im Büro aufgehört, um bei Nordstrom nach Hemden und Jacken zu schauen. Sie wollte gut aussehen. Lena beeindrucken, verführen. Es dauerte, aber schließlich fand sie ein leuchtend blaues Hemd und ein schwarzes Jackett, die zu ihrer schwarzen Jeans paßten.

Als sie ankam, war ihre Kehle vor Erwartung wie zugeschnürt, sie hatte nasse Hände und rechnete jeden Moment mit einer Panikattacke. Sie klingelte. Die Tür wurde geöffnet.

„Hallo. Bist du Spinner?“

Ein hellblonder Zwerg stand in der Tür, mit Stupsnase und großen blauen Augen. Es war Liebe auf den ersten Blick.

„Ja, die bin ich.“

„Mami sagt, du sollst reinkommen, sie ist in der Küche.“

„Und wer bist du?“

„Kenzie.“

„Nett, dich kennenzulernen.“

MacKenzie führte sie zur Küche, Spencer registrierte unterwegs Anklänge an die Toskana. Lena trug noch eine Schürze.

„Tut mir leid, ich hab’ zu spät angefangen.“ .

„Das macht doch nichts.“ Spencer überreichte eine Flasche Merlot.

„Danke. Kümmerst du dich um MacKenzie, während ich hier weitermache?“

MacKenzie zeigte Spencer den Weg zum Wohnzimmer, kuschelte sich aufs Sofa und sagte erwartungsvoll: „Mami hat gesagt, du machst Kino.“

„Im Augenblick arbeite ich mehr im Fernsehen.“

„Oh, so was wie Sesamstraße?“

„So in der Art. Ich schreibe Shows fürs Abendprogramm.“

MacKenzie rieb sich die Nase. „Die bösen, die ich nicht sehen darf?“

„Naja – wahrscheinlich."

„Wenn sie böse sind, warum machst du das?"

„Wir strengen uns ja an, sie gut zu machen, es ist nur so –" Wie sollte Spencer einer Vierjährigen die Geheimnisse der Hollywood-Maschinerie erklären?

„Ich hab eine Freundin, ihre Mutter ist Padussa beim Fernsehen. Was machen Padussa?" MacKenzie wackelte mit ihren winzigen roten Schuhen.

„Das ist eine gute Frage, MacKenzie."

Lena kam herein, sie hatte die Schürze abgelegt und trug schwarze Hose und weißes Seidentop. Spencer war von Mutter und Tochter beglückt.

„Deine Tochter ist gerade dabei, Karriere zu machen."

„MacKenzie ist eine neugierige Pfadfinderin." Lena fuhr ihr durchs Haar. „Du holst jetzt deine Tasche, Schatz. Onkel Bobo wird gleich da sein."

„Okay." MacKenzie schoß davon.

„Wir sind heute abend allein." Lena legte den Kopf schief und taxierte Spencer.

„Bist du sicher, wir kommen ohne Anstandswauwau aus?"

Nachdem Lenas Freund MacKenzie abgeholt hatte, nahm Lena den Wein und zwei Gläser, und sie gingen auf die Veranda, die über grüne Hügel und Häuser im spanischen Stil blickte. Die Sonne ging gerade unter und brachte Lenas dunkles Haar zum Leuchten. Spencer konnte die Augen nicht von Lena wenden, die die Gegend erklärte. Sie hatte die letzten zehn Jahre hier gewohnt, jetzt wollte sie fort, damit MacKenzie in einer gesünderen Umwelt aufwuchs. Sie wollte zurück nach Nord-Kalifornien, wo ihre Familie lebte.

„Wo ist ihr Vater?" fragte Spencer.

„Keine Ahnung. Sie kommt aus einer Samenbank."

„Du hast einfach entschieden, ein Kind zu wollen?"

„Nein. Ich wollte immer Kinder. Eine Familie. Als ich mit MacKenzie schwanger war, hat meine Geliebte mich betrogen. Seitdem bin ich Single."

„Das ist schwer zu glauben."

„Nicht zölibatär." Lena grinste. „Single."

Spencer räusperte sich.

„Du fühlst dich nicht sehr gut damit, stimmt's?"

„Doch, doch", konstatierte Spencer etwas zu laut. „Ich bin nur... also ich bin normalerweise... ich glaube, ich bin ein bißchen schüchtern."

„Wie süß."

„Ich finde es eher ziemlich demütigend."

Lena grinste. Dann machte sie einen Schritt auf Spencer zu. „Als die Filmindustrie noch in Silverlake und Los Feliz hockte, wohnten hier viele der alten Stars." Sie blickte in die Gegend und fügte übergangslos hinzu: „Ich bemühe mich wirklich, mich nicht in dich zu verlieben."

Spencer war nicht sicher, ob sie sich nicht verhört hatte.

Lena kam einen Schritt näher. „Ich habe vor, umzuziehen. Du scheinst in deiner Karriere gefangen. Aber ich merke, daß ich über dich nachdenke..."

„Ich... ich... Lena..."

Lena stellte ihr Glas ab, kam in Spencers Arme und legte ihre Hände um Spencers Hals.

Mund auf Mund kann beim erstenmal schwierig, plump, fremd sein, aber bei Lena hatte Spencer das Gefühl, als küßten sie sich schon seit Jahren, als wären sie dafür bestimmt, sich zu küssen. Spencer begriff plötzlich, warum Küssen nicht nur Vorspiel, sondern manchmal das Eigentliche ist. Hinreißend. Spencer war noch nie hingerissen gewesen, sie merkte, daß sie diese Frau wollte, wie sie noch nie eine gewollt hatte. Es kam von tief innen, ein Begehren, das Antwort verlangte, und in einem einzigen Kuß wußte Spencer, daß Lena sehr wohl die Liebe ihres Lebens werden konnte.

Lena nahm Spencer an der Hand und führte sie schweigend ins Schlafzimmer. Sie brauchten nur Sekunden, um sich wiederzufinden. Weiche Nippel, die nach Erkundung verlangten, das gegenseitige Vergnügen spüren, sich auflösen ineinander. Während sie nicht aufhörten, sich zu küssen, führte Lena sie zum Bett, wo sie stehenblieben, vollkommen aufgingen in dieser simplen Aktivität: sich küssen, bis sie nicht mehr konnten. Als sie aufs Bett fielen, hörten sie immer noch nicht auf, bis Lena sich aus der Umarmung befreite.

„Ich muß eine Pause machen... eine Sekunde." Sie atmete heftig. „Ich muß erst mal Luft kriegen."

Spencers Augen wanderten über Lenas Körper. Sie küßte ihre Brüste, ihren Bauch, sie schob eine Hand unter den Hosenbund. Lena fuhr mit den Händen durch Spencers Haar, zog ihren Kopf zu sich herab, wieder fanden sich ihre Lippen.

Spencers Hand wanderte unter das Hemd, streichelte Lenas Taille, strich über die Haut und wanderte langsam, ganz langsam tiefer, zu dem seidenen Slip, fuhr über ihren Schenkel, Lena bäumte sich auf, Spencer massierte weiter, näher... näher –

„Berühr mich", keuchte Lena. „O Gott, komm in mich."

Spencer stöhnte, als sie die Feuchtigkeit spürte, ihre Finger pulsten auf geschwollenen Lippen, und Lena ächzte, und Spencers Finger stießen tief in sie hinein, wieder und wieder und fanden den Rhythmus des Gebens und Nehmens.

Spencer zog die Bluse über Lenas Kopf, barg ihr Gesicht an ihrer Haut, ihre Hände wanderten über ihren Rücken, über den Brustkorb zu den Brüsten, ihre Zunge schmeckte die salzige Süße ihrer Haut. Sie rutschte tiefer, ihre Zunge zwischen Lenas Beinen schmeckte gierig die Nässe.

Lena bewegte ihr Becken im Rhythmus mit Spencer, sie atmete schneller, dann zog sie Spencer zu sich hoch, als sie ihr Hemd ausziehen wollte, hielt Spencer sie fest.

„Alles in Ordnung?" flüsterte Lena.

Spencer küßte Lenas Augen, ihre Wangen, ihre Lippen, sie hinterließ kleine Stempel auf Lenas Nacken. Wieder wanderte ihr Mund tiefer und kehrte schließlich zu ihren Schenkeln zurück. Eine erregende Verzögerung, als Spencer einen Augenblick bei den Schamhaaren verweilte, die Kontur des Dreiecks mit der Zunge nachzeichnete, dann drang ihre

Zunge in Lenas Vagina ein, die klopfte und anschwoll, ihre quälende Zunge, die in ihr schmolz und die Finger, die weit in ihr waren, als Lena kam, den Namen ihrer neuen Geliebten rief und Spencer einen Herzschlag später ihre eigene Befriedigung hinausschrie.

Anders als sonst beeilte Spencer sich überhaupt nicht, sie wollte jeden Augenblick mit Lena in sich aufnehmen und genießen, bis ihr Begehren wieder erwachte.

Wieder ließ sie nicht zu, das Lena ihr Hemd öffnete. „Ich möchte es anbehalten."

„Was immer du willst. Sind wir zu schnell?"

„Nein, überhaupt nicht." Spencer biß sich auf die Lippe.

Lena streichelte lächelnd den Baumwollstoff. „Ich hab' dich für butch gehalten."

„Bin ich auch." Spencer konnte kaum atmen, so erregt war sie.

„Aber wir wissen beide, wer die Kontrolle hat." Lena zog Spencer das Hemd über den Kopf, legte ihre Hände auf volle Brüste und strich mit der Zunge über weiche Brustwarzen.

„Die Top bin immer noch ich –" Weiter kam Spencer nicht, den Rest des Satzes erstickte ein Kuß, dann fiel sie Lenas Überzeugungskraft zum Opfer.

Spencer ließ sich krankschreiben, Lena sagte Verabredungen ab. Bob nahm MacKenzie für ein langes Wochenende. Sie lebten zwei Wochen nur zwischen Lenas Schlafzimmer und Küche. Sie liebten sich den ganzen Tag, die Nacht hindurch, in der Dämmerung, Spencer fragte sich schon, ob sie krank seien. „Das ist doch unmöglich."

„Ich zeig dir, wie möglich es ist." Lena legte sich auf Spencer, aggressiv und selbstsicher und voller Rücksicht gegenüber Spencers Unsicherheiten, als wüßte sie alles schon im vorhinein, noch bevor Spencer ihre Narben und Verletzungen gezeigt hatte. Sie achtete Spencers Scheu, ihren Körper zu zeigen, und sie zeigte ihr das, was zählte: daß sie Spencer wollte. Begehrte. Brauchte. Es war wunderbar, irgendwohin zu gehören. Wenn Spencer ins Zimmer kam, konnte sie hinter Lena treten und die Arme um sie legen, als wären sie seit Jahren verheiratet. So leicht und natürlich. Wenn Lena sich umdrehte und sie anlächelte, wurde Spencer schwindelig vor Glück. So also konnte es auch sein. Es mußte nicht sein wie mit Adrienne, Spielen und Quälen und Mangel ohne Ende, Strafe oder Selbstekel oder Erosion.

Ein brennender Schmerz trifft mich im Innersten. Ich berühre meine Haut. Gefühllos. Aber ich schmecke die Tränen, die über mein Gesicht strömen. Wenn ich etwas bedauere, und ich bedauere viel, dann ist das Schlimmste, daß ich meine Familie nie wiedersehen werde... nie wieder Lena berühren oder MacKenzie im Arm halten werde. Kenzie-Bug. So habe ich sie genannt, weil sie so klein, so zart war.

Woher sollte ich wissen, daß sie der Mond, die Sterne und alle Planeten in meinem Universum sein würde? Sie wurde die Tochter, die ich nie hatte und nie haben würde, wie ich eines Tages akzeptierte. Sie lehrte mich Urliebe; instinktive, seelenvolle, reine, magische Liebe.

Ich stelle mir ihr rundes Gesicht und die Stupsnase vor, ihre heisere Stimme, die Patschhändchen, die mich jedesmal zu Tränen rührten, wenn sie meine Hand festhielten. Ihre kräftigen Backenknochen und das zu kleine Kinn. Ihre blaugrauen Augen und die schön geschwungenen Augenbrauen.

Eines Abends mußte Lena länger arbeiten und rief Spencer an, um zu fragen, ob sie MacKenzie aus der Kindertagesstätte abholen könnte.

„Bist du sicher, daß ich das kann? Ich war noch nie gut als Babysitter."

„Ich vertraue deinen Fähigkeiten", sagte Lena. „Außerdem betet Kenzie dich an. So sehr, daß ich einen Komplex kriege."

„Ich mach's furchtbar gern. Wir essen irgendwo eine Kleinigkeit. Zwei Mädchen ziehen um die Häuser."

Lena lachte. „Viel Spaß. Bis heute abend."

Die Tagesstätte war ein Gewusel. Kinder, von Kopf bis Fuß mit Senf und Limonade beschmiert, die Spencer um die Füße liefen. Spencer war müde, sie hatte den Nachmittag mit den Produzenten über zwei Dialogzeilen gestritten. Als sie sich endlich geeinigt hatten, hatte die Schauspielerin gesagt, ihr gefielen sie gar nicht. Der Verkehr war höllisch gewesen, und hier stand sie knietief in Kleinkindern, und MacKenzie war noch nicht mal wach.

„Ich hole sie", bot Spencer an und ging auf Zehenspitzen in den Schlafraum. MacKenzie lag zusammengerollt auf einer Matte auf dem Boden. Ihre Backen waren vom Schlaf gerötet, das Haar verschwitzt. Spencer legte sich neben sie und beobachtete, wie sie vorsichtig ein Auge aufmachte, es wieder schloß, aufmachte... *Tante Spinner, du bist's,* flüsterte und sie schief auf den Mund küßte. Unschuldig und ganz ohne Einschränkung. Spencers Herz zerbrach in eine Million Stücke vor Liebe für diesen kostbaren kleinen Menschen.

Als MacKenzie wach genug war, um zu begreifen, daß Spencer sie zum Essen abholen wollte, schlug Spencer vor, im Disney-Laden noch nach einem Geschenk zu schauen.

MacKenzie wählte eine Multimedia-Ausgabe der *101 Dalmatiner*, Buch und Video, und Lucky, einen Spielzeughund, den Spencer aus seiner Verpackung holen und ihr hinter den Reißverschluß ihres Sweaters klemmen mußte.

Sie aßen Hamburger und Eis, und wie durch ein Wunder entging Lucky trotz seiner prekären Situation der Gefahr, bekleckert zu werden. „Kenzie-Bug, stehst du mehr auf Zeichenfilmen oder auf Filmen mit wirklichen Menschen?"

„Ich mag Zeichenfilme, wenn es um Sachen geht wie *Die Schöne und das Biest* oder, ja, zum Beispiel *Die kleine Meerjungfrau.*" Sie überlegte kurz, dann fuhr sie fort. „Aber bei Sachen wie *Free Willy* mag ich richtige Menschen lieber."

„Du weißt, daß Tante Spinner einen Film mitproduziert hat?"

„Ja, Mami hat es mir erzählt."

„Du kannst ihn ansehen, wenn du ein bißchen größer bist."

„Okay.“ Sie schien sich nicht festlegen zu wollen.

„Ich möchte wirklich, daß du ihn dir ansiehst.“ Spencer merkte, daß es ihr tatsächlich auf MacKenzies Urteil ankam.

„Aber es ist nicht, als hättest du *Jurassic Park* gemacht.“

Spencer war platt. Woher hatte sie das? War es nicht ein bißchen früh, zwischen unterschiedlichen Graden von Ruhm und Erfolg unterscheiden zu können. „Stimmt. Dafür hätte ich mehr Geld haben müssen.“

„Ja, dir müßte ein richtig reiches Haus gehören. Im Kindergarten hab ich erzählt, daß meine Tante ganz tolle Fernsehshows macht.“ Spencer hörte an ihrer Stimme, daß sie sehr stolz war, und war plötzlich ganz überwältigt von den neuen Standards, an denen sie gemessen wurde.

Auch wenn sich ihr Leben wieder normalisierte und Spencer zu ihrem Workoholic-Lebensstil zurückkehrte, machte Lena immer noch manchmal um zwei oder drei Uhr nachts ein kleines Picknick im Bett, selbstgemachte griechische Vorspeisen zum Beispiel. Lena ließ ihr ein heißes Bad ein, massierte ihre Schultern, küßte die Druckstellen von ihrer Seele. Spencer hatte sich nie so lebendig, so frisch, so zärtlich geliebt gefühlt. Sie konnte von Lena nicht genug bekommen, ihrer Haut, ihren Lippen, ihren Augen, ihrer Stimme und der Art, wie Lena ihre Füße massierte. Lena war wie eine Droge, und die Abhängigkeit folgte auf dem Fuß. Eines Nachmittags steckte sie im Verkehr fest und merkte plötzlich, daß sie heulte und die anderen Fahrer beschimpfte, weil sie unbedingt und so schnell wie möglich nach Hause wollte. Sie fuhr auf den Randstreifen und hielt an.

„Was ist los mit dir?“ fragte sie ihr Bild im Rückspiegel. Und das antwortete ihr lächelnd: „Du bist verliebt, Närrin.“

Sie fehlt mir. Sie fehlen mir. Ich könnte jetzt stundenlang über die Theorie sprechen, aber die Wahrheit ist, ich war noch nicht soweit. Wie hätte ich voraussehen können, daß die Schlacht, die ich draußen kämpfte und in der keine Gefan-

genen gemacht wurden, sehr schnell die Grenzen unserer Liebesinsel durchbrechen würde – der Anfang vom Ruin und der Zerstörung einer Wahrheit, der ich bisher nicht begegnet war? Ich konnte die ruhige und beharrliche Liebe einer Frau sowenig zulassen, wie ich meine Träume aufgeben konnte. Im nachhinein bin ich sicher, es hätte einen Weg gegeben, damit fertigzuwerden. Es lag nicht an Lena. Es lag an meiner Unfähigkeit, mich zu entscheiden.

Das Leben braucht nicht sehr lange, sich zu entwirren, wenn du nicht darauf achtest. Und das Abspulen beschleunigt sich, wenn du ihm einen Stups gibst. Bis ich herkam, hatte ich den Vertrag eingehalten, den ich mit mir geschlossen hatte: Gedanken an Lena und MacKenzie waren verboten. Erst als mein Kopf durchgepustet wurde, während ich den Weg freilegte, wurde ich stark genug, es noch einmal zu durchleben. Und hier durchlebe ich es, weil es vielleicht das letztemal ist. Einschlafen mit dem Gedanken an Lena. Der süßeste Traum, den ich mir vorstellen kann.

Hätte Lena mich retten können, überlegte ich, während ich weiter am Weg arbeitete. Ich hatte fast den ganzen Sommer gebraucht, aber nun war der Pfad fast fertig, auch wenn er an manchen Stellen noch ein bißchen uneben war. Ich beschloß, die Seiten mit Steinen zu befestigen, also wälzte ich große Felsbrocken den steilen Hang hoch. Ich hatte an einigen Stellen Erde angeschüttet und auf dem letzten Absatz, von dem aus es noch einen Blick aufs Meer gab, einen Garten anzulegen begonnen. Hier wollte ich eine Schaukelbank aufstellen, wofür ich allerdings Hilfe brauchte.

Manchmal, wenn ich gut vorangekommen war, belohnte ich mich damit, auf einer Stufe zu sitzen, eine Zigarette zu rauchen und aufs Meer zu blicken. Immer dann kamen die Erinnerungen an Lena und MacKenzie.

Und dann rief eines Abends Sarah an. Am Ende eines zweistündigen Rundumschlags erwähnte sie, sie hätte Lena ganz zufällig bei einem Melissa Etheridge-Konzert getroffen.

Zuerst wußte ich nicht, was ich sagen sollte.

„Hast du gehört? Ich habe Lena getroffen“, wiederholte Sarah.

„Ja. Ja, ich hab's gehört.“

„Und? Interessiert es dich gar nicht, was sie gesagt hat?“

„War sie allein?“ fragte ich zurück.

„Sie hatte einen Typ dabei. Ich glaube, er hieß Rob. Nein, Bob.“ Onkel Bobo. Das war gut.

„War sonst noch jemand dabei?“

„Eine Gruppe von vier oder fünf.“

„Und welchen Eindruck machte sie?“

„Großartig. Braungebrannt. Sie war gerade von Hawaii zurück.“ Sarah mußte meine Gedanken gelesen haben, denn sie fügte spöttisch hinzu: „Also Spencer, du weißt nicht, ob sie allein dort war. Jedenfalls hat sie gesagt, es hätte mit diesen Hawaiianischen Hochzeitssitten zu tun gehabt.“

„Ja, und du weißt nicht, ob sie nicht doch mit jemandem dort war.“

„Ich habe sie nicht peinlich befragt, falls du das meinst.“

„Scheiße. Entschuldige.“ Ich holte tief Luft. „Also, wie auch immer... wie war das Konzert?“

„Spencer, ich weiß, du willst es nicht hören, aber Lena hat sich nach dir erkundigt.“

„Bitte sag, daß du ihr nichts gesagt hast.“ Aber in meinem Herzen wußte ich, daß Lena klar war, wie sehr ich in Ungnade gefallen war.

„O ja, ich habe gesagt, meine Freundin ist vor die sprichwörtlichen Hunde gegangen und hatte einen Nervenzusammenbruch – also nun halt mal die Luft an! Ich habe gesagt, du seist mit einem Projekt beschäftigt und hättest dich zurückgezogen, um ungestört schreiben zu können.“

„Danke. Das stimmt ja auch, zum Teil wenigstens.“ Und dann sagte ich Sarah, daß ich angefangen hätte zu schreiben.

„Spencer, das ist toll. Genau das brauchst du. Schreiben. Den ganzen Scheiß vergessen. Alles wird auf dich warten, wenn du zurückkommst.“

„Der Gedanke wärmt mir das Herz.“

„Im Ernst, ich bin so froh, daß du wieder arbeitest.“ Ihre warme, Mut machende Stimme liebte ich an Sarah besonders.

Am nächsten Morgen saß ich mit einem Becher Kaffee auf dem Fleck, auf dem ich die Schaukel aufstellen wollte. Der Platz war wirklich eng, und dann ging es zehn Meter senkrecht hinunter.

„Es heißt, Sie wollen 'ne Schaukel da hinstellen.“

Darrells Stimme riß mich aus meinen Gedanken. „Ja. Aber ich weiß nicht, ob es klappt.“

„Stimmt, is 'n Problem.“ Darrell sah prüfend aufs Meer.

„Haben Sie einen Vorschlag?“

„Könnte versuchen, den Berg zum Propheten zu bringen, oder den Weg verlegen.“

Wurde Darrell philosophisch? „Was heißt das?“

„Heißt, wenn'se den Weg hier um den Baumstumpf führen, kriegen'se mehr Platz.“

„Danke.“ Ich war begeistert, auch wenn der Vorschlag Arbeit machte.

Darrell schien mit sich zufrieden. „Sie roden, dann kommt die Bank, und wenn alles fertig ist, reden wir weiter.“

„Wollen Sie mir nicht beim Roden helfen?“

„Is lange her, daß ich gelernt hab, der leichte Weg ist des Narren Paradies. Und Sie kommen mir vor wie der Obernarr.“ Er kicherte, zwinkerte und zog ab.

Der Leichte Weg.

Als ich zur Hütte zurückkam, hatte eine große Traurigkeit mich gepackt, als wäre mit den Nebelschwaden, die über den Horizont flogen, die Melancholie hereingespült worden. Der Leichte Weg. Vielleicht hatte ich geglaubt, der einzige Weg für mich sei zu kämpfen, zu erzwingen und den Weg zum Erfolg mir so schwer wie möglich zu machen. Der Leichte Weg war das letzte, worauf ich gekommen wäre.

Der zweisitzige Karren schlich durch die graue Ödnis. Durchnäßte, mit Kiefern bedeckte Landschaft auf der einen Seite, die wilde, zerklüftete Nordwestküste auf der anderen. Zwischen den Zweigen konnte Byron manchmal ein Stück Meer sehen. Die Seeluft, der Nebel, der in den Bergen hing, der feuchte Sand – alles war Byron vertraut. Bald erreichten sie das verwitterte Holzschild mit dem Hinweis *Bay Cliff.*

Der Wagen hielt, und der Bauer sagte: „Wär' kein Problem, Sie hinzubringen, Ma'am."

„Die frische Luft wird mir gut tun."

„Auch gut. Wenn Ihr Gepäck am Bahnhof ankommt, bring ich's Ihnen hoch."

Byron nahm einen Pfad, der vom Strand hinaufführte, der, den sie in umgekehrter Richtung gegangen war, als sie ihre Heimat verlassen hatte. Sie atmete die frische Seeluft ein. Zwölf Jahre war das her. Wie sah es jetzt hier wohl aus?

Die zerklüftete Küstenlinie würde sich nie ändern, das gab eine gewisse Sicherheit. Ihr Blick ging vom Strand bis zu dem hochragenden Familiensitz, über dem Haupteingang war das Wappen der Harringtons zu erkennen.

Sie betrat das Haus ungesehen über die Hintertreppe, die in den zweiten Stock führte. Auf Zehenspitzen schlich sie zum Zimmer ihres Vaters und trat ein.

Sie konnte sich nicht erinnern, wann sie das letztemal geweint hatte, aber die ausgemergelte Gestalt Francis Albert Harringtons rührte sie zu Tränen. Die Krankheit hatte sein Gesicht gezeichnet, seine früher so kräftigen Hände waren schlaff, als sie sie berührte. Er hielt ein vom ständigen Gebrauch abgewetztes Stück Holz in der Form eines Herzens umklammert – als er seine Augen öffnete, begannen seine Finger es zu streicheln.

„Cecelia!" keuchte er.

„Vater?"

„Cecil –“, stammelte er, dann fing er sich. „Großer Gott, ich dachte schon, ich sei während des Nickerchens gestorben. Du siehst deiner Mutter so ähnlich.“

Sie stürzte in seine Arme. Er hielt sie fest, sie roch seinen Pfeifentabak, sein Kölnisch Wasser – und noch etwas anderes, Krankheit, Verfall.

Er hielt sie auf Armes Länge, sie sahen sich an.

„Meine Güte, ganz deine Mutter. Wie ihr Spiegelbild stehst du plötzlich in meinem Zimmer.“

Seine Augen strahlten immer noch, stellte sie fest.

Er drückte ihre Hand. „Besonders wenn du lächelst.“

„Kein Spiegelbild, Vater“, antwortete sie. „Fleisch und Blut, und vielleicht ein bißchen zuviel Gin.“

„Du siehst wundervoll aus“, sagte Francis. „Wann bist du angekommen? Hat Charles dich abgeholt?“

Byron zog die Schultern hoch. „Nein... ich wollte niemandem zur Last fallen. Ein Farmer hat mich mitgenommen. Ich bin durch den Hintereingang gekommen. Auf direktem Weg zu dir, wie ein Spion im Dunkeln.“

„Genau wie in deinen Büchern, was?“ Er sah sie an, als fürchtete er, sie könnte sich in Luft auflösen. „Lilian, ich bin so froh, daß du gekommen bist.“

„Vater.“ Byron wurde ernst. „Vater, wie geht es dir?“

„Wie es einem alten bettlägerigen Mann so geht.“

„Ich will wissen, womit wir es zu tun haben. Und so etwas will ich nicht wieder hören. Du wirst bald aufstehen.“

Er strich sich durch den weißen Vollbart. „Ich fürchte nein, mein Liebling.“

„Unfug.“

„Stur wie immer.“

Francis begann zu husten, es schien, als könnte er gar nicht mehr aufhören. Byron wollte schon um Hilfe rufen, da erholte er sich. Er wischte sich die Augen und betrachtete sie wehmütig. „Stur *und* schön. Ganz die Mutter. Ich wünschte, sie hätte sehen können, was aus dir geworden ist und wie gut dein Name in Paris aufgenommen wird.“

Das Lob machte Byron verlegen, sie ging zum Fenster und zog die Vorhänge auf, damit Licht hereinfiel.

„Mir ist klar, daß du dir ein neues Leben aufgebaut hast, Lilian, aber ich habe mich oft gefragt, warum du mich nie besucht hast. Wenigstens ein einziges Mal."

Einen Augenblick war es still zwischen ihnen.

„Ich hatte zu tun, Vater. Wirklich..."

„Ist schon gut, Lilian. Ich weiß, daß Bay Cliff nicht dein Hauptinteresse ist, aber es ist immerhin dein Geburtshaus."

„Ja, und da bin ich."

„Und das ist, was zählt."

„Lilian!"

Sie hatte die Stimme mehr als zehn Jahre nicht gehört, aber sie brachte sie sofort in jene Nacht zurück. Sie biß die Zähne zusammen und drehte sich um. Seine Gestalt füllte den Türrahmen aus. Er war schwer geworden, groß und dick, in seinem ehemals hübschen Gesicht hatten Ausschweifungen ihre Spuren hinterlassen. Er sah sie an, sie hielt seinem Blick stand, bis er sich abwandte und eine Verbeugung andeutete. Er trat ein und lächelte gewinnend.

„Du meine Güte, was für eine Überraschung! Lilian, von ihren Reisen zurück." Er wollte sie umarmen, und als sie sich abrupt abwandte, sagte er übergangslos zu seinem Vater: „Ach, wie dumm von mir. Es ist Byron, nicht wahr?"

„Darunter hat deine Schwester sich einen Namen gemacht", erklärte Francis.

„Sie war schon immer schauspielerisch begabt." Charles strich sich den Schnurrbart. „Es war einfach zu lange. Du hättest nicht so viele Jahre fernbleiben sollen."

„Ich würde dies nicht einen Familienbesuch nennen."

Die Stille wurde bedrückend, bis Charles auflachte und zur Tür ging. „Wie auch immer, ich werde Mavis Bescheid sagen, daß sie ein Gedeck für dich auflegt."

„Ich werde hier essen. Mit Vater."

„Dafür wird noch Zeit genug sein. Vater braucht seine Ruhe." Charles wartete in der Tür, daß Byron ihm folgte.

„Dein Vater ist durchaus in der Lage, gleichzeitig zu kauen und zu reden, Charles", bemerkte Francis. „Lilians Gesellschaft wäre eine Belebung."

„Sehr wohl." Charles lächelte unterwürfig. „Fühl dich willkommen, Lilian. Dies ist trotz allem dein Zuhause."

Er bückte sich und nahm ihre Tasche. „Ich bring dich zu deinem Zimmer."

Byron nahm ihm die Tasche ab. „Ich weiß noch, wo mein Zimmer ist, Charles."

Sie erwachte von bekannten Geräuschen aus dem Erdgeschoß. Es war das beruhigende Gemurmel der Pensionsgäste. Byrons Zimmer lag über dem Eßzimmer, und auch früher war sie aufgewacht zu den Stimmen und Gesprächen der Reisenden, die durch ihre kleine Stadt kamen.

Sie sah auf die Uhr. Gestern abend war sie ins Bett gefallen, ohne sich auszuziehen, und hatte das Abendessen verpaßt. Sie mußte sofort zu ihrem Vater. Sie wusch sich, dann ging sie zu seinem Zimmer. Ein Blick durch die Tür sagte ihr, daß er fest schlief, in der Hand hielt er das Herz aus Holz. Am liebsten hätte sie sich zu ihm gesetzt, statt dessen riß sie sich zusammen und machte sich auf den Weg ins Eßzimmer.

Wie alles auf Bay Cliff war auch das Eßzimmer groß und prächtig. Überall fanden sich Spuren von Cecelia Harringtons Schönheitssinn, der dem Raum wie dem Haus seinen Stempel aufgedrückt hatte.

Byron blieb vor der Tür stehen, sie hatte durch einen riesigen Spiegel im Flur einen guten Blick auf den Raum.

Charles saß am Kopf des Tisches und las die Zeitung. Neben ihm saß ein verlebt wirkender Mann, daneben eine Frau, vermutlich seine Ehefrau, die lustlos auf ihrem Teller herumpickte. Rotes Haar, hohe Wangenknochen und der schön geschnittene Mund deuteten darauf hin, daß sie gut ausgesehen haben mußte, jetzt wirkte sie verhärmt und genervt.

„So ein wundervolles Frühstück!" kreischte eine jüngere Frau, die der Rothaarigen ähnlich sah, nur daß sie gewöhnlicher wirkte und eine reizbare, nervöse Art hatte, die zu ihren mausähnlichen Gesichtszügen im Widerspruch stand. „Du hast nie erwähnt, wie gut man hier ißt, Ginger. Wenn es nach Mutter geht, bist du ja fast verhungert – in der Tat bist du um die Taille herum etwas schlanker geworden –, aber daß du so abgehärmt wirkst, hast du dir selbst zuzuschreiben."

Eine dünne, erschöpft wirkende Bedienstete mit zerzaustem Haar schenkte Charles Kaffee ein und kümmerte sich um die anderen Gäste. Charles ergriff sie am Handgelenk und flüsterte ihr etwas ins Ohr.

Byron begriff, daß die Frau kein Dienstmädchen war, sondern Mavis, die Frau ihres Bruders, von der ihr Vater bei seinem Besuch in Paris erzählt hatte. Ihr unkonzentriertes Verhalten und ihre verschatteten Augen entsprachen so gar nicht der Position einer Dame des Hauses – sie nickte ihrem Gatten zu und bediente weiter.

„Biskuits, Ruth?" Mavis präsentierte den Brotkorb.

„Danke, Mrs. Harrington", zwitscherte Ruth. „Wie schaffen Sie das bloß? Ein Fest nach dem anderen."

„Ja, das Essen ist ganz hervorragend", warf eine übergewichtige Matrone ein. Eine Dame von Stand und Vermögen, wie Kleidung und Schmuck anzeigten. „Viele Familienbetriebe sind nicht in der Lage, Hotelstandard einzuhalten, aber hier würde ich sagen, Sie übertreffen sich selbst. Trotzdem möchte ich fragen, ob wir Ihnen zumuten können, zum Frühstück auch Pflaumen zu servieren. Sie sind so vorteilhaft für die Gesundheit."

„Ich sehe zu, was ich tun kann, Miss Falstaff", antwortete Mavis und eilte durch die Schwingtür in die Küche.

„Mark, würden Sie mir bitte die Biskuits reichen, wenn Miss Barrett sich bedient hat?" fragte Miss Falstaff den jungen Mann neben Ruth

Die restlichen Plätze am Tisch waren unbesetzt.

„Das kann ich durchaus auch selbst", sagte Ruth und reichte den Brotkorb weiter. „Ich bin quasi unabhängig. Oder werde es sein, sobald Mutter mich meinen Abschluß machen läßt."

„Und wann wird das sein?“ Miss Falstaff schien nicht überzeugt.

„Das steht noch nicht fest. Mutter fand es gut, wenn ich ein bißchen herumreise, bevor ich im Internat interniert werde.“ Sie lachte nervös über ihr Wortspiel.

„Guter Rat“, stimmte Mark mit vollem Mund zu.

Was Miss Falstaff mit einem strafenden Blick quittierte.

„Ich wollte schon immer New York sehen“, fuhr Mark fort. „Solange ich noch jung bin – später werde ich ja einem seriösen Beruf nachgehen.“

„Und was wäre das?“ fragte Byron und trat ein.

Aller Augen wandten sich ihr zu. Miss Falstaff rümpfte die Nase über Byrons Aufzug. Männerhose, weißes weites Hemd, schwarze Nadelstreifenweste und Seidenkrawatte. Byron goß sich am Büfett eine Tasse Kaffee ein. „Guten Morgen.“

Alle nickten zurück und begrüßten sie mit höflichem Hallo, trotzdem empfand Byron eine merkwürdige Spannung – als hätte Charles die Gäste informiert, seine exzentrische Schwester aus Europa wäre zu Besuch.

„Mark Templeton.“ Mark streckte seine Hand aus, dann zeigte er auf seine Tante. „Meine Tante, Miss Verity Falstaff.“

Byron reichte ihr galant die Hand. „Byron Harrington.“

Miss Falstaff blickte durch ihre Brillengläser auf Byron. „Reizend. Aber seltsam – Sie haben den gleichen Namen wie –“

„Ich glaub’ es nicht.“ Ruth sprang von ihrem Stuhl auf. „Glaubst du das, Ginger? Ich glaub’ es nicht.“

„Was denn?“ fragte Mark.

„Ich vermute, Sie wissen nicht, wer mitten unter uns ist?“

„Ich fürchte nein“, antwortete Mark.

„Dann haben Sie in den letzten fünf Jahren keine Zeitung gelesen“, entgegnete Ruth. „Es ist Byron Harrington. *Sie* ist Byron Harrington.“

„Aber ich dachte, er... ich meine –“

„Das ist es ja. *Er* ist eine Frau! Byron Harrington ist ein – wie heißt das noch – ein –“

„Pseudonym“, bot Miss Falstaff an.

„Miss Harrington, ich kann Ihnen gar nicht sagen, wie entzückt wir sind, Sie kennenzulernen. Ich bin Ruth Barrett, das ist meine Schwester Ginger. Ginger Brown." Sie wies auf den unrasierten Mann daneben. „Und ihr Mann, Clay."

Byron nickte. Ruth stieß ihre Schwester auffordernd an, die sich zu einem „Erfreut, Sie kennenzulernen" bequemte.

Clay schien mit den häßlichen Bestandteilen eines Katers zu tun zu haben.

„Ich kann es nicht fassen." Ruth schüttelte den Kopf.

„Byron, das ist meine Frau, Mavis." Charles war schwungvoll aufgestanden, als Mavis hereinkam. „Sie wird sich um alle Wünsche kümmern, die während deines Besuchs auftreten mögen. Und nun bitte ich mich zu entschuldigen. Ich muß mich um die Buchhaltung kümmern."

„Wie schön, Sie kennenzulernen, Mavis", sagte Byron, ihre Schwägerin hielt den Blick gesenkt und nickte mechanisch.

„Ich kann gar nicht warten, das Mutter zu erzählen", fuhr Ruth aufgeregt fort. „Ich habe alle Ihre Bücher mindestens dreimal gelesen, nicht wahr, Ginger? Mindestens dreimal!"

„Mindestens dreimal", seufzte Ginger.

„Ich hätte ja gedacht, der Spaß läßt nach, sobald Sie wissen, wer es war", bemerkte Byron.

„O nein. Sie sind ja brillant."

„Ich glaube, Sie irren sich, was meinen Beitrag zur Literatur angeht, Miss Barrett."

Das war zuviel für Ruths Verstand, sie schnatterte weiter. „Mutter wird dunkelgrün werden vor Neid – sie ist in Venable richtig verliebt! Erzählen Sie, was er als nächstes vorhat?"

„O ja." Mark legte die Hand auf sein Herz. „Wir versprechen auch, es nicht zu verraten."

Byron betrachtete Ruth und Mark, die vor Neugier fast platzten. „Ich habe mich noch nicht endgültig entschieden. Entweder geht es um die Rettung einer italienischen Erbin –"

„Ja?" Ruth beugte sich gespannt vor.

„Oder die Entlarvung eines amerikanischen Politikers, der in Paris ein bekannter Transvestit ist."

Ruth fielen die Augen aus dem Kopf, Miss Falstaff die Gabel aus der Hand.

„Vielleicht gewöhnt Nate sich an Opium. Oder badet in Gin. Jedenfalls findet er sich am Seineufer wieder."

Mark verschluckte sich, Ginger biß amüsiert die Zähne zusammen, das erste Zeichen von Leben, das Byron an ihr bemerkte. Miss Falstaff schob angeekelt ihren Teller fort. „Ich denke, ich habe genug gehört."

„Was halten Sie davon?" wandte Byron sich an Ruth.

„Ich... ich kann wirklich nicht... ich meine, ich verstehe überhaupt nichts von –"

Clay hatte sich soweit erholt, daß er sich am Tisch hochstemmen konnte. Gingers Hand schnellte vor, ihn zu stoppen. Er schüttelte ihre Hand ab, schnaubte und verschwand.

„Also ich schreib an Mutter." Ruth eilte hinter ihm her.

Byron zündete sich eine Zigarette an und inhalierte tief.

Ginger grinste anerkennend. „Sie verstehen es, einen Raum zu leeren."

„Rauchen Sie?"

Ginger setzte sich neben Byron, das Angebot annehmend. „Wie lange werden Sie bleiben?" fragte sie.

Byron gab ihr Feuer. „Ich weiß es noch nicht. Wie lange, glauben Sie, halte ich es hier aus?"

Byron schürte das Kaminfeuer im Schlafzimmer ihres Vaters.

„Kind", flüsterte Francis. „Komm, setz dich zu mir."

„Du bist ja wach." Byron nahm seine Hand.

„Erzähl mir eine Geschichte. Was macht Nate Venable?"

„Im Augenblick nicht sehr viel."

„Dir fallen immer so aufregende Sachen ein." Ihr Vater seufzte. „Obwohl ich sagen muß, das letzte Buch hatte es in sich. Bin unter diesem Fummel –", er strich über seinen Bart, „richtig rot geworden. Du hast ein großes Talent."

„Ja. Das Talent, einen zynischen Detektiv vorzuführen, der Frauen verschleißt wie andere Männer billige Socken. Das ist nicht Begabung, Vater, sondern Korruption. Heuchelei. Kurz, das Leben." Sie streichelte seine Hand. „Aber wir haben Wichtigeres zu diskutieren."

„So? Und das wäre?"

„Ich habe beschlossen, daß du mit mir kommst."

„Was? Nach Paris?"

„Zuerst fahren wir nach New York, bis du wieder bei Kräften bist. Dann buchen wir die Überfahrt nach Italien. Die Sonne wird dir unendlich gut tun. Dann kehren wir nach Paris zurück –"

„Lilian. Ich weiß das zu schätzen, aber dein Lebensstil würde zu einem herzkranken Invaliden schlecht passen."

„Du bist kein Invalide, und mir ist es ernst Vater. Du kannst hier nicht bleiben! Ich bin erst einen Tag hier, und schon komme ich mir wie im Gefängnis vor."

„Ich gehöre hierher, Lilian."

„Es... es erstickt mich. Es fühlt sich an wie... wie –"

„Sterben?" fragte ihr Vater leise. „Das ist es."

„Aber das bist doch nicht du!" rief Byron. „Du gehörst doch nicht zu den Menschen, die Trübsal blasen. Wir nehmen uns ein Zimmer im Algonquin. Rabbit ist in New York, er wird dich zum Lachen bringen. Und es gibt dort so viele Möglichkeiten. Museen, Theater. Außerdem brauche ich einen Begleiter. Man fängt an, mich eine alte Jungfer zu nennen."

„Lilian, ich weiß, daß Bay Cliff dich anödet. Aber für mich ist es Zeit. Und dies ist mein Zuhause." Sein Gesicht verzog sich. „Bitte bleib noch... ich möchte über deine Geschichten lachen... nur ein paar Tage." Er war eingeschlafen.

Wie konnte er erwarten, daß sie blieb? Mit *ihm?* Byron lief auf und ab, sie wußte selbst, wie kindisch sie war. Ihr Vater brauchte sie. Sie mußte ihren Ekel vor Charles unterdrücken. Erinnerungen kamen hoch. Ein Picknick im Sommer mit Mutter. Der Wind hatte die Decke hochgeschlagen, und sie waren alle damit beschäftigt, das Essen zu retten. Sogar Charles war an dem Tag nett und witzig gewesen.

Ihr Vater am Bett ihrer Mutter, ihre leblose Hand in seiner. Ein Sarg kam ins Bild. Und ihr Bruder. Sein Kummer war ehrlich, aber mit einer Spur Siegesgewißheit. Ihre Mutter würde Lilian nicht mehr schützen können.

Dr. Edward Dutton war ein hochgewachsener kräftiger und gutaussehender Mann. Sein schütter werdendes Haar wurde grau, das Lächeln in seinen Augen zeigte, daß er das Leben nicht nur studiert, sondern auch von ihm gelernt hatte.

„Lilian“, sagte ihr Vater. „Komm herein. Ich möchte dich mit dem zivilisiertesten Mann im Nordwesten bekanntmachen. Doktor, ich freue mich, Ihnen meine Tochter vorstellen zu können, Byron Harrington.“

Byron reichte ihm ihre Hand, die er fest drückte. „Ich bin ein großer Bewunderer von Ihnen.“

„Dann können Sie so zivilisiert nicht sein.“

Ihr Lachen erzeugte bei Francis einen Hustenanfall. Der Arzt flößte ihm ein Medikament ein.

„Ruh dich aus, Vater.“ Byron deckte ihn zu, fast augenblicklich schlief er ein.

Der Arzt winkte sie mit nach draußen.

„Wie wär's mit einer Tasse Tee?“ fragte er.

„Mavis soll sie ins Wohnzimmer bringen“, antwortete sie.

Später saßen sie bei einer Partie Schach. Edward betrachtete das Brett. „Ihr Vater ist ein neuer Mensch, seit Sie da sind.“

„Charles findet, ich ziehe ihn runter. Und wenn ich sehe, wie er von jetzt auf gleich einschläft, denke ich manchmal, vielleicht hat er recht.“

„Ich glaube, Sie sind die beste Medizin, die ein Arzt hätte verschreiben können.“ Edward nahm seine weiße Königin vom Brett und studierte die Schlachtordnung. „Wir haben früher regelmäßig einmal die Woche gespielt.“

„Betrügt er immer noch?“

„Ja. Und verliert.“ Er setzte seine Königin behutsam einige Felder weiter.

Byron und Edward waren so auf ihr Spiel konzentriert, daß sie nicht merkten, daß Charles eingetreten war. „Alter Freund, wußte gar nicht, daß Sie hier sind.“

„Guten Abend, Charles", sagte Edward ohne aufzublicken.

„Scheint ja ein spannendes Spiel zu sein."

Niemand antwortete, Byron setzte ihren Turm.

„Will nicht weiter stören. Ich laß Cynara Bescheid sagen."

Byron sah von ihrem Bruder zu Edward.

„Nein. Bitte keine Umstände." Edward konzentrierte sich ganz auf das Brett.

„Überhaupt keine Umstände. Mavis soll hinübergehen –"

„Charles, es ist gut." Edwards Stimme wurde schärfer. „Ich bin hier in einer sehr heiklen Situation."

Byron setzte die schwarze Königin und nahm eine von Edwards Figuren.

Edward lehnte sich zurück. „Das war es wohl."

„Unsinn", ging Charles dazwischen. „Es ist nicht vorbei. Du hast noch eine Chance."

Edward sah von Charles zu Byron. „Leider nicht. Sie hat meine Königin erobert."

Im Sonnenuntergang wirkten die Wellen wie glühende Kohlen. Byron stieg den Hang südlich von Bay Cliff zum Strand hinunter. Dies hatte sie in Paris immer vermißt.

Vor ihr, keine zehn Meter entfernt, saß eine Frau. Byron sah ihr Profil, und das volle kastanienbraune Haar, das ihr auf die Schultern fiel. Die Frau war auf ganz ungewöhnliche Weise schön. Scharf geschnittene Nase, hohe Wangenknochen. Langsam, als spürte sie die fremde Gegenwart, drehte sie sich um – sie schien geweint zu haben.

Byron blieb einen Augenblick stehen, dann ging sie vorsichtig weiter, aber die Frau schien sie nicht zu bemerken, sie starrte durch Byron hindurch, als sähe sie etwas hinter ihr. Byron wollte sie ansprechen, da drehte die Frau sich weg, als wäre das nicht erwünscht.

Lange nach Sonnenuntergang kam Byron zurück. Während sie die Treppe hochstieg, hörte sie aus dem Wohnzimmer Charles' Stimme.

„Ich habe gesagt, wenn sie nicht zum Abendessen kommen kann, ist sie auch sonst nicht willkommen."

„Sie fühlt sich nicht gut." Mavis klang zögernd und ängstlich.

„Wir sind hier kein Krankenhaus."

„Charles, bitte –"

„Abgesehen davon scheint es sie nicht daran zu hindern, durch die Gegend zu laufen."

Byron verstand kein Wort.

„Ich rede mit ihr", versprach Mavis.

„Tu das. Sonst tu ich es."

Byron hörte, wie Charles sich entfernte. Sie ging hinauf in ihr Zimmer. Heute war zusammen mit ihrem Koffer die Schreibmaschine vom Bahnhof gekommen. Vielleicht würde sie heute zum erstenmal wieder arbeiten können.

Nach einer Stunde saß sie immer noch vor einem leeren Blatt Papier.

Byron erwachte aus einem Alptraum, schweißgebadet, als wäre sie Meilen gerannt. Sie stand auf, zog ihren Bademantel an und ging zu ihrem Vater. Sie zog einen Sessel an sein Bett. Als sie die Augen wieder aufmachte, blickte ihr Vater sie besorgt an.

„Seit wann bist du hier, Schatz?"

„Weiß nicht." Byron reckte sich. „Ich konnte nicht schlafen."

„Du bist blaß. Ich mache mir Sorgen um dich."

„Das mußt du nicht."

„Was ist los, Lilian? Was bedrängt dich in deinen Träumen und bringt dich am Tag dazu, soviel und so weit weg wie möglich herumzulaufen?"

Byron rieb sich den Nacken.

„Du hast mir nie gesagt, warum du gegangen bist –"

„Aber Vater, natürlich habe ich das."

„Es leuchtete ein zu sagen, daß du die Welt sehen müßtest, bevor du über sie schreiben kannst. Ich habe deine Entscheidung immer unterstützt." Francis bewegte sich unruhig. „Gott weiß, du und Charles, ihr seid nie gut miteinander ausgekommen, aber ich hatte gehofft, dieser Besuch würde das böse Blut zwischen euch bereinigen."

„Blutsverwandtschaft ist keine Entschuldigung für ungehobeltes Benehmen, und etwas anderes habe ich von ihm nie erfahren." Byron hörte selbst die Wut in ihrer Stimme und fand es besser, das Thema zu wechseln. „Vater, wie um alles in der Welt haben Charles und Mavis es fertiggebracht, zusammenzukommen? Als du schriebst, Charles habe geheiratet, habe ich etwas anderes erwartet... mehr... mehr –"

„Temperament? Energie? Mavis hat beides reichlich. Aber es liegt tief und ist gut versteckt. Laß dich nicht von ihrer – sagen wir, verwirrten Art in die Irre führen. Sie ist eine sehr kluge Frau. Sie hatte kein leichtes Leben. Niemand weiß so genau, was zwischen Mann und Frau ist, aber ich denke, sie haben sich geliebt – irgendwann. Ich glaube, Mavis' Stärke hat ihn an eure Mutter erinnert."

„Stärke? Die Frau ist das reinste Nervenbündel."

„Ja, sie ist nervös. Das hat sich entwickelt, seit ihre Schwester zurückkam."

Die Glocke rief zum Frühstück, und Byron sprang auf.

„Vielleicht komme ich später und les dir was vor."

„Das wäre schön."

Byron sah, daß ihr Vater das hölzerne Herz in der Hand hielt und streichelte wie einen Kummerstein.

Ein paar Abende später saß Byron am Schreibtisch und hieb wütend in ihre Schreibmaschine. Plötzlich hörte sie einen Schlag, dann den unterdrückten Schrei einer Frau. Sie eilte auf den Flur und sah unter der Tür eines der Zimmer einen Lichtschein. Die Tür flog auf, und Clay rannte sie fast um, er konnte sich kaum auf den Beinen halten.

„Langsam, alter Junge." Byron packte ihn und steuerte ihn ins Zimmer zurück, sie erhaschte den Blick auf eine Frau, die Gingers geschwollene Lippe verarztete.

„Niemand... niemand sagt mir, was... was ich darf und was nicht." Er hatte einen heftigen Schluckauf. „Hören Sie?"

„Ich fürchte, Sie sind noch in Portland zu hören." Byron hielt ihn fest, als er versuchte, zu Ginger zu gelangen.

Clay bemühte sich, seinen Blick auf Byron zu fokussieren. „Sie hat... hat mich einen Rüpel... einen nichtsnutzigen Rüpel genannt. Sie haßt mich... meine Frau haßt meinen Anblick... ich hasse... meinen Anblick."

„Das verstehe ich", reagierte Byron trocken.

„Da Sie sich offenbar mit Betrunkenen und Ruhestörern auskennen", sagte die Frau, die einen Eisbeutel an Gingers Mund hielt, „könnten Sie ihn vielleicht von hier wegbringen."

„Das ist nicht mehr nötig", sagte Ginger. „Er hat sein Heulstadium erreicht. Er ist jetzt harmlos."

Byron brachte ihn zum Bett, lockerte seinen Schlips und zog ihm die Schuhe aus. Er fing an zu schnarchen.

„Wenn Sie irgend etwas brauchen, Sie wissen ja, wo Sie mich finden", sagte Byron zu Ginger und verließ das Zimmer. Die andere Frau folgte. Es war die, die sie am Strand fast angesprochen hätte.

Die beiden standen steif herum, bis Byron ihr Etui hervorzog und und eine Zigarette anbot. Byron gab Feuer, und als sie die Hand schützend um die Flamme des Streichholzes hielt, sah sie in den Augen der anderen eine Mischung aus Verwundbarkeit und Stärke.

Die Frau sah sie eindringlich an.

„Byron Harrington."

„Ich weiß, wer Sie sind."

„Und Sie müssen Cynara sein, die Schwester von Mavis."

Cynara nickte.

Byron deutete auf Gingers Tür. „Ein herzerwärmender Ausschnitt häuslichen Glücks."

„Nicht wahr?"

„Nennen wir es Romanze und Umwerben."

Cynara lächelte kryptisch. „Ach ja. Die Schriftstellerin, die ihre Vision mit Zynismus durchkreuzt." Sie hielt ihre Zigarette hoch, sagte „Danke" und verschwand in der Dunkelheit.

Byron sah ihr betroffen nach.

Die ersten Sonnenstrahlen vertrieben die Dämmerung. Eine halbe Kanne Kaffee war weg, im Aschbecher hatten mehrere gleichzeitig angezündete Zigaretten sich in Aschebögen verwandelt.

An die Stelle der Arbeit am Weg war das Schreiben getreten. Ich wachte auf, bevor die Sonne aufging, saß am Küchentisch, den ich unter das Panoramafenster geschoben hatte, und schrieb mit der verzauberten Konzentration, die ich seit Portland nicht mehr erlebt hatte. Die Wörter kamen ganz unangestrengt. Vielleicht weil ich zum erstenmal seit damals wieder nur für mich schrieb.

Ich sah Bay Cliff auf der rauhen Felskante liegen. Ich fand einen Weg, der zu einem Wasserfall führte, den ich immer wieder ablief, um herauszufinden, wie er in meine Geschichte paßte. Als ich auf der anderen Seite von Hug Point die Höhle mit dem ausgewaschenen Loch entdeckte, wußte ich sofort, daß dies der perfekte Hintergrund für eine zentrale Szene sein würde.

Ich bin Autorin. Wie hatte ich mich danach gesehnt, das wieder zu sagen. Am späten Nachmittag würde ich nach einem langen Spaziergang am Strand zu meinem Lieblingsplatz zurückkehren, der Schaukel auf meiner Terrasse.

Zum erstenmal in meinem Leben war ich ganz einfach glücklich mit mir. Glücklich nur mit mir. Ich konnte zu meinen Fehlern stehen, ihnen ins Gesicht sehen.

Ja, ich war voll in die Irre gegangen. Vom Weg abgekommen. In der Hütte und hier in der Höhle war mein Leben als das Chaos zu erkennen, das es gewesen war. Wir denken, wir könnten es in einer Bühnenfassung oder einem Roman aufräumen. Aber so läuft es nicht.

Ich denke, es gehört zu unserem Wesen, daß wir geliebt werden wollen, trotz allem. Deswegen schrecke ich zurück, wenn ich zum Letzten komme, weil es am schwersten zu erzählen ist. Der Absturz. Geschichten erfinden ist leicht. Die eigene erzählen ist schrecklich – die Verdrängung wegkratzen, nach Tatsachen graben, begreifen, wer du wirklich bist und wie sehr dein Leben ein Phantasieprodukt gewesen ist.

Nina Delvecchio lernte sie bei der Vorführung ihres neuen Kurzfilms kennen, *Brave One*. Nina war eine Regisseurin, mit der Malcolm arbeiten wollte, er hatte Spencer zur Vorführung eingeladen und sie danach mit Nina bekannt gemacht.

„Es war faszinierend." Spencer hielt sich zurück.

Nina lächelte. Aufrichtig, mit kleinen weißen Zähnen, die zu ihren italienischen Augen, dunkel und quicklebendig, paßten. „Danke."

„Wo haben Sie das kleine Mädchen gefunden?"

„Auf der Straße."

„Hat gepaßt", stellte Spencer schlicht fest.

Nina warf Spencer ein Lächeln zu und tauchte in einem Halbkreis bewundernder Filmstudierender unter. Spencer nahm ihren Mantel.

Nina holte sie ein, als sie aus der Tür ging. „Haben Sie eine Karte?"

Spencer gab ihr eine. „Und Sie?"

Nina zuckte die Achseln. „Ich denke, Sie erinnern sich, wer ich bin." Damit war sie verschwunden. Spencer lachte. Was für ein arrogantes Miststück.

Spencer kam nach Hause, warf die Schlüssel auf den Küchentisch, das Telefon klingelte. Elf Uhr nachts. Sie dachte, es sei Lena, und nahm ab. „Hallo", schnurrte sie.

„Selber hallo."

„Oh..." Kalt erwischt. „Ja?"

„Nina."

„Delvecchio?"

„Eben die." Nina machte eine Pause. „Haben Sie Lust, meinen nächsten Film zu produzieren?"

Spencer war einen Augenblick sprachlos. „Warum wollen Sie mich dafür?“

„Weil Sie meine Arbeit verstanden haben. Abgesehen davon, sind Sie die Scheiße nicht leid, die Sie machen?“

Sie hätte beinahe den Hörer auf die Gabel geschmissen. Nina war ein Arschloch. Aber etwas an ihrer brutalen Ehrlichkeit war verlockend. Sogar erregend.

„Rufen Sie morgen mein Büro an. Wir machen einen Ter–“

„Vergiß den Scheiß. Entweder Sie wollen, oder Sie wollen nicht.“

„Hör zu, Delvecchio. Wenn ich antworten soll, muß ich das Drehbuch sehen, wissen, wie hoch das Budget ist, wer –“

„Spencer. Stop. Ich frage, ob Sie meinen Film machen wollen. Ja oder nein. Den anderen Scheiß können wir später regeln. So fängt es an. Wie miteinander schlafen. Da fragst du auch nicht, wieviel Haushaltsgeld du jede Woche kriegst. Es geht um die Illusion, daß alles andere sich schon ergeben wird, weil du den Bastard ficken willst. Oder nicht. So einfach ist das.“

Spencer hörte ein Zischen. Nina rauchte. Pot. Jedes denkbare Szenario ging ihr durch den Kopf. „Okay“, sagte sie.

„Gut.“ Nina klang anmaßend, aber erfreut

„Übrigens“, sagte Spencer. „Wie hoch ist das Haushaltsgeld?“

Sie trafen sich im Café Luna. Nina war klein, rundlich, aber gut proportioniert. Stark. Starkes Gesicht, starke Hände, eine arrogante Person. Wahrscheinlich fühlte sie sich nackt wohler als angezogen. Ihr dunkles Harr war voll und lockig. Ihre schokoladenbraunen Augen konnten im nächsten Augenblick schwarz werden, und wenn sie wütend war, wurde ihr Mund ganz schmal. Lächelnd war er schöner. Aber das hob sie sich für seltene Gelegenheiten auf.

Sie redeten den ganzen Nachmittag über Kino, Nina rauchte in der Zeit eine Packung Zigaretten. Sie rauchte mit größter Konzentration, als wäre es ein Ritual. Spencer mußte sie immerzu ansehen. Sie war so machtvoll.

„Wann werden Sie es lesen?"

„Heute abend."

Nina packte ihre Notizen in die Tasche. „Wissen Ihre Leute, was Sie vorhaben?"

„Nein", antwortete Spencer kurzangebunden.

Nina zog eine Augenbraue hoch.

„Ich werde es ihnen sagen."

„Wann? Während der Vertragsverhandlungen?"

Spencer griff nach ihrer Brieftasche. „Das wäre bestimmt ein guter Zeitpunkt."

Sie sagte die Verabredung zum Abendessen mit Lena ab und begründete das mit Arbeit.

„Das wird langsam zur Gewohnheit", scherzte Lena am anderen Ende.

„Das war schon immer eine Gewohnheit, Lena." Spencer haßte die Schärfe in ihrer Stimme.

„War doch bloß Spaß, Liebste."

„Ich – so bin ich eben. Meine Arbeit ist mir wichtig. Manchmal glaube ich, du kennst mich überhaupt nicht."

„Ich dachte schon."

„Du kennst mich im Bett." Sofort bedauerte Spencer die Bemerkung.

Nach einer langen Pause fragte Lena: „Spencer, alles okay?"

„Tut mir leid, ich bin müde, muß noch eine Kalkulation durchgehen und... dann bekam ich in letzter Minute ein Drehbuch, das ich lesen muß. Ich wollte es nicht an dir auslassen."

„Wenn du herkommst, könnte ich dich warm zudecken, und du könntest lesen, und niemand würde dich stören", bot Lena an.

„Geht nicht, Lena." Spencer seufzte. „Ich muß mich konzentrieren."

„Okay. Dann erledige ich heute auch meinen Papierkram."

Nachdem sie sich verabschiedet hatten, schenkte Spencer sich ein Glas Wein an und nahm Ninas Drehbuch aus der Tasche. Sie las es zweimal von vorn bis hinten, das erstemal in Windeseile, beim zweitenmal mit dem Wunsch, alles zu erfassen, den Text, die Nuancen, den Subtext. Es war so persönlich, daß es sie fast verlegen machte.

Es war eine Liebesgeschichte. *May You* nicht unähnlich. Vielleicht war Spencer deswegen von Anfang an gefesselt. Es ging um die Obsession eines Mannes, die Liebe seines Lebens. Bei einem schlechteren Autor wäre es platt und banal gewesen. Bei Nina war es real und menschlich.

Spencer fühlte sich zwiegespalten. Die eine Hälfte von ihr wäre am liebsten sofort in das Projekt eingetaucht. Wegen *May You*. Wegen Nina. Sie versuchte sich einzureden, daß sie nicht von ihr angezogen war, aber die andere Hälfte wußte es besser, und sie wollte sich bereits dafür auspeitschen.

Um drei Uhr morgens rief sie Nina an. „Es ist mir eine Ehre, Ihr Script zu produzieren."

„Danke", murmelte Nina verschlafen.

„Du wirkst so weit weg", seufzte Lena. Nach einem uninspirierten Versuch, miteinander zu schlafen, lagen sie zentimeterweit voneinander entfernt im Bett, ohne sich zu berühren. „Ich weiß nicht, wo du gewesen bist, aber nicht bei mir."

„Es tut mir leid", sagte Spencer leise. „Ich bin mit den Gedanken woanders."

„Du bist in letzter Zeit immer anderweitig beschäftigt."

Das stimmte. Spencer hatte sich ganz dem Projekt verschrieben, bis zum Umfallen zu schuften. Erstens hatte sie ja immer noch diese schreckliche Serie, und zweitens machte sie in den Pausen Ninas Film. Was vor allem hieß, sowenig Geld wie möglich auszugeben, ohne den Text zu beschädigen. Es grenzte an Zauberei.

Lena rückte näher, legte ein Bein über Spencers und streichelte ihre Taille „Hast du jemals versucht, das Universum zu dir kommen zu lassen?"

„Was soll diese Plattheit? Ist es nicht hier? Um mich herum?"

„Warum arbeitest du so hart an dieser Sache, wenn es nicht mal dein Projekt ist – du hast doch einen Job?"

„Weil der Job nicht der Job ist, den ich mir wünsche. Ich bin seit Portland keinen Schritt weiter."

„Bist du wohl. Du arbeitest in dem Beruf, den du liebst. Du hast einen Emmy gewonnen. Wer kann das von sich sagen? In den zwei Jahren, in denen ich dich jetzt kenne, habe ich dich nie zufrieden gesehen. Immer willst du mehr."

„Es geht mir nicht schnell genug."

Spencer fragte sich, ob es das je tun würde. Zuerst war es ihr nur um den Zutritt gegangen. Aber seit sie ihn hatte, seit die Leute bei ihr zurückriefen, war sie nicht weitergekommen. Sie kämpfte immer noch, und die meiste Zeit fühlte sie sich unausgefüllt. Sie hatte angefangen, nicht Werte in Frage zu stellen, sondern sich zu fragen, ob sie überhaupt welche hatte.

„Ich... ich muß –" Spencer versuchte sich aus Lenas Griff zu befreien, aber Lena legte ihr die Arme um den Hals, hielt sie fest, küßte sie erst auf die Wange, dann auf den Mund.

Wieder fühlte sich Spencer gespalten. Wie einfach wäre es, in Lena zu versinken, in ihrer Wärme, ihrer Treue. Schon häufiger hatte sie die Gabelung der Straße vor sich gesehen. Ein Abzweig führte über eine zwölfprozentige Steigung nach oben, der andere in flaches Weideland. An diese Gabelung kamst du erst, wenn du alt genug warst, abzuwägen, was der Kampf dir antun würde und was passiert, wenn du ihm ausweichst. Das ist der Grund, warum du so häufig hörst: „Ich bin raus aus dem Geschäft." Sie mußte es schaffen. Was hatte sie sonst? Sie würde alles dafür tun. Alles.

Spencer machte sich los und fing an sich anzuziehen. „Tut mir leid. Ich muß weg."

„Ich dachte..."

„Schau, ich weiß, daß wir die Nacht zusammensein wollten. Aber von Ninas Geld ist erst ein Drittel da. Wir machen diesen Film für eine lächerliche Summe, und Nina erwartet Wunder von mir. Die einzige Möglichkeit ist, daß ich Nachttermine im Studio organisiere. Wir verschieben es einfach auf morgen. Versprochen."

„Was glaubst du, wie viele Morgen ich habe?“

„Was willst du von mir?“ schnaubte Spencer wütend. Sie hatte keine Geduld für so etwas. Sie hatte wichtige Dinge zu tun. Einen Film zu machen.

„Ich denke, die Frage ist, was *du* willst.“ Lena zog einen Morgenrock an. „Ich meine es ernst. Wofür zum Teufel kämpfst du so hart?“

„Sagen wir, hundert Millionen für ein eigenes Studio –“

„Spencer, bitte, ich meine es ernst.“ Lenas Stimme war freundlich und mitfühlend. Eben das, was Spencer so sehr an ihr liebte. Lena nahm alles mit Gelassenheit, Spencer mußte erst einen Sturm erzeugen, um in seinem Auge Ruhe zu finden. „Ich möchte nur wissen, was es ist, was du brauchst. Und ob ich irgendwas tun kann.“

„Ich weiß nicht, ob irgend jemand irgend etwas tun kann.“ Spencer seufzte, knöpfte das Hemd zu und fuhr sich mit der Hand durchs Haar. „Ich bin nahe dran, so verdammt nahe dran – und es entzieht sich mir.“

„Vielleicht bemühst du dich zu sehr.“

„Was zum Teufel soll das heißen? Ich hasse es, wenn Leute solchen Scheiß reden.“ Spencer konnte nicht aufhören. „Was verstehst du denn davon? Du bist ins gemachte Bett gefallen. Du bist auf dem Höhepunkt deiner Karriere. Du hast ein Kind und genug Geld, deinen Film zu machen. Also komm mir nicht mit lockeren Sprüchen, Lena, so funktioniert es nicht in der richtigen Welt.“

„Willst du Schluß machen? Ist es das?“

„Lena, ich verstehe nicht, warum du unbedingt eine Staatsaffäre daraus machen willst.“

Aber die Wahrheit war, daß Spencer schon mit der Möglichkeit spielte. Wenn sie mit Lenas Segen ging, war sie frei, ganz in die Abgründe von Ninas Film und, so wie die Dinge sich anließen, in ihre Arme zu fallen. Spencer brauchte Raum, um kreativ zu sein. Das würde Lena nie verstehen.

„Tu ich nicht. Ich versuche dir klarzumachen, daß ich sehe, wie sich ein Muster entwickelt. Ich versuche seit drei

Monaten, mit dir darüber zu reden. Wir vertragen uns, und wenn du in unserer Beziehung aufgetankt hast, gehst du hinaus und hast genügend Kraft, dich an zwei Enden zugleich anzuzünden. Ich sehe dich nicht vor lauter Betrieb – deine Show, Jerry, jetzt noch Ninas Film. Ich verstehe auch etwas von Projekten und Terminen, aber ich habe das Gefühl, du versuchst es nicht mal, wenn die Chancen gut stünden."

„Gerade letzten Sonntag war ich mit MacKenzie im Zoo", entgegnete Spencer lahm.

„Ja, das bißchen Zeit, das noch bleibt, schenkst du meiner Tochter, und während ich entzückt bin, daß du sie liebst, ist es doch nicht sehr schmeichelhaft für ihre Mutter. Bei unserer letzten Verabredung warst du so erschöpft, daß du mit Migräne ins Bett gegangen bist. Oder du flippst aus mit einer Panikattacke. Dann wirfst du dich in meine Arme. Für ein paar Augenblicke ist deine Deckung weit offen, so daß ich durchschlüpfen kann. Aber ich bin nicht dein Boxenstop, verdammt noch mal."

Spencer zog sich die Jacke an.

„Hast du mich gehört, Spencer?"

„Klar habe ich dich gehört." Spencer sah auf die Uhr. „Ich muß los. Wir reden später." Spencer wollte Lena einen Kuß geben, aber Lena entzog sich ihr.

„Du solltest MacKenzie gute Nacht sagen. Sie hat den ganzen Abend auf dich gewartet, und ich hab' ihr versprochen, daß du nach ihr siehst, wenn du kommst."

Ich erinnere mich genau daran, wie ich in MacKenzies Zimmer gegangen bin, in dem nur das Nachtlicht brannte. Ich höre ihren leisen Atem und lege mich neben sie, vorsichtig, um sie nicht aufzuwecken. Als meine Augen sich an die Dunkelheit gewöhnt haben, sehe ich die Umrisse ihrer Stirn, ihre kleine Stupsnase, den halbgeöffneten Mund.

Ich berühre ihr seidiges Haar, das ich so oft gestreichelt habe. Mein Körper zuckt vor lautlosem Schluchzen.

Sie bewegt sich, erwacht. „Tante Spinner?" murmelt sie.

Ich versuche meine Stimme zu beherrschen. „Ja, ich bin's."

„Ich habe was Komisches geträumt." Sie schmiegt sich an mich und legt einen Arm auf meinen Bauch. „Wir waren am Meer und haben Seesterne gesammelt, wie diesen Sommer, wo du den goldenen Pfennig gefunden hast. Der hat sich in eine von den blauen Weihnachtskugeln verwandelt, die du so magst. Du hast sie mir gegeben und gesagt: ‚Hier, damit kannst du sein, was du willst.'" MacKenzie fährt sich mit der Hand übers Gesicht. „Komisch, nicht?"

„Ich finde, das war ein guter Traum."

„Tante Spinner, würdest du das Lied singen – das mit dem Wein und den Blüten?"

Mit meiner kaputten Stimme singe ich zwei Strophen von „Today" und denke an die vielen Abende, an denen ich diesen Song für MacKenzie gesummt habe. Wie kann ich aus ihrem Leben fortgehen? In der kurzen Zeit, die ich sie kenne, hat sie mir die Fähigkeit wiedergegeben, spontane Freude zu empfinden – eine Ahnung von Erlösung.

Ihr Atem wird regelmäßig. Ich küsse sie auf die vom Schlaf geröteten Wangen und füge eine neue Art Schmerz ins Vokabular meines Herzens ein.

Hinter ihrer Zeitung verborgen beobachtete Byron Cynara, die nervös auf den Rand ihrer leeren Kaffeetasse klopfte. Nur noch sie beide waren im Eßzimmer, Byron zündete sich eine Zigarette an, Cynara ging zum Büfett, goß Kaffee ein und legte ein Muffin auf einen Teller. Sie tat etwas Marmelade dazu und füllte den Teller mit Rührei und Würstchen. Byron runzelte die Stirn. Cynara gehörte genauso wenig hierher wie sie selbst. Sie kehrte zu ihrem Platz am anderen Tischende zurück.

„Sie leben in der Hütte oben auf dem Hügel?"

Cynara nickte.

„Gestern abend. Was haben Sie da gemeint?"

Cynara machte eine Show daraus, einen Zwieback mit Butter zu bestreichen, sagte aber immer noch nichts.

„Es gehört sich nicht, jemanden zu beleidigen, ohne daß die Beleidigte sich wehren kann."

„Es sollte keine Beleidigung sein. Mehr eine Beobachtung."

„Was daran finden Sie so wenig wünschenswert?"

„Im allgemeinen oder im besonderen?"

„Beides." Byron stützte die Ellbogen auf den Tisch und das Kinn auf die zusammengepreßten Fingerspitzen. „Schlimmer als das, was ich kenne, kann es sowieso nicht werden."

„Gut, um mit Nate Venable anzufangen, er ist aus Papier, langweilig. Selbst wenn er den Leserinnen und Lesern Einblicke in seine glamouröse und kultivierte Welt gestattet, ist er weit weg – nicht real. Er ist das, was sich jemand unter Unterhaltung vorstellt – sarkastisch und zynisch. Außerdem, wenn ich bedenke, wer ihn erfunden hat, ist es schon seltsam, daß seine Eskapaden so überhaupt nichts zur Beförderung der Sache der Frauen beitragen."

„Ich sehe", entgegnete Byron trocken, „Sie haben sich viele Gedanken gemacht."

„Ich habe die Venable-Geschichten Ihrem Vater vorgelesen."

„Bestimmt eine Quelle des Vergnügens." Byron bemühte sich, nicht defensiv zu klingen. „Und im allgemeinen?"

Cynaras Ausdruck wurde freundlicher. „Daß seine Abenteuer gestorben sein werden lange vor seinen Lesern."

Sie trank ihre Tasse leer und ging. Byron blieb verwirrt zurück. „Hoffentlich werden diese freundlichen Plaudereien nicht zur Gewohnheit", sagte sie zu sich.

Byron rauchte wie eine Weltmeisterin und brütete über Papier, das sich nicht füllen wollte. Als sie auf ein Klopfen hin die Tür öffnete, kam Charles herein – seit zwölf Jahren waren sie zum erstenmal wieder zu zweit in diesem Raum.

„Ich störe hoffentlich nicht?" Er blickte amüsiert auf das leere Blatt Papier in der Schreibmaschine. „Ich nahm doch an, unsere Landschaft würde die Muse inspirieren."

„Bist du deshalb gekommen?"

„Dies ist keine Inquisition, Lilian. Mir ist nur aufgefallen, daß du mehr Zeit im Freien verbringst als im Haus. Ich hoffe, wir haben nichts für dich Unerfreuliches getan."

„An der frischen Luft kann ich besser nachdenken."

Mavis klopfte an die Tür. Charles fragte wütend: „Was ist?"

Mavis blickte nervös von ihm zu Byron. „Dein Vater. Sein Zustand hat sich verschlechtert."

Sie eilten zu Francis, der schwer atmend, das Gesicht vom Fieber gerötet, in seinem Bett lag.

„Ich hole Dutton", sagte Charles.

Byron nickte und zog einen Stuhl ans Bett. In dieser Nacht, während sie zusah, wie ihr Vater immer schwächer wurde, wurde ihr klar, daß sie auf das Unausweichliche nicht vorbereitet war. Ihr Vater starb. Es war nur eine Frage der Zeit.

Als der Arzt schließlich kam, schickte er alle aus dem Zimmer. Byron ging unruhig in der Bibliothek auf und ab, bis Mavis kam und berichtete, das Fieber sei unter Kontrolle, Dutton käme gleich, um mit ihr zu sprechen. Byron fiel in einen Sessel, erschöpft von ihrem Kummer.

„Byron. Byron?"

Sie schreckte hoch. Es dämmerte, und über sie beugte sich das gütige Gesicht Edward Duttons.

„Kann ich zu ihm?"

„Nach dem Frühstück." Edward legte eine Hand auf ihre Schulter. „Eins muß ich Ihrem Vater lassen. Er ist zäh."

„Oder stur. Es liegt in der Familie."

„Eine bewundernswerte Eigenschaft."

„Wo ist Charles?"

„Er ging als das Fieber sank. Er hätte in Portland zu tun."

„Womit müssen wir rechnen?" Byron rieb sich die Stirn, als hätte sie Schmerzen.

„Ihr Vater ist ein Kämpfer, und seit Sie hier sind, hat er etwas zum Festhalten. Aber ich glaube nicht, daß es noch lange dauert."

„Hat er Schmerzen?"

„Er hat ein Medikament gegen den Schmerz. Und ich habe volles Vertrauen in Mavis."

„Mavis?"

„Ja." Dutton lächelte, als müßte Byron das wissen. „Es war Mavis, die die ganze Zeit für ihn gesorgt hat."

Je mehr sie über die Frau ihres Bruders erfuhr, desto beschämter wurde sie. Sie hatte sich immer, schon aufgrund ihrer Profession, für aufmerksamer gehalten als den Durchschnitt, für eine, die nicht nur die Oberfläche sieht, sondern auch, was darunterliegt, aber um Mavis hatte sie sich nicht weiter gekümmert – weil sie Charles' Frau war und nicht in der Lage, ihr offen in die Augen zu sehen, hatte Byron keinen weiteren Gedanken an sie verschwendet.

„Sie hat verdammt gute Arbeit geleistet", fuhr Dutton fort. „Ohne Mavis wüßte ich nicht, wo Bay Cliff jetzt stünde."

„Ja. Ich sage doch, ich habe es von meinem Cousin gehört", hörte Byron Mark sagen, als sie am Wohnzimmer vorbeiging, bereit zum Spaziergang.

„Aber das ist doch entsetzlich", zischte Ruth. „Ich dachte, Paris wäre die Stadt der Schönheit – die Stadt des Lichts."

Byron nahm sich einen Apfel aus der Schale auf dem Eßzimmertisch und sah im Spiegel, daß Cynara amüsiert einer offenbar heftigen Debatte zwischen Ginger, Ruth, Mark und Miss Falstaff folgte.

„Ich wünschte wirklich, ihr beiden würdet euch etwas mehr beherrschen." Miss Falstaffs Stimme bebte vor Entrüstung.

„Aber da ist sie ja", rief Ruth. „Miss Harrington? Miss Harrington, haben Sie einen Augenblick für uns Zeit?"

Sichtbar nur für Cynara verdrehte Byron die Augen. „Ja? Was kann ich für Sie tun?"

„Vielleicht... also wir fragen uns... ob Sie etwas klarstellen können."

„Wenn es möglich ist", antwortete Byron trocken.

„Es geht darum –" Ruth wurde rot und wandte sich an Mark. „Sag du's. Du hast doch davon angefangen."

Mark blickte zögernd zu seiner Tante, die angewidert die Lippen zusammenpreßte. „Also ich habe es von Cousin Kenneth, der weitgereist ist und grundehrlich... wie auch immer, er hat es aus erster Hand, daß in Paris – also, in den häßlichen Vierteln der Stadt, wo die... wie soll ich sagen... die unbürgerliche Bevölkerung wohnt –"

„Sie meinen Schriftsteller und Künstler?" warf Byron ein.

„Daß da alles mögliche abgeht. Betrunkene und verwahrloste Leute –"

„Nein, wirklich?"

„Aber ja! Darunter Amerikaner! Öffentliche Nacktheit –", er fing an zu stottern, „freie Liebe, zügellos... alle möglichen Kombinationen. Opiumhöhlen, wo die Leute splitternackt im Delirium toben."

Byron sah ihn in gespieltem Erstaunen an.

„Es überrascht mich, daß Sie davon nichts gehört haben. Ich meine, Sie leben doch da und so."

„Sind Sie denn sicher, daß das Fakten sind?"

„O ja. Und noch viel mehr. Sagt Mark", piepste Ruth.

„Aber sicher", erklärte Mark. „Wir mögen provinziell und unerfahren erscheinen, verglichen mit New York und den anderen Orten, wo Sie schon waren, aber es gibt Grenzen. Wenn alle sich so benehmen würden, so ohne alle Regeln, hätten wir die Anarchie am Hals."

„Glauben Sie das wirklich?"

„Ich bin sicher", antwortete Mark und schlug sich aufs Knie. „Also... stimmt es?"

„Ja, stimmt es?" wiederholte Ruth.

Byron machte eine dramatische Pause. „Natürlich nicht."

Mark und Ruth fiel vor Enttäuschung der Kiefer runter.

„Es ist viel, viel schlimmer."

Als Byron die Treppe hinuntereilte, rief Charles aus seinem Arbeitszimmer: „Lilian? Hast du einen Augenblick Zeit?"

Zögernd trat Bryon ein. Charles hatte nicht nur Bay Cliff übernommen, sondern auch das Arbeitszimmer von Francis, er hatte nichts daran verändert – hinter dem Schreibtisch saß er, als hätte er immer dort gesessen. Er zeigte auf den Sessel davor. Er schob Papiere in die Schublade des Mahagonymöbels, dann öffnete er eine Zigarettenschachtel und bot sie Byron an. Sie lehnte ab und wartete.

„Schrecklich, dieser Sturm." Er zündete bedächtig seine Zigarette an. „Hältst du es für klug, nach draußen zu gehen?"

Ungeduldig klopfte sie mit den Fingern auf ihr Knie. „Du hast mich bestimmt nicht hereingebeten, um über das Wetter zu reden, Charles."

„Sehr gut. Es ist schwierig, aber angesichts der Veränderung in Vaters Befinden –", sein Tonfall wurde gravitätisch, „müssen wir wohl dem Unabänderlichen ins Auge sehen."

„Ist das nicht ein bißchen voreilig, sogar für dich?"

„Lilian, du warst immer eine Träumerin." Seine Stimme triefte vor Charme. „Ich dagegen bin Praktiker. Ich schätze die Situation ein, handle entsprechend und entscheide mich schnell. Was getan werden muß, tue ich."

Byron lief es kalt über den Rücken. Sie biß sich auf die Unterlippe und hielt den Kopf sehr gerade.

„Ich würde gern wissen, was deine Pläne sind. Wenn –"

„Meine Pläne?“

„Ja. Ich meine, wenn Vater stirbt... was hast du dann vor?“

„Nach Paris zurückkehren, was sonst?“

Charles war sichtlich erleichtert. „Wie ich es erwartet habe. Nun, du kannst bleiben, solange du willst. Ich fahre in den nächsten Tagen nach Portland und werde Weatherby, Vaters Anwalt, von deiner Rückkehr nach Paris unterrichten.“

„Warum sollte er sich für meine Pläne interessieren?“

„Um die Erledigung des notwendigen Papierkrams zu beschleunigen.“ Charles wirkte selbstgefällig und zufrieden. „Du verstehst. Die Dinge jetzt regeln, damit wir nicht auf unpassendere Zeitpunkte warten müssen.“

„Fein. Sag ihm, was du ihm sagen zu müssen glaubst, um Vaters Ableben zu ‚erleichtern‘.“

Sie stürmte hinaus, die Wut machte ihr Beine, sogar noch, als es dunkel wurde und sie nichts mehr sah. Als sie begriff, daß der Weg, den sie aus ihrer Kinderzeit kannte, nicht mehr passierbar war, versuchte sie sich zu orientieren und lief schließlich auf ein Licht zu, das sich beim Näherkommen als Lampe über der Tür einer Hütte entpuppte. Als sie klopfte, machte Cynara auf. Mit der Taschenlampe leuchtete sie Byron ins Gesicht.

„Ich... ich...“ Byron keuchte, „ich habe mich verlaufen.“

Cynara nahm sie am Arm und führte sie in die Hütte.

Byron stellte sich ans Kaminfeuer und rieb ihre Hände, zog einen Flachmann aus der Tasche und nahm einen Schluck, und als ihr wärmer wurde, sah sie sich um. Die Hütte bestand aus einem Raum, die einzige Tür führte zu einem Badezimmer, sie stand halb offen, Byron konnte die auf Löwenfüßen ruhende Badewanne ausmachen. Der Raum war gemütlich und mit Geschmack eingerichtet, Bücher standen in alten Regalen. Hinter einem Wandschirm aus grüner Seide stand ein Bett aus Schmiedeeisen, dahinter an der Wand mehrere Kisten oder Kästen.

Byron bot Cynara die Flasche an. Cynara zögerte kurz, dann trank sie. „Hmmm, sehr gut.“

Byron bot Cynara eine Zigarette an, gab ihr Feuer, inhalierte selbst tief, wie um sich zu beruhigen.

„Ist alles in Ordnung?"

„Ja." Byron atmete aus, als erwachte sie von den Toten. „Jetzt schon." Nach einer Pause sagte sie. „Dies ist wahrscheinlich der erste Augenblick, seit ich aus Paris weg bin, daß ich mich normal fühle."

„Fehlt Paris Ihnen sehr?"

„Schrecklich." Byron nahm ein Stück Treibholz, das auf dem Kaminsims lag, in die Hand. „Was tun Sie eigentlich hier?"

„Nichts besonders Aufregendes." Cynara hatte sich auf ein Sofa am Kamin gesetzt und strahlte eine Ruhe aus, wie Byron sie selten erlebt hatte. „Meistens bin ich allein."

„Eine Einsiedlerin."

„Ich genieße das Alleinsein."

„Verreisen Sie nie?"

„Aber die Menschen sind doch überall ziemlich gleich."

„Grundsätzlich ja, vielleicht. Aber was Kunst, Literatur, Philosophie, Kultur angeht – also die Dinge, die das Leben lebenswert machen –, ist das hier kaum der richtige Ort."

„Das stimmt. Es ist ruhig hier. Abgelegen."

„Wie ertragen Sie diese Leere? Die Langeweile?"

„Ich habe meine Arbeit. Ich bildhauere und male."

Byron lächelte ironisch. „Ich sehe keine Leinwand."

„Ich arbeite für mich. So muß ich auch keine Kompromisse machen."

Byron zog scharf die Luft ein. „Idealismus ist was für die Jungen und Reichen, aber er macht nicht satt."

„Er bezahlt auch nicht Gin, Zigaretten und andere Annehmlichkeiten."

Byrons Augen blitzten vor Zorn. „Mir scheint, ich habe mich geirrt. Ich dachte, wir kämen voran."

Cynara neigte zustimmend den Kopf. „Ich mag keine Verschwendung."

Byron hatte plötzlich das Gefühl, als gebe es zwischen ihnen eine Verbindung, als kenne Cynara sie, ohne etwas von ihr zu wissen. Sie versuchte kühl zu wirken, als ginge das alles sie nichts an. „Sie wissen nichts über mich."

„Ich weiß, daß Sie eine begabte Autorin sind", Cynara klang traurig, „die über Nichtigkeiten schreibt."

Am nächsten Morgen brütete Byron über ihrer Zeitung und versuchte, die Unterhaltung von Ruth, Mark und Miss Falstaff zu überhören. Ginger blätterte lustlos in einer Zeitschrift.

„...ich weiß nicht, aus welchem Grund, aber –" Ruth senkte ihre Stimme, „sie wurde in die Hütte verbannt. Da lebt sie praktisch von der Welt isoliert. Als hätte sie Lepra."

„Aber warum?" fragte Mark. „Was hat sie denn getan?"

„Das geht uns nichts an", schnaubte Miss Falstaff.

„Das stimmt", sagte Ruth. „aber nichtsdestotrotz ist es ziemlich gemein, aus dem Heim der eigenen Schwester ausgeschlossen zu werden."

„Ruth, halt den Mund", bat Ginger.

„Also Ginger, du hast doch selbst gesagt, wie seltsam du es findest, daß sie dies Haus so selten betritt."

„Ruth!" warnte Ginger noch einmal, als Mavis leise hereinkam, eine Platte mit Speck und Rührei auf den Tisch stellte und sich ebenso leise zurückzog.

Ruth beugte sich vor und flüsterte: „Ich sage nur, was ich gehört habe. Immerhin ist sie ihre Schwester. Ich könnte mir vorstellen, daß sie wissen möchte, was die Leute so sagen."

„Ich glaube nicht, daß Sie das irgend etwas angeht", sagte Charles von der Tür her. Aller Augen richteten sich auf ihn, als er auf Ruth zuging. „Ich rate Ihnen, nicht auf Klatsch zu hören. Und wenn Sie schon nicht anders können, gehört es sich für eine Dame bestimmt nicht, ihn zu wiederholen."

Byron sah, daß es ihn alle Kraft kostete, dabei zu lächeln. Er wandte sich von Ruth ab und fragte Mavis, die frischen Kaffee hereinbrachte: „Hast du meine Sachen gepackt?"

Mavis eilte davon. Charles sah streng um sich. Zufrieden, daß die Sache erledigt war, folgte er seiner Frau. Die Zurückbleibenden schwiegen.

„Gut", sagte Miss Falstaff schließlich zu Mark und Ruth. „In Zukunft wird über das arme Mädchen nicht mehr gesprochen." Zu dritt verließen sie den Raum.

„Was sollte das Ganze?" fragte Byron Ginger.

„Wenn ich das wüßte. Ich weiß nur, daß Charles jedesmal, wenn die Rede darauf kommt, puterrot wird."

Auf dem Weg zu ihrem Zimmer sah Byron im Vorbeigehen, daß Mavis in Charles' Zimmer seinen Koffer packte. Als sie eintrat, schraubte Mavis eben ein Fläschchen zu und stopfte es in ihre Schürzentasche. Sie sprang auf, als sie Byron sah, und wollte etwas erklären, aber Byron hob nur die Hand.

„In letzter Zeit ist es mir genauso gegangen." Sie schloß die Tür hinter sich.

„Brauchen Sie etwas?" Mavis wurde rot.

„Nein, alles ist gut. Mavis – ich wollte mich nur bedanken, daß Sie sich so um meinen Vater gekümmert haben."

„Ihr Vater ist ein guter Mann. Ein sehr guter Mann."

„Mavis, ich möchte mich nicht einmischen, aber was ist – Ihre Schwester... Was ist passiert? Was tut sie hier?" Byron hob die Hände. „An diesem gottverlassenen Ort."

Mavis war wie ein wirbelnder Derwisch. „Sein Smokinghemd. Und der blaue Schlips... nein... doch... der blaue Schlips."

Byron legte ihre Hand auf Mavis' Arm. Bei der Berührung schloß Mavis die Augen, die ganze Verwirrtheit fiel von ihr ab, und als sie Byron ansah, enthielt ihr Blick eine Warnung.

„Was ist es?"

„Bitte, Miss Harrington." Mavis' Stimme zitterte. „Sie scheinen ein anständiger Mensch zu sein. Bitte halten Sie sich zurück. Regen Sie Ihren Bruder nicht auf..."

„Mein Bruder", fauchte Byron.

Mavis preßte die Lippen aufeinander. Es war klar, daß Byron von ihr nichts weiter erfahren würde, aber sie hatten etwas gemeinsam: Sie beide haßten Charles.

Die steinerne Stille dauerte drei Tage. Am vierten stellte Spencers Sekretärin Lena durch.

„Ich will das nicht."

Spencer schluckte, als sie die Verletzung in Lenas Stimme hörte. „Es tut mir leid, Lena. Ich... also was soll ich sagen? Daß ich unter Stress stehe? Das kennst du zur Genüge. Ich will mich nicht rausreden."

„Mir tut es auch leid."

„Lena –" Bevor Spencer sich stoppen konnte, hörte sie sich sagen: „Ich habe nachgedacht. Ich stecke in diesem Film, und du weißt, wie das bei mir ist, ich bin wirklich mitten drin. Ich glaube, ich... brauche Raum. Und Zeit, um herauszufinden..."

„Wenigstens darin sind wir uns einig", antwortete Lena. Darauf war Spencer nicht vorbereitet. „Deshalb rufe ich ja an. Kenzie und ich fahren für ein paar Wochen nach Hawaii, wegen der Hochzeitssitten. Ich hielte es für eine gute Idee, wenn wir beide nachdenken, solange wir getrennt sind."

„Oh... okay." Spencer wischte sich die müden Augen. „Okay... und jetzt muß ich los. Jerry wartet."

„Spencer? Eins muß ich noch sagen. Laß dich nicht von deiner Angst zerstören." Und nach einer Pause: „Ich liebe dich."

Spencer brachte das nicht über die Lippen. Sie legte auf.

Was Lena nicht wußte und Spencer ihr aus lauter Demütigung nicht sagen konnte, war, daß sie *May You* an Jerry verkauft hatte. Sie hatte ihren Stolz und ihre Freude verkauft. Es war ihr in dem Moment richtig erschienen. Sie hatte rationalisiert, daß sie ihre kreativen Bedürfnisse zurückstellte, um Nina bei ihrem Film zu helfen. Nina, die unbedingt eine entscheidende Szene vor dem Eiffelturm aufnehmen wollte.

In einsamen, schlaflosen Nächten erinnerte sie sich daran, daß sie Gleichgesinnte waren. Spencer bewunderte Nina als die Frau, die sie gern gewesen wäre – Ninas Konzentration, ihre Sicherheit, die Energie, die sie ausstrahlte, ihre absolute Gleichgültigkeit gegenüber sogenannten Sachzwängen, trotzdem stritten sie sich über die Ortswahl. Spencer gab sich ja Mühe, aber Budget war Budget.

„Nina, tut mir leid. Wir haben nicht das Geld, um ein Team nach Paris zu schicken für genau zehn Sekunden Träumerei. Du wirst einen anderen Ort finden müssen."

„Aber Paris ist die Stadt der Liebe. Es geht um die Metapher." Nina warf ärgerlich die Hände hoch. „Du kannst ihn doch nicht in Bakersfield schmachten lassen."

„Natürlich wäre das der romantische Nullpunkt, aber es gibt keine Chance. Die Szene verschlingt deinen ganzen Etat."

„Du hast keinen Funken Romantik in dir", fauchte Nina.

Keinen Funken Romantik? Am Nachmittag war Spencer wütend genug, um in Ninas Büro zu stürzen. Zwischen Lenas Schweigen in den letzten Wochen, Mangel an Schlaf und mehreren Panikattacken bewegte Spencer sich am Rand des Abgrunds. Sie war auf Krieg eingestellt. Sie schob Ninas protestierende Assistentin beiseite und stolzierte ins Zimmer.

„Ich will dir was sagen. Ich bin mit Romantik großgeworden. Ich habe sie gelebt... ich war... ich weiß alles darüber." Spencer hob die Hände, um sie beide zu überzeugen. Dann kam sie sich närrisch vor. „Ich habe mehr Schwarzweiß-Filme gesehen, als du zählen kannst. Ich war –"

„He, beruhige dich." Nina sah Spencer an und sagte: „Es sind die kleinen Momente, die einen Film ausmachen. Wie im Leben – die Magie liegt in den winzigen Augenblicken."

Spencer räusperte sich. „Ja. Ich... ich denke... alles ist gut. Wir... lassen uns was einfallen." Und damit ging sie, ihre Knie waren so weich wie die von Doris Day, nachdem Clark Gable sie in *Teacher's Pet* geküßt hatte.

Unglücklicherweise führte diese Episode dazu, daß Spencer sich auf eine von Jerrys Marotten einließ. Seit Wochen hatte er sie angeödet, er müsse Geld abstoßen, und zwar schnell, aus „ähem, Steuergründen"; in Wirklichkeit ging es darum, sein Vermögen vor seiner Frau zu verstecken, die, so sagte es die Gerüchteküche, vorhatte, sich scheiden zu lassen. Er wollte *May You* kaufen, mit der Zusage, daß Spencer, wenn sie es wollte, die Option zurückhaben konnte. Was, wenn er sich daran nicht mehr halten würde, sobald das Geschäft unter Dach und Fach war? Darüber wollte Spencer jetzt nicht nachdenken, denn die Summe reichte für Ninas Paris-Sequenz. Ihre Vision würde wahrwerden.

Spencer schickte das Team für den Rest des Abends nach Hause. Sie würde sich um alles kümmern.

Beide blickten sie auf die Unterlagen vor sich. Spencer wartete, bis ihr Augenblick kam. „Was würdest du sagen, wenn ich dich bäte, dir um die Paris-Sequenz keine Gedanken mehr zu machen? Daß ich dir garantiere, du bekommst deine Szene?"

„Ich würde zu dir kriechen und deine Füße küssen", sagte Nina.

„Jerry wird – zeitweise natürlich – mich aus *May You* herauskaufen. Mit dem Geld können wir deine Szene drehen."

„Das würdest du tun?"

„Wahrscheinlich hätte ich es schon vor Jahren tun sollen. Wenn das verdammte Teil ihm gehört, motiviert ihn das vielleicht, es auch zu machen. Abgesehen davon kommst du erster Klasse nach Paris, und ich kaufe es zurück, wenn wir unseren Hit gelandet haben."

Nina sah Spencer lange an, schwankend zwischen Stirnrunzeln und Lächeln, vielleicht war das auch dasselbe. „Für diesen Film nimmst du aber eine Menge auf dich."

„Ich glaube daran." Spencer lächelte, und als Nina eine Augenbraue hochzog, verbesserte sie sich: „Ich glaube an dich."

Nina rückte näher. „Daß dieser Film wirklich wird, ist nur dir zu verdanken. Ohne dich würde ich es nicht schaffen.

Unter der Intensität von Ninas Worten, von ihren Blicken ganz zu schweigen, schmolz Spencer dahin.

„Du bist unglaublich", fuhr Nina fort, und dann setzte sie zum finalen Schlag an. „Du bist mein Engel, weißt du das?"

Ihre Lippen waren hart und hungrig, ganz anders als die weiche Erkundung mit Lena. Aber das war es, was Spencer brauchte. Dies Begehren, dieses blinde Aus-dem-Weg-Räumen von allem, was hinderlich war, denn sie machten einen Film, machten Magie, und das war es, was zählte.

Unter Ninas Aggression warteten weder Zartheit noch Raffinesse, sie fielen umstandslos zu Boden. Der harte rauhe Teppich brannte auf Spencers Ellbogen – aber sie wollte verletzt werden und verletzen. Sie brauchte Nina, um das sanfte Braun von Lenas Augen, das sanfte Streicheln von Lenas Fingern aus sich herauszuprügeln.

Spencer spürte, wie sie fiel, sie schauderte, als Ninas Mund ihren Kragen berührte, Zähne die weiche Haut an ihrem Hals abschürften, Ninas Hände unter Spencers Hemd fuhren und an ihrem BH zerrten. Ninas Hände verletzten ihre Haut. Nina hielt ihre Arme fest und biß eine Spur der Lust quer über Spencers Körper zu ihren Brüsten. Sie biß in ihre Brustwarzen, so daß Spencer vor Schmerz die Luft anhielt und Nina wegschieben wollte.

„Du wolltest es." Ninas Hand umschloß ihr Genick. „War es nicht das, was du wolltest?"

„Ja..." Spencer wußte nicht mehr, war es Angst oder Erregung, mit der sie Ninas Mund begegnete, wütenden Küssen, die ihre Leere füllten, ihren verzweifelten Versuch, in Ninas Traum ihren eigenen zu erfüllen.

Nina öffnete ihre Hose. Kein Vorspiel, kein Streicheln, nichts als brutale Aktion, sie rieb Spencers Klitoris zu hart, zwängte ihre Finger in sie, wütendes Eindringen. Spencer gehörte ihr. Nina nahm sie, wütend, hungrig, frustriert und freudig – alles, was während der Dreharbeiten abgelaufen war, spiegelte sich in dieser Paarung. Spencer wollte Nina auch, aber nicht so. Sie wollte ihr Freude machen, sie wollte, daß sie kam, hart und gut und zitternd, sie wollte, daß Nina ihren Namen durch zusammengebissene Zähne stieß.

Hinterher wußte Spencer nicht, wie sie so viele Nächte ohne Schlaf durchgestanden hatte. Ihre Panikattacken kamen zurück – sie wußte, sie kamen von dem doppelseitigen Schwert aus Schuld und Stress. Sie rauchte Ninas Zigaretten, obwohl sie MacKenzie versprochen hatte, damit aufzuhören. Nie wußte sie, ob der Sex, den Nina und sie hatten, bevor das Team am Morgen kam, oder in der Mittagspause oder spät in der Nacht, wenn ihre Körper vor Erschöpfung zuckten, ob dieser Sex sie zusammenhalten oder am Ende zerbrechen würde.

Am letzten Drehtag wachte Spencer morgens auf, Nina schlief neben ihr. Und plötzlich wußte sie, daß Nina eine Fremde war. Sie hatte nicht das Gefühl, neben ihrer Geliebten aufzuwachen. Sie betrachtete die geblähten Nasenflügel, wütend noch im Schlaf. Sie berührte Ninas Kinn, als wollte sie sich vergewissern, daß sie wirklich war, sie sah die bitteren Fältchen um ihren Mund, ihre muskulösen Brüste, und verzweifelt registrierte sie, wie wenig sie das alles rührte. Sie schüttelte den Kopf. Sie konnte sich nicht erlauben zu denken, Ninas Charme wäre fort. Nicht nachdem sie soviel aufgegeben hatte

In Panik weckte sie Nina. Sie mußte ihre Augen sehen. Wenn sie das Licht in ihren Augen sah, dann...

„Was ist los?“ grummelte Nina.

Die dunkelbraunen Augen, blinzelnd und reizbar – die Intensität und der Zorn, die sie so fasziniert hatten – erinnerten sie jetzt an die Bitterkeit in Jonathons Augen. Die Krümmung von Ninas Mund brachte Jonathons höhnisches Grinsen zurück. Die Angst vor Ninas Sprüchen erzeugte das gleiche innere Zittern; der Anblick fleischiger Finger erinnerte sie an etwas, woran sie sich lieber nicht erinnern wollte, deshalb sah sie meistens nicht hin.

„Nichts... nichts.“ Spencers Herz schlug so heftig, daß sie endgültig wach wurde. „Schlaf weiter.“

Nina machte die Augen wieder zu und schlug mit der Hand auf die Bettdecke. „Komm später, dann ficken wir vor dem Aufstehen.“

Seine Hand klopft auf seinen Schoß.

Spencer wich zurück, ging rückwärts, als könnte Nina sie packen, wenn sie ihr den Rücken zudrehte. Sie nahm ihre Kleider und verschwand im Badezimmer. Nackt und zitternd saß sie auf der Toilette und warf ihr Hemd über sich.

Setz dich neben mich.

Das Herz klopfte in ihren Ohren. Schwindelig. Die Kehle zog sich zusammen.

Du sollst dich neben mich setzen, verdammt noch mal.

Lieber Gott, ich will nicht verlieren, betete Spencer und schlang die Arme um sich und hielt sich fest. Nein. Nein. Es konnte nicht sein. Wie hatte sie es übersehen können? Sie brach zusammen, weil sie zuviel gearbeitet hatte – weil sie sich in ihrer Obsession so verloren hatte, daß sie sie zerstörte.

Im Wohnzimmer. Er sitzt da drüben. Ich wage nicht, ihn anzusehen... ziehe mich in mich selbst zurück.

Natürlich war das alles Scheiße. Es hatte nichts mit Ninas Film zu tun. Es hatte... mein Gott, sie hielt es kaum aus, die Worte in ihrem Kopf zu hören – es hatte nichts zu tun mit *May You.* Nina war Jonathon, bis hin zu seinem dünnlippigen Grinsen, seinen unregelmäßigen Zähnen und finsteren Augen... und ihr Widerwille, ihr Unbehagen bei Ninas Geruch – *seinem Geruch* – denn sie roch eindeutig männlich, bitterer harter Männergeruch...

„Ich... ich bring dir ein neues Bier." Bloß nicht neben ihm sitzen. Bitte nicht...

Spencer kotzte ins Klo.

„Setz dich zu mir." Die Worte krochen mein Rückgrat hoch.

„Setz dich zu mir, verdammt." Die versteckte Andeutung... die Hand, die sich vorschiebt.

„Ich... ich möchte im Schaukelstuhl bleiben."

„Ich sagte, komm her."

Ich tu so, als hätte ich nichts gehört –

„Eins." Er zählt eineinhalb, zwei – weil er das kann und weil wir allein sind. Meine Mutter hat längst aufgehört, mich zu beschützen. Ich warte bis zwei und ein halb. Scharre mit

den Füßen, zögere, blicke zur Tür und überlge, ob ich es wagen soll davonzulaufen.

„JETZT!" Seine Stimme dröhnt.

Ich sitze auf der Couch.

„Hierher", befiehlt er. Ich rutsche hinüber, bis er mich am Arm packt und meinen Körper an seinen drückt. Stinkend und anmaßend. Der Geruch seiner Männlichkeit, sein beißender Körpergeruch und der Gestank nach Bier. Ich krümme mich bei seinem Geruch, heute noch muß ich, wenn ich Jonathon sehe, mich gegen diesen Angriff auf meine Sinne schützen, indem ich die Arme um mich schlinge. „Bitte... ich will nicht..." Ich versuche mit ihm zu verhandeln – „ich... ich hol dir ein Bier?" Als könnten wir uns aus unserem Schicksal heraushandeln.

Dann fängt es an. Fleischige konturlose Finger mit fleckigen Nägeln verschwinden in seiner Jeans, die oben immer offensteht... seine Hand fährt hinunter zu seinem steif werdenden Begehren – die gleiche schwere Hand auf meiner Schulter, ich atme kaum noch, aber ich sehe die Bewegungen der Schwellung in seiner Hose. Meine Kehle ist so zu, daß ich nicht mehr schlucken kann, er reibt diese Masse, alles ist zugedeckt, nichts kann gesehen werden, und wenn nichts gesehen wird, ist es auch nicht passiert, stimmt's?

Jonathon berührt sich, sein anderer Arm gleitet über meine Schulter, seine Hand in meinem Hemd. Und dann zwängen sich seine Finger unter meinen BH, seine Hand brandmarkt das Fleisch meiner Brüste.

Ich habe nie gehört, daß er Drei gesagt hätte.

Ich sitze, lange, dann wird es schwarz.

Byron kramte in ihrer Truhe zwischen Kleidungsstücken und Büchern, bis sie gefunden hatte, was sie suchte. Sie schlüpfte in ihren Mantel und machte sich auf den Weg zu Cynaras Hütte. Die Tür war angelehnt. Sie klopfte.

„Cynara? Ich bin's. Byron."

Sie klopfte noch einmal, dann schob sie leise die Tür auf und trat ein. Im Kamin brannte ein Feuer, davor beugte sich Cynara über etwas. Als sie einen Schritt beiseite trat, sah es auch Byron. Aus dem nassen Ton formten sich die Umrisse eines liegenden weiblichen Aktes. Auf einer Staffelei standen Skizzen der Figur, weitere lagen am Boden. Alle zeigten die gleiche Frau, deren Körper förmlich aus der Papieroberfläche herausdrängte.

„Was wollen Sie?" fragte Cynara kurz angebunden.

„Ich muß mich entschuldigen", murmelte Byron, die den Blick nicht von der Plastik wenden konnte. Sie nahm das Buch aus der Manteltasche. „Bitte", sagte sie. „Ein Friedensangebot. Ich hatte ja keine Ahnung..."

Cynara sammelte hastig ihre Skizzen ein und warf ein feuchtes Tuch über den Lehm.

„Es ist außergewöhnlich."

Cynara sah Byron nicht an. „Es ist nicht da, um betrachtet zu werden."

Byron berührte sie leicht am Arm. „Sie haben eine ganz ungewöhnliche Begabung."

Byrons Ton war frei von Sarkasmus oder Spott, ihre Hand blieb auf Cynaras Arm, und als die beiden sich ansahen, entstand wieder diese seltsame Spannung zwischen ihnen.

„Ich weiß, wie schrecklich es sein kann, wenn jemand in deine Seele sieht", sagte Byron. „Ich möchte Ihnen das geben."

Cynara betrachtete Byrons Geschenk, ein Buch mit dem Titel *The Parisian Artist.* Dann lächelte sie, und Byron dachte, wie sehr das ihr Gesicht veränderte, wie wenig die Frau hierherpaßte. Sie gehörte in ein Märchen. Aber vielleicht gehörte sie gerade deswegen hierher.

Cynara senkte den Kopf und sagte leise: „Ich glaube, das kann ich annehmen."

Von nun an verbrachten Byron und Cynara viel Zeit miteinander. Die anfängliche Scheu voreinander verging bald auf langen Spaziergängen. Cynara erzählte von ihrem Vater, einem Geistlichen, der mit seiner Familie von England nach Boston gekommen war. Wie seine und seiner spröden Frau Hingabe an die Missionsarbeit Cynara und Mavis nach einem tragischen Grubenunfall in West Virginia als Waisen zurückließ. Mavis hatte sich um Cynara gekümmert, bis sie beide nach Oregon zur Schwester ihres Vaters zogen. Mavis hatte ihre Schwester dann wieder ostwärts zur Ballard's School for Enterprising Women in Boston geschickt.

„Deren einziges Ziel schien es, die am besten funktionierende Methode herauszufinden, einen Mann einzufangen", hatte Cynara gescherzt.

„Sagten Sie nicht, Sie seien in New York zur Schule gegangen?"

„Ja, anschließend studierte ich Kunst."

„Wann war das?"

„Ende neunzehnhundertachtzehn bis einundzwanzig."

Byron lachte. „Ungefähr um die Zeit war ich auch da."

„Waren Sie auch in der Ausbildung?"

„In gewisser Weise." Byron bückte sich nach einer Muschel, dann nahmen sie den Weg hügelaufwärts, und ihre Unterhaltung drehte sich um Natur und Naturschutz.

Cynara begann, Byron zum Tee in ihre Hütte zu bitten. Später arbeitete sie, und Byron las. Während Cynara in Ton modellierte oder mit dem Pinsel auf die Leinwand malte und im Kamin das Feuer knisterte, unterhielten sie sich über Künstlerinnen und Künstler. Byron staunte über Cynaras Kenntnisse und diskutierte, fast wie mit Rabbit, über die Moderne und ihre Bedeutung für die Künste.

Jeden Tag erfanden sie neue Wege, möglichst viel zusammenzusein. Zu Charles großem Erstaunen kam Cynara sogar manchmal zum Essen ins Haus. Lange Abende saßen sie an Francis' Bett und wechselten sich beim Vorlesen ab. Wenn das Wetter es zuließ, ritten sie aus. Sie packten Picknickkörbe und wanderten nach Devil's Point und von dort zu der Lichtung, wo das Meer nicht mehr so laut zu hören war und sie sich unterhalten konnten, während sie aßen und tranken.

An einem solchen Nachmittag bat Cynara: „Erzählen Sie mir von Paris. Stimmt es, was man sagt? *Opiumhöhlen, wo die Leute splitternackt im Delirium toben?*"

Byron lachte und wurde ernst, als ihr Marie einfiel. „Das gibt es auch. Aber meist und vor allem ist es einfach... einfach toll." Sie begann Cynara von Paris zu erzählen. Von Shakespeare & Company, den Salons von Gertrude und Natalie, den Arbeiten ihrer künstlerischen Schwestern.

„Es ist, als würden die bedeutendsten Künstlerinnen der Welt von dieser Stadt wie von einem Magneten angezogen, als könnte nur sie auf ihre Träume antworten. Egal, was du tun willst, es scheint, als müßtest du nur die Ärmel aufkrempeln, und schon ist der Erfolg da."

„Und woher kommt das? Weil es mehr Freiheit gibt?"

„Ich denke, ja. Andererseits – obwohl den Frauen heute weniger gesellschaftliche Fesseln angelegt sind, sind viele immer noch beeinflußt von ihren viktorianischen Vorgängerinnen. Die Frauen, die ich kenne, sind vor allem auf ihre Arbeit konzentriert. Sylvia Beach zum Beispiel – sie hat ihre Buchhandlung fast in den Konkurs getrieben, um Joyce zu veröffentlichen."

„Das hört sich aber sehr nach der alten Definition von Frauenarbeit an."

„Wie meinen Sie das?"

„Nun, es klingt, als hätte diese Sylvia Beach ihre Bedürfnisse unterdrückt, um die von Mr. Joyce zu erfüllen."

„Sylvia hat immer gesagt, sie würde nie etwas anderes tun können – aber für sie waren ihre Opfer der Brillanz seines Meisterwerks gleichwertig. Ich glaube nicht, daß sie sich über das Geschlecht des Schöpfers Gedanken gemacht hat."

„Ganz zufällig war es männlich", entgegnete Cynara. „Das klingt sehr bekannt."

„Sie denken an Ihre Schwester?"

„Noch so eine Opfergeschichte. Und viel davon meinetwegen. Ich bin sicher, ich war eine Last für sie. Ich war ein sehr neugieriges Kind und wollte immer das haben, was ich nicht kriegen konnte. Wie sie es geschafft hat, mich zur Schule zu schicken, weiß ich nicht, aber irgendwie brachte sie es fertig. Für sie blieb da nichts übrig. Arme Mavis. Sie hat sich nie für schön oder klug gehalten, obwohl sie beides war. Damals waren ihre Augen sanft und lebendig und leuchteten vor Abenteuerlust, wenn sie mir Jack London vorlas –"

„Abenteuer?" Byron lachte. „Der Begriff fiele mir bei Ihrer Schwester nun wirklich nicht ein."

„Mavis ist nur noch ein Schatten der Frau, die sie einmal war." Cynara schwieg einen Augenblick, dann sagte sie: „Ich liebe meine Schwester sehr, aber ich finde es schwierig, mit ihr zu reden. Sie wirkt so verängstigt. Sie weist mich ab, wenn ich ihr nahe komme."

„Daß Sie Schwestern sind, hat mich sehr überrascht. Sie könnten nicht verschiedener sein."

„Das könnte ich von Ihnen und Ihrem Bruder auch sagen."

„Wie haben die beiden sich kennengelernt?"

„Charles und Ihr Vater kamen eines Tages ins Geschäft meiner Tante, um für Bay Cliff Lebensmittel einzukaufen. Bald darauf wurden die Briefe meiner Schwester sehr blumig, ganz untypisch für sie. Sie verbreitete sich über Seiten über diesen Herrn." Cynara seufzte und drehte einen Grashalm zwischen den Fingern. „Kurz nachdem sie sich kennengelernt hatten, ging uns das Geld aus, und ich mußte die Schule verlassen und zu meiner Schwester zurückkehren. Als ich Charles kennenlernte, hatte ich ihn in kurzer Zeit durchschaut. Ich versuchte sie zu warnen und ihr klarzumachen, daß sie an Schmeicheleien nicht gewöhnt war und seine Worte nichts waren als das – daß sie anschauen sollte, was er tat. Wie er oft einfach vergaß, daß sie im Zimmer war, wie selten er ihr den Stuhl am Eßtisch zurechtrückte, wie er mich ansah, als wäre ich ein Tier, das er eines Tages zur Strecke bringen würde...“

„Cynara –“ Byron richtete sich abrupt auf.

„Nein, er hat nie Annäherungsversuche gemacht. So dumm ist er nicht. Nein, Ihr Bruder –“ Cynara stockte. „Er hat sie bezirzt, sie dahin gebracht, daß sie ihn für einen der dunkelhaarigen, unverstandenen Helden aus ihren Romanen hielt.“

„Es tut mir leid.“ Byron legte ihre Hand auf Cynaras.

„Sie nahm sich meine Kritik zu Herzen.“ Cynara starrte aufs Meer. „Meine Schwester, die ich liebe wie sonst niemanden, sprach monatelang kein Wort mit mir, was Ihrem Bruder großen Spaß bereitete.“

„Er hat Sie gegeneinander ausgespielt?“

„Ja. Nachdem sie verheiratet waren, wurde Mavis immer nervöser und verspannter. Wir haben nie darüber gesprochen, obwohl ich sah, daß sie nun selbst herausgefunden hatte, wer Charles wirklich ist.“ Nach einer Weile fügte Cynara hinzu: „Ich würde Ihnen das nicht erzählen, wenn ich nicht glaubte, daß Sie meine Sicht der Dinge teilen.“

„Und wie ich sie teile.“ Byron fing an, die Picknicksachen zusammenzupacken.

Das Thema Familie schnitten sie danach nicht mehr an.

Eines Nachmittags – die Sonne schien warm, die Pferde grasten auf der Wiese, die beiden Freundinnen lagen im Gras und sahen in den Himmel und erzählten sich gegenseitig, was die Wolken taten – Cynaras Hand berührte Byrons, und sie nahm sie auch nicht fort.

„Warum sind Sie hierhergekommen?“ fragte sie leise.

„Wegen meines Vaters natürlich.“

„Nein. Da muß es noch mehr geben.“

„Ich... Ich dachte, ich könnte hier etwas finden, das mein Schreiben beflügelt.“

„Und? Haben Sie es gefunden?“

Sie drehten sich zueinander und sahen sich an. Dann sprang Cynara auf und forderte Byron zu einem Wettrennen heraus. Die Pferde galoppierten am Wasser entlang, Byron ritt wie um ihr Leben – nicht nur um das Rennen zu gewinnen, sondern um ihren Dämonen zu entkommen. Aber dann sah sie das Lachen in Cynaras Augen, ihr Haar flog im Wind, und Byron vergaß, wo sie war.

Sie führten die Pferde im Schritt zu den Ställen zurück, und schlenderten langsam zum Haus. Niemand war zu sehen. Sie setzten sich. Cynara wirkte abwesend.

„Was ist?“

Cynara wandte sich zu ihr, ihr Lächeln verschwand, ihr Blick wurde ernst. Byron beugte sich vor, holte eine Zigarette aus der Schachtel und bot auch Cynara eine an.

„Gerade habe ich gedacht, daß Sie nie antworten, wenn es um Ihre Arbeit geht.“

„Ich... sie geht mir in letzter Zeit nicht gut von der Hand.“

„Kommt das oft vor?“

„Von Zeit zu Zeit. Hemingway sagte, er fühle sich am Ende eines vergeudeten Tages tödlich allein. Ich fand das eine gute Beschreibung. Und leider sind mir in letzter Zeit zu viele Tage so entglitten.“

„Ihr Detektiv reizt Sie nicht mehr?“

„Gertrude hat mich mal mit ernster Stimme gewarnt, daß eine Autorin, die Kompromisse macht, nur in eine Richtung weitergehen kann. Sie ist eine Puristin, müssen Sie wissen, und sie glaubt, daß ein Werk sich für immer ändert, sobald es ein Publikum hat.“

„Sie sagt die Wahrheit, scheint mir. Manchmal frage ich mich, ob ich feige bin. Ich würde meine Arbeit anders sehen, wenn ich sie ausstellen und mir Gedanken machen müßte, was die Leute denken, und meine Arbeit mit ihren Augen sehen. So bin ich nur auf mich selbst angewiesen.“

„Ja, Sie leben wohl, was sie predigt. Ihr Leben und Werk sind zusammengebunden durch die Tugend der Integrität. Meine Arbeit ist befleckt durch den Mangel an Integrität.“

„Byron, ich glaube, Sie übertreiben. Tatsache ist doch, daß die Venable-Krimis sehr unterhaltsam sind."

„Unterhaltsam", schnaubte Byron. „Als ich Gedichte schrieb, war mein Leben mein Werk. Aber mit den Jahren ist mein Werk mein Leben geworden. Das Leben eines Bonvivants. Ich spiele die Rolle des Autors. Ich schreibe für ein Publikum, das keine Ahnung hat, wie ich wirklich über die Dinge denke. Aber sie zahlen für das *Ich*, von dem sie denken, sie bekämen es. Es ist lachhaft. Ich weiß nicht mal, ob ich noch einen reinen Vers schreiben kann. Ein wahres Wort."

„Ich glaube, Sie sind zu hart mit sich. Und ich hätte auch nicht so hart mit Ihnen sein sollen. Es tut mir leid, Byron. Ich hatte kein Recht dazu."

„Natürlich hatten Sie ein Recht – die Wahrheit zu sagen."

Cynara lächelte mitfühlend. Sie hob die Hand und streichelte tröstend Byrons Wange.

Sie sahen sich in die Augen. Plötzlich schienen sie sich ganz nah – nur einen Herzschlag entfernt.

Schritte durchbrachen die Stille. Charles und Mavis kamen den Flur entlang. Charles sah von Cynara zu seiner Schwester und zog eine Augenbraue hoch.

„Ich hätte ahnen können, daß Ihr es seid. Mavis, bring unseren beiden Abenteurerinnen einen Tee." Obwohl Mavis sie ungern allein zu lassen schien, gehorchte sie.

Cynara stand auf. „Ich wollte sowieso gehen."

„Ach, wirklich?" Charles schien es nicht glauben zu wollen. „Was habt ihr zwei denn heute erlebt? Scheint ja unzertrennlich. Tagelange Ausflüge und Gott weiß was noch..."

„Was wir mit unserer Zeit machen, geht Sie wohl kaum etwas an", entgegnete Cynara kühl. „Ich hoffe, dabei bleibt es."

Erstaunt sah Byron von ihrem Bruder zu Cynara, beide wirkten gespannt und kampfbereit.

„Sehr gut." Charles fragte kühl: „Bleiben Sie zum Essen?"

„Nein." Cynara nickte Byron zu und ging.

Als Charles sich zu seiner Schwester umdrehte, unterstrich ein dreckiges Grinsen das Amüsement in seinen Augen.

Jonathon. Der Name wirft seine Tentakeln über mich, hüllt mich in eine finale Liebkosung... Bis heute kann ich seine Hände nicht ansehen, ohne sie auf meiner Brust zu fühlen.

War das der Moment, als ich mich davonstahl – der Moment, als Jonathon seine fette kalte Hand auf meine zwölf Jahre alte Brust legte? Der Schaukelstuhl, auf dem ich unzählige Abende auf Jonathons Schoß gesessen hatte – Mami kommt herein, ihre Stimme schrill vor lauter Anklage: „Du bist zu alt, um auf deines Onkels Schoß zu sitzen!"

„Ihr geht's gut, Elise. Laß sie in Ruhe."

Und in dem Wunsch zu gefallen legte ich meine Arme um Jonathons Hals und küßte die Stoppeln auf seiner Wange. Er hatte sich einen Schnurrbart wachsen lassen und wurde mein Clark Gable, meine erste große Liebe. Wie konnte ich wissen, daß mein Körper Terror entwickeln sollte. War es mein Fehler?

Der Belästigung entkommst du nicht. Egal, wie gut du glaubst, damit fertiggeworden zu sein, es therapiert, geheilt zu haben, es stürzt sich auf deine Haut, wenn du am wenigsten damit rechnest.

„Ich weiß nicht mal, wie ich es nennen soll" erkläre ich der Therapeutin. „Er hat mich schließlich nicht vergewaltigt... es... es hätte um vieles schlimmer sein können –"

„Wagen Sie nicht, es herunterzuspielen." Zum erstenmal wird die Therapeutin laut. „Das Ausmaß der Tat ist bei verdecktem Mißbrauch nicht wichtig. Tatsache ist, daß Sie nach fünfundzwanzig Jahren immer noch zittern, wenn Sie seinen Namen erwähnen, Sie können seinen Geruch immer noch nicht ertragen, Sie halten es nicht aus, seine Hände zu sehen. Er mußte für sein Verbrechen nicht ins Gefängnis, es genügt ja, daß Sie seitdem eingesperrt sind."

Sie hat recht. Seitdem habe ich mit dem Schmerz des geschlagenen Kindes bei Menschen, Orten und Dingen nach

Bestätigung gesucht. Nie in mir selbst. Und jetzt, da ich am Ende bin, fühle ich mich ihm näher, als mir lieb ist. Ich weiß, wie schwer es ist, die reale Welt zu ertragen. Auch er muß mit seinen Entscheidungen leben. Das Schicksal macht seltsame Bettgenossen, und selten suchen wir uns unsere Dämonen selbst aus. Vielleicht wird er eines Tages nüchtern, sieht zurück und macht es wieder gut auf seine Art. Er war nicht von Grund auf böse. Nur bitter. Weil seine Hoffnungen nicht aufgingen, weil er nie der Schriftsteller, der Holden Caulfield seiner Träume geworden ist.

Der Pfad war endlich fertig und ich sehr beeindruckt von meinen Fähigkeiten als Landschaftsgestalterin. Ich hatte den Weg mit Steinen begrenzt und zur Sicherheit auf beiden Seiten von oben bis unten mit einem dickem Tau. Das Eiskraut gedieh prächtig und bildete ein purpurnes Tuch gegen das Immergrün. Die Schaukel war exakt dort aufgestellt, wo der Blick auf den Sonnenuntergang am schönsten war, und wer Lust hatte, konnte nach unten gehen und wurde mit zwei Meilen schönstem Privatstrand belohnt.

Mein Strand. Ich ging eine halbe Stunde in eine Richtung, dann kehrte ich dahin zurück, wo mein Weg anfing, und genoß den nun schon vertrauten Blick.

Irgendwo habe ich mal gelesen, daß es einundzwanzig Tage dauert, aus etwas eine Gewohnheit zu machen. Oder eine Gewohnheit zu zerstören. Daß es nach diesen drei Wochen zum Beispiel leichter wird, das Rauchen oder Trinken zu lassen. Wahrscheinlich hat das etwas mit dem natürlichen Rhythmus des Körpers zu tun. In gewisser Weise fühlte ich mich, als hätte ich mein ganzes Leben in dieser Hütte am Meer verbracht, als wäre Alleinsein für mich das Natürlichste von der Welt – als wäre Alleinsein der Zustand, für den ich am besten gerüstet bin. Vielleicht weil ich am nächsten zu dem war, was mit meiner Seele mitschwang, und ich hatte mir nur eingebildet, all dies haben zu wollen. Karriere, Kino, Lichter, Action. Erfolg.

Wollte ich das alles nicht immer noch?

Will ich immer noch Filme machen? Besitze ich überhaupt noch, was es dazu braucht?

Ach, persönliche Integrität ist wie Quecksilber, erbarmungslos geht es auf und ab, ist nicht festzuhalten. Du versuchst es. Und verstrickst dich unaufhaltsam in Kompromisse.

Wir entschuldigen uns. Tun niemand weh. Trauen uns nicht zu sagen, wie es uns geht. Machiavellistische Strategien. Guter Bulle – böser Bulle. Weiße Lügen – schwarze Lügen. Betrügen und betrogen werden.

Aber wie kommen wir voran ohne Kompromiß? Die vielen kleinen Verstöße, die dahinschweben wie Schneeflocken – sie schmelzen in deiner Hand und werden weggewischt –, sammeln sich und werden zum Schneeball, der schließlich als Lawine den Abhang hinabrollt und dir den Hals bricht.

Alle diese Zugeständnisse nagen an dir – langsame Erosion, bis du in den Spiegel schaust, und so wie du plötzlich das erste graue Haar oder die erste Falte entdeckst, siehst du nun, daß du nicht mehr die bist, die du werden solltest. Am Ende hoffst du auch nicht mehr, denn die Fähigkeit zu hoffen hast du auch verloren. Wenn du soweit bist, hast du zwei Möglichkeiten. Entweder du kämpfst wie der Teufel, oder du dankst mit Anstand ab.

„Warum schreiben Sie unter einem Männernamen?" fragte Cynara eines Nachmittags, als sie am Strand spazieren gingen.

„Weil ich davon ausging, eine Frau habe keine Stimme."

„Aber natürlich haben wir eine Stimme."

„Ja. Solange wir schreiben, wie es unseren Verlegern gefällt und niemand sich aufregt. Aber einige von uns dürfen nicht sagen, was sie wollen."

„Hat es Spaß gemacht, Kriminalromane zu schreiben?"

„Zu Anfang schon." Byron straffte die Schultern, die Befragung wurde ihr unangenehm.

„Sie wirken so müde", sagte Cynara. „Äußerlich scheinen Sie fröhlich, als könnte nichts Sie bekümmern, aber seit ich Sie näher kenne, scheinen Sie mir sehr viel ernsthafter als Ihre Bücher. Und es ist schon seltsam, daß Sie nichts geschrieben haben, das so ist wie Sie."

„Woher wollen Sie denn das wissen?"

Bevor Cynara antworten konnte, begann Byron die Stufen zu Bay Cliff hinaufzusteigen. Aus dem Haus schallten Musik und Gelächter. Drinnen herrschte ein Höllenlärm. Jake hämmerte einen Ragtime auf dem alten Klavier, Ginger klatschte den Rhythmus, Ruth und Mark kreischten aufgeregt. Und Rabbit hob eine Flasche an den Mund. Ihr Rabbit. Den sie so sehr vermißt hatte. Nur er kann Leben in diese Trauerbude bringen, dachte Byron und strahlte.

Die Musik hörte auf. Byron schob Cynara ins Zimmer. Jake und die anderen wandten sich ihnen zu, Rabbit schritt ihnen entgegen und verneigte sich tief.

„Meine Beste, Sie haben sich in der Kälte des weiten Nordwestens aber hervorragend gehalten." Er küßte ihre Hand, und sie versank in seiner Umarmung.

Hinter ihm tauchte Jake auf. „Hoffentlich stört es Sie nicht, Byron, aber wir haben Sie schrecklich vermißt. Und New York wurde allmählich öde –"

„– und wir sehnten uns nach Ihrer Gesellschaft. Apropos", Rabbit verbeugte sich vor Cynara, „wen haben wir hier?"

„Parnell Walbrook, bekannt unter dem Namen Rabbit, und Jake Wilmarth, darf ich euch Cynara vorstellen."

„Sie haben nirgendwo erwähnt, daß Ihre trübe Gegend von solchen Sternen erhellt wird", sagte Rabbit vorwurfsvoll.

„Die anderen Gäste haben Sie ja schon kennengelernt."

„Ein seltenes Vergnügen, das kann ich Ihnen sagen."

„Und was treibt Sie hierher?"

„Großer Gott, Byron, ist das eine Art, jemand zu behandeln, der gerade dreitausend Meilen in öffentlichen Verkehrsmitteln hinter sich gebracht hat?" Rabbit winkte Byron und Cynara in den Nebenraum. „Außerdem schien es, als wäre ich in einer leichteren Klemme gewesen."

Hinter dem lustigen Getue entdeckte Byron einen Hauch Ernsthaftigkeit. Der gleich wieder verschwand, als Rabbit Ginger zum Tanz aufforderte.

„Laß es knacken, Jake", befahl er.

Und Jakes Finger flogen über die Tasten.

Rabbit wirbelte Ginger durchs Zimmer, und wieder schallte Gelächter in Bay Cliff, das solche Töne schon lange nicht mehr gehört hatte. Byron sah, daß sogar Mavis im Schutz der Tür zusah und sich im Rhythmus der Musik wiegte. Bevor Byron sie hereinbitten konnte, war sie schon wieder verschwunden.

Am nächsten Morgen Byron hatte gerade gefrühstückt, kam Rabbit ins Eßzimmer, unter dem Arm eine Zeitschrift.

„Guten Morgen, Darling." Er küßte sie auf die Stirn.

Byron drückte seine Hand, er ging zum Büfett und schenkte sich Kaffee ein. „Haben Sie eine Zigarette für mich?"

Byron schob ihr Etui über den Tisch, Rabbit im Gegenzug ein Exemplar des *New Yorker*. „Falls Sie Heimweh haben."

„Mehr als Sie ahnen."

„Da wird mir schon was einfallen." Rabbit musterte kritisch das Mobiliar.

„Wie haben Sie es eigentlich geschafft, Ihrem Verleger zu entkommen?"

„Nun, um die Wahrheit zu sagen, Ross hat sich bei der Sache ein bißchen selbstgefällig aufgeführt."

Byron hätte wetten können, daß irgendwas nicht stimmte, aber als Cynara, zum Ausreiten gekleidet, hereinkam, fiel er sofort in seine übliche Nonchalance. „Aber ich sagte, ‚Ross, in New York ist es einfach zu interessant'."

Während Cynara einen Kaffee trank, fuhr er fort: „‚Es gibt einfach zu viele anstrengende Theaterstücke, aufschlußreiche Bücher und endlose Partys – viel zuviel Trubel. Wir brauchen etwas erfrischend Banales für meine Kritikerecke.'"

„Ich glaube nicht, daß unser anspruchsloses Leben hier im Westen Ihre Leser interessieren könnte", bemerkte Cynara.

„Dann muß ich meine Fantasie spielen lassen. Solange die Geschichte im Smoking daherkommt, ist ihr Inhalt egal."

„Gute Manieren tarnen schlechten Geschmack."

Rabbit sah sie entzückt an. „Exakt." Seine Frage aber galt Byron. „Und was haben Sie in letzter Zeit geschrieben?"

„Ehrlich gesagt, nicht viel."

„Was macht unser reizender Venable? Mir ist zu Ohren gekommen, daß Mr. Knopf sehnsüchtig darauf wartet, die Massen mit einem neuen glamourösen Fall zu erfreuen."

Byron sah von Rabbit zu Cynara, die offensichtlich neugierig war, was sie dazu zu sagen hatte. „Mit Nate Venable habe ich mich hier noch nicht beschäftigt."

„Nur Mut, Darling, immerhin bezahlt er Ihre Miete."

Byron legte die Serviette auf den Tisch. „Begleiten Sie uns auf unserem Ausritt, Rabbit?"

„Lieber Himmel, nein. Für körperliche Aktivitäten ist es noch viel zu früh."

Rabbit und Byron gingen am Strand spazieren. Irgend etwas beschäftigte ihren Freund tatsächlich, merkte Byron.

„Etwas macht Ihnen Kummer...", sagte sie.

„Ich bin geoutet", antwortete Rabbit kaum hörbar.

„Was?“

„Wenn ich es erklären könnte, wäre es zum Lachen.“

„Aber Ross muß doch inzwischen Bescheid wissen.“

„Natürlich tut er das. Aber ich vermute, daß sein Starkritiker einer von diesen schrillen Typen drüben in Paris ist, ist das eine, der gleiche Typ in New York ist etwas anderes. Deswegen wollte ich für eine Weile verschwinden.“

„Was ist denn passiert?“

„Ich war im Theater – ein grauenhaftes Stück, das nur nebenbei – und über meinem Flachmann und den zwei Stunden, die es brauchte, bis das Publikum eingeschlafen war, verliebte ich mich in meiner Beschwipstheit in den Hauptdarsteller. Dottie war fassungslos, daß so etwas überhaupt produziert wurde, bis wir herausfanden, daß die Frau des Hauptdarstellers die Aufführung finanziert hatte, sozusagen als Geburtstagsgeschenk für ihren Gatten.“

„Bitte, Rabbit, nicht der Gatte.“

„Nun, wir wollten feiern, daß wir die Sache überlebt hatten, also trafen Dottie und ich uns mit Benchley und der ganzen Bande bei Frankie, und wer sitzt da zwei Tische weiter? Mein Held. Und erzählt mir, daß sie feiern, bevor die Kritiken erscheinen. Wir alle wußten, daß sie vernichtend sein würden. Also schrieb ich eine Lobeshymne, eine richtige Liebeshymne auf den genialen Schauspieler Albert Farnsworth, der eine solche Vorstellung hingelegt hätte, daß sie die Aufführung auch gleich absetzen könnten, denn das wäre sowieso nicht zu überbieten.“

„Soll ich raten?“

„Ja, die Aufführung wurde abgesetzt.“

„Und Ross hat es Ihnen gegeben, weil Sie die einzige Jubelkritik geschrieben haben.“

„Ganz zu schweigen von meinem Umgang mit Liebling Albert – dessen Frau zu den neuen Wohltäterinnen von *Vanity Fair* zählt.“

„Eins muß ich Ihnen lassen, Rabbit. Wenn Sie einen Bock schießen, dann aber richtig.“

„Ja, sie rief Ross an und verlangte, daß ein gewisser Kritiker sofort geschaßt würde. Ich hätte sie zum Gespött von ganz New York gemacht."

„Wo sie recht hat, hat sie recht."

„Ich weiß. Ich wollte ja bloß, daß Albert eine Kritik hat, die er sich rahmen lassen und an die Wand hängen kann."

„Aber Sie können nicht einfach davonlaufen, Rabbit."

Rabbit warf ihr einen Blick zu. „Liebes Kind, wenn ich nun aber genau das am besten kann?"

Rabbit, Ginger, Ruth und Mark hüpften einen frenetischen Charleston. Byron bemerkte, daß Mavis wie neulich ihnen zusah. Sie ging zu ihr, nahm ihr vorsichtig die Bügelwäsche ab, die sie auf dem Arm trug, und legte sie auf den Eßtisch.

„Jeder Mensch hat das Recht auf eine Pause. Kommen Sie." Damit führte sie Mavis ins Zimmer und goß einen kräftigen Schluck in eine Teetasse. Mavis trank und beruhigte sich sichtlich. Entzückt sagte sie: „Das schmeckt aber gut."

In diesem Moment kamen Edward und Cynara herein.

Cynara breitete die Arme aus, und Mavis kam ihr steif entgegen. Cynara strich Mavis über die Wange. „Wie schön, daß du bei uns bist."

Als das improvisierte Fest auf dem Höhepunkt war, ging die Tür auf. „Lilian!" donnerte Charles' Stimme. „Mavis!"

Alle Köpfe drehten sich zur Tür. Charles betrachtete drohend die fröhliche Runde. „Was zum Teufel geht hier vor?"

Die Musik verstummte. Ruth rülpste laut. Charles nahm Mavis die Teetasse ab und roch daran.

„Was in Gottes Namen tust du?" Er sah sie wütend an, bis Mavis aufsprang und davonlief.

„Kann ich dich einen Augenblick sprechen?" fragte Charles und ging voraus, ohne Byrons Antwort abzuwarten.

Byron zuckte die Achseln und folgte ihrem Bruder ins Arbeitszimmer, behutsam die Tür hinter sich schließend.

„Lilian, das kann ja wohl nicht wahr sein." Charles versuchte seine Stimme zu dämpfen, die Hände hatte er zu Fäusten geballt. „Ich bin kaum eine Woche fort, schon bricht hier das Chaos aus."

„Ein paar Freunde –"

„Du meinst deine Gin saufenden Kumpel aus New York."

„Ich wußte nicht, daß sie kommen wollten –"

„Und meine Frau!" Er geriet langsam in Fahrt. „Säuft mit!"

„Also wirklich, Charles –"

„Ich ziehe es vor, wenn die Dinge geregelt ablaufen."

„Du ziehst es vor, wenn sie tot sind. Aber einige von uns leben noch." Vom Alkohol beflügelt straffte Byron die Schultern.

„Heute nacht können sie bleiben, aber du wirst ihnen sagen, daß sie morgen abreisen müssen."

„Du bist der Wirt. Sag es ihnen selbst."

Ein Klopfen an der Tür unterbrach sie, Rabbit trat ein, bevor sie „Herein" sagen konnten. „Gibt es ein Problem, alter Junge? Sie müssen Charles sein. Ich habe schon viel von Ihnen gehört. Alles gelogen natürlich – Ihre Schwester ist ja so ein Schandmaul."

Charles kniff wütend die Augen zusammen.

„Charles macht sich Gedanken über eure Unterbringung."

„Unsinn. Alles prima, alter Junge", versicherte Rabbit. „Die Zimmer sind zwar nicht das St. Regis, aber sie haben ihren Charme. Sehr anheimelnd, würde ich sagen."

Charles ging wortlos hinaus. Rabbit fragte gespielt überrascht: „Du lieber Himmel, hab' ich was Falsches gesagt?"

Rabbits Tagebuch

Bay Cliff, September 1928

Sie bemühen sich sehr, sich nicht immerzu anzuschauen. Wenn Byron bereit wäre dafür, würde ich ihr sagen, daß sie eine tragische Schwärmerei für die schöne Cynara entwickelt hat, aber vermutlich ist es besser, wenn sie das selbst herausfindet. Die Konstellation hat alles, was es für ein Melodram braucht – eine nebelige Küste, Cynara als Märchenprinzessin, Byron als Prinz und Charles als Schurke.

Um das Mindeste zu sagen: Es war schwierig, nicht an Lena zu denken, während die Anziehung zwischen meinen Figuren wuchs. Es ist die Gabe der Schriftstellerin, Erinnerungen lebendig werden zu lassen, aber es tut auch weh.

Daß Lena mich liebte, einfach so, war das Stärkste und Erschreckendste, das ich je erfahren hatte. Mehr als ich ertragen konnte. Wie heißt es ? Wenn ich mich selbst nicht leiden kann, wie kann ich Liebe von anderen akzeptieren?

Ich nahm den Hörer ab. Legte ihn wieder auf. Schließlich wählte ich ihre Nummer..

„Hallo?" Ihre Stimme klang kühl, geschäftsmäßig.

„Lena, ich bin's."

„Spencer. Was ist... geht es dir gut?"

„Ja. Mir geht's gut."

„Sarah sagte, du wärest verreist. Bist du wieder da?"

„Nein. Ich bin noch immer in Oregon."

„Oh." Ihre Stimme, klar und weich. „Spencer?"

„Ja?"

„Es tut gut, deine Stimme zu hören."

„Es tut auch gut, deine zu hören."

Pause. Wohin führte uns das?

„Ich... ich habe mehrmals versucht, dich anzurufen, aber du hast nie zurückgerufen."

„Ich vermute... vermutlich dachte ich, es sei zwecklos."

„Zwecklos?" wiederholte Lena. „Warum?"

„Ich dachte, du wolltest nichts von mir wissen."

„Aber das stimmt doch nicht." Lena hustete. „Wie geht's deinem Film?"

„Ich denke, es geht. Die Dinge waren eine Weile außer Kontrolle. Wir fanden keinen Verleih. Wahrscheinlich haben ihn bis heute höchstens drei Personen gesehen."

„Das tut mir leid."

„Nicht doch. Mir muß es leid tun.“ Ich biß mir auf die Unterlippe. „Deswegen rufe ich ja an. Ich bin sicher, du hast keine Lust, alte Geschichten aufzuwärmen, aber ich muß dich etwas fragen.“

„Frag“, antwortete sie.

„Kannst du mir verzeihen?“

Lena seufzte.

„Lena, ich... ich habe mich dir und MacKenzie gegenüber schrecklich benommen. Du bist die letzte, der ich weh tun möchte. Es war bloß – ich war in einem schlimmen Zustand. Ich sage dir nichts Neues damit, ich weiß. Das Problem ist, daß ich es damals nicht wußte. Ich dachte, ich kümmerte mich um meine Karriere. Es schien damals so wichtig.“

„Und jetzt?“

„Jetzt?“ Ich lachte. „Sagen wir, ich habe eine Perspektive.“

„Sarah sagte, du arbeitest an etwas.“

„Kein Projekt. Für niemand. Ich schreibe bloß. Du würdest wahrscheinlich sagen, ich schreibe das Buch, das ich immer lesen wollte.“

„Spencer, das ist wunderbar. Ich bin froh. Richtig froh.“

„Da ist noch etwas. Ich weiß, ich konnte das damals nicht sehen, als wir noch zusammen waren, vielleicht konnte ich es erst sehen, nachdem ich lange genug gekämpft habe, um zu wissen, wann ich den Kampf aufgeben muß –“

„Genau das ist es, stimmt's? Daß es für dich immer Kampf gewesen ist.“

„Ja. So ungefähr. Wahrscheinlich hätte mich das irgendwo auf der Strecke warnen sollen. Manche Menschen kennen ihre Grenzen besser –“

„Viele Menschen versuchen es nicht mal, Spencer.“

„Kann sein. Oder sie geben auf, bevor sie angefangen haben, weil es nicht *verantwortlich* ist oder *erwachsen*, Filmstar sein zu wollen oder Schriftstellerin oder Künstlerin.“

„Spencer, ist alles in Ordnung?“

„Ich wollte es so sehr – so sehr, Lena. Ich dachte, wenn ich erfolgreich wäre, würde es alles gut machen, was ich an mir haßte. Das böse kleine Mädchen, das Jonathon dazu brachte, mir diese Dinge anzutun. Wenn ich Erfolg hätte, würde das mich sauber machen. Aber gleichgültig, wie nahe ich dran war, ich fühlte mich nicht besser. Bis du kamst. Du und Kenzie, ihr wart die einzigen, bei denen ich dachte, ich könnte wieder in mich hineinsehen."

„Und jetzt?"

„Ich habe nachgedacht, was mich glücklich macht. Wirklich glücklich. Wie schnell ich zufrieden war – das kleine Mädchen, dessen Welt in Ordnung war, wenn es alte Liebesfilme sah. Es geht nicht darum, was die Welt zu bieten hat. Es geht darum, was ich zu bieten habe. Und wenn es so ist, dann will ich nur eins: schreiben. Meine Geschichten erzählen. Wenn ich das jeden Tag tue, bin ich glücklich."

Die Antwort war Schweigen.

„Mußt du weg?" Ich hätte gern ihre Hand berührt.

„Nein – doch... ich meine, ich habe noch ein paar Sekunden, aber ich muß Kenzie zum Malunterricht bringen."

„Wie geht es ihr?"

„Sie vermißt dich", antwortete Lena voll Wärme. „Sie fragt viel nach dir."

Ich wußte nicht, was ich darauf sagen sollte.

„Wir müssen keinen Smalltalk machen, Spencer", sagte Lena freundlich.

„Danke... das kann ich auch nicht so gut. Ich wollte dir nur sagen, daß es mir leid tut. Ich will dich nicht aufhalten."

„Danke", sagte Lena. „Höre ich wieder von dir?"

„Willst du das denn?"

„Ja. Das würde ich gern."

Mit gerunzelter Stirn eilte Byron die Treppe hinunter.

„Byron. Guten Tag.“ Es war Edward. „Wie geht es Ihnen?“

„Nicht besonders. Um ehrlich zu sein, habe ich höllisches Kopfweh. Waren Sie bei Vater?“

„Er schläft gerade. Trinken Sie eine Tasse Tee mit mir? Ich habe etwas bei mir, das Ihnen helfen wird.“

Byron zögerte. Der Gedanke, etwas hinunterschlucken zu sollen, machte ihr Übelkeit. „Gern.“

Sie gingen ins Wohnzimmer. Er schenkte zwei Tassen Tee ein und beobachtete sie aufmerksam, als sie trank.

„Ich weiß, es ist nicht einfach hier“, fing er an. „Wenn Sie ein offenes Ohr brauchen...“

„Lieber Doktor, wollen Sie meine Seele retten?“

„Nein. Ich versuche nur, ein Freund zu sein. Selbst ein Blinder würde sehen, daß Sie sich hier nicht wohlfühlen. Und Ihr Vater ist nur ein Teil des Problems.“

Byron sah in Edwards mitfühlende Augen. „Eigentlich kam ich her, um meinen Vater abzuholen. Und seit ich hier in der Falle sitze, habe ich das Gefühl, ich sei aus einem ganz anderen Grund gekommen.“

Sein Blick schweifte ab, sie folgte seinen Augen – Cynara war hereingekommen.

Edward stand auf. „Da bist du ja. Willst du uns Gesellschaft leisten?“

Byrons Hand zitterte, und sie stellte rasch ihre Teetasse ab. Cynara kam herein, den Blick auf Edward und nur auf Edward gerichtet. „Es tut mir leid, daß ich zu spät komme. Ich habe vollkommen die Zeit vergessen.“

„Ist nicht weiter schlimm“, antwortete Edward. „Byron und ich haben uns inzwischen ein wenig bekannt gemacht.“

Byron nickte in Cynaras Richtung, ohne sie anzusehen.

„Wir sollten das ein andermal fortsetzen“, sagte Edward zu Byron.

„Ja... ja, gern."

Edward nahm Cynaras Arm. „Also dann. Bist du fertig."

Sie sah zu Byron, dann zu Edward. „Ja."

„Meine Mutter hat uns zum Tee eingeladen", erklärte Edward. „Und sie hat es nicht gern, wenn man zu spät kommt."

„Bitte, lassen Sie sich durch mich nicht aufhalten", antwortete Byron.

Edward und Cynara gingen. Byron trat ans Fenster und sah ihnen nach.

„Ein schönes Paar, findest du nicht auch?" Charles war hereingekommen und stellte sich neben sie.

„Was willst du damit sagen?"

„Wußtest du das nicht? Ich war sicher, sie hätte es dir erzählt. Besonders seit ihr so dick befreundet seid."

„Was denn?"

Er grinste dreckig. „Die beiden heiraten im kommenden Frühjahr."

Rabbits Tagebuch

Bay Cliff, Oktober 1928

Sagte ich Melodram? Heute nachmittag saß ich zufällig im Eßraum, als Charles Byron informierte, Cynara werde im Frühjahr heiraten. Außerdem sah ich von meinem Aussichtspunkt, daß Mavis von der Treppe her ihren Gatten beobachtete, wie er die Neuigkeit weitergab.

Ich weiß nicht, was zwischen Byron und Cynara ist, doch ich brauche auch nicht Nate Venables Hilfe, um zu sehen, daß die beiden sich zueinander hingezogen fühlen. Aber wir sind hier nicht in Paris. Du lieber Gott, ganz im Gegenteil...

Später, ich saß friedlich eine Zigarette rauchend im Wohnzimmer, hatte ich das Pech, eine Unterhaltung zwischen Cynara und Dutton, der sie nach Hause brachte, mitzuhören. Dutton war offenbar nervös und fragte Cynara, wie sie sich fühle.

„Ich bin müde. Ich glaube, wir sind alle gestern zu lange aufgeblieben", antwortete sie.

„Ja, Byron war auch sehr erschöpft", stimmte Edward zu. „Sie ist wirklich eine faszinierende Frau, findest du nicht auch? Weitgereist, und dann hier bei uns Hinterwäldlern, aber kein bißchen herablassend oder zickig."

Cynara schwieg.

„Was hältst du von ihr?" Ich hörte die Anspannung in Edwards Stimme.

„Was ich von ihr halte?"

„Ja. Wie findest du sie?"

„Ich... also wirklich – ich bringe meine Zeit wirklich nicht damit zu, über sie nachzudenken."

„Bestimmt tust du das. Du verbringst viel Zeit mit ihr."

„Sie ist, wie du sagst, eine interessante Person", wich Cynara aus. „Es hat Spaß gemacht, mich mit jemand über Kunst –"

„Aber sie. Wie findest du sie?"

„Ich weiß nicht, was du von mir hören willst, Edward", fuhr Cynara auf.

„Liebling, Schatz, bitte. Ich wollte dich nicht aufregen."

„Tut mir leid, Edward, ich habe das Gefühl, daß du mich..." dann schwieg sie abrupt, entschuldigte sich, daß sie heute keine angenehme Gesellschaft sei, und zog sich zurück.

Zu sagen, die Spannungen durchdrängen die Mauern von Bay Cliff, wäre eine Untertreibung.

Für Rabbit war es ganz ungewöhnlich – er unternahm einen Morgenspaziergang, um seinen Kopf auszulüften, und es dauerte nicht lange, bis ihm klar war, die Gestalt, die ihm am Strand entgegenkam, war Cynara. Zusammen gingen sie weiter, die Sonne verschwand hinter einer dunklen Wolke, ein kalter Wind wehte.

„Wie halten Sie das bloß aus?" Rabbit bibberte, den Mantelkragen hatte er hochgeschlagen.

„Eigentlich ist es für diese Jahreszeit noch ziemlich warm." Cynara lächelte. „Es ist die Feuchtigkeit, die Ihnen zu schaffen macht."

„Ach, das ist es also. Wie auch immer, ich glaube nicht, daß ich sehr viel mehr von dieser frischen Luft ertrage."

„Was tun Sie überhaupt so weit weg von Bay Cliff?"

„Ich habe Sie gesucht. Und ja auch gefunden."

Cynara warf ihm einen raschen Blick zu.

„Ja, ich möchte Sie fragen, ob ich etwas falsch gemacht habe. Weil Sie mir seit unserer Unterhaltung neulich ausweichen und auch nicht mehr im Haus gewesen sind."

„Das hat nichts mit Ihnen zu tun." Cynara berührte seine Hand. „Ich habe nur ein wenig unter dem Wetter gelitten."

„Was ist das Problem?" fragte Rabbit.

Cynara sah aufs Meer. „Meistens muß ich nur dies... dies alles anschauen, und alles, was mich bekümmert, verschwindet. Aber heute funktioniert das nicht."

„Vielleicht brauchen Sie einen weisen alten Gauner wie mich, um sich anzulehnen."

Sie lachte traurig.

„Sie müssen wissen, ich bin nicht irgendeine Schulter. Versuchen wir's?" Er bot ihr seinen Arm. „Ich habe beschlossen, mich heute als Tourist aufzuführen. Zeigen Sie mir Ihr Land, und heute abend führe ich Sie zum Essen aus und erzähle von Paris. Vielleicht versuchen wir es sogar in diesem Schuppen, in den Jake seit ein paar Tagen rennt."

Das kaputte Klavier schepperte seine Akkorde über das Stimmengewirr in der schäbigen illegalen Kneipe. Rabbit ließ den Blick mit schockiertem Amüsement über das Meer der Stammgäste schweifen. Zahnlose Farmer, Holzfäller mit Bärten fleckig vom Kautabak, abgerissene Fischer und ein paar alterslose Indianer, Pioniere aus einer verlorenen Zeit.

Rabbit suchte in der Menge Ginger und Jake. „Irgendwo hier in all dem ordinären Charme müssen sie sich doch versteckt haben."

Endlich erspähte er sie an einem Tisch, ins Gespräch versunken. Daneben saß Byron und sah auf die Tischplatte. Sie bahnten sich ihren Weg durch das Gedränge.

„Ich werde Ihnen den tragischen Ausdruck vom Gesicht wischen", kündigte Rabbit an.

Byrons Lächeln gefror, als sie Cynara neben Rabbit sah. Er besorgte einen Stuhl und stellte ihn neben Byrons. Cynara setzte sich und sah sich um.

„Ich dachte, so etwas gäbe es nur in der Fantasie lausiger Schreiberlinge", erklärte Rabbit.

„Das gibt es wirklich."

„Ich habe Cynara bekniet, mitzukommen. Ich konnte ja nicht wissen –" Rabbit goß Whiskey ein und hob sein Glas: „Auf bessere Tage."

Byron kippte ihr Glas, Cynara nippte und schnappte nach Luft.

„Nein, so geht das nicht." Rabbit schenkte nach. „Die einzige Möglichkeit, dies Gesöff zu überleben, ist, es ganz schnell zu schlucken, so daß man es gar nicht erst schmeckt." Er kippte sein Glas, um zu zeigen, was er meinte.

Cynara nahm entschlossen ihr Glas und kippte es ebenfalls, als hätte sie nie anders getrunken.

„Bravo", applaudierte Rabbit. „Sie lernen, meine Liebe."

Etliche Gläser später hatte auch Rabbit die Krawatte gelockert. Rauch, Gelächter, Musik wurden immer heftiger.

„Ihr versteht das nicht", versuchte Ginger den Lärm zu übertönen. „Ich kann hier nicht einfach weg."

„Aber Sie sind begabt, Ginger", beharrte Jake. „Und die Gelegenheit ist günstig. Hier wird nie was aus Ihnen."

Byron beobachtete Cynara, die Ginger und Jake zuhörte.

„Ich kenne viele Leute in Hollywood. Sie sind eine wunderbare Tänzerin. Wir werden Sie in einem Musical unterbringen."

„Aber ich kann doch gar nicht tanzen."

Rabbit küßte Ginger die Hand. „Bescheidenheit ist so unkleidsam."

„Und Clay..."

Rabbit schüttelte den Kopf. „Ist der nicht ziemlich unwichtig?"

„Und Ruth! Sie wird es Mutter verraten."

„Ruth hat sich der Religion der Begrenztheit ergeben und wird sich deshalb in alles einmischen und es durcheinanderbringen. Wir hingegen –" Rabbit umschloß mit einer Handbewegung alle am Tisch Sitzenden – „wir huldigen der Doktrin der Fülle, in der alles möglich ist – ob es sich als strahlender Sommertag zeigt..." er nahm eine Flasche und goß den Inhalt in Cynaras Glas, „oder als die letzten Reste am Morgen danach. Da ich gerade davon spreche, entschuldigt mich einen Augenblick, ich kümmere mich um den Nachschub." Schwankend kam er auf die Füße und machte sich auf den Weg zur Bar.

„Wir schaffen das." Jake reichte Ginger die Hand. „Kommen Sie." Er führte sie auf eine kleine Tanzfläche.

Byron drehte ihr Schnapsglas zwischen den Händen. „Was tun Sie hier?" fragte sie endlich.

„Ich muß mit Ihnen sprechen. Ich möchte erklären –"

„Lassen Sie es."

„Sie müssen wissen –"

„Ich sagte, vergessen Sie es."

„Ich verstehe nicht. Warum sind Sie so wütend mit mir?"

„Timing ist alles, finden Sie nicht auch?" Rabbit tauchte wieder auf. „Fast hätte ich nichts mehr bekommen. Die Brühe ist fast ausverkauft." Er füllte ihre Gläser neu, dann sah er auf der Tanzfläche Jake und Ginger. „Na endlich. Etwas zum Feiern. Auf neue und verbotene Liebe."

„Und auf die Komplizenschaft." Byron hob ihr Glas und sah Cynara an. „Nichts ist aufdringlicher als zwei Verliebte. Die Liebe füllt ganze Bücher, vom Sublimen zum Lächerlichen –"

„Vor allem letzteres", stimmte Rabbit zu.

„Mir reicht es." Cynara stand auf, während Byron ihr Glas füllte.

„Wie können Sie gehen, wenn ich einen Toast ausbringen will." Byron schob Cynara ihr Glas zu. „Auf die Braut."

Cynara wandte sich an Rabbit. „Ich möchte gehen."

„Gewiß." Auch ihm reichte Byrons Vorstellung. „Kommen Sie mit. Zeit, schlafen zu gehen."

„Ich hab noch keine Lust", widersprach Byron.

„Ich denke doch." Rabbits Tonfall ließ Widerspruch nicht mehr zu. „Jake", rief er. „Hilf mir mal."

Auf der einen Seite von Rabbit, auf der anderen von Cynara gestützt, wurde Byron die Treppe zu ihrem Zimmer halb geführt, halb getragen. Sie halfen ihr ins Bett, und als sie sie zudeckten, war sie auch schon eingeschlafen.

Rabbit sah zu, wie Cynara eine Hand auf Byrons Stirn legte und ihr eine Locke aus dem Gesicht strich. „Schluck Tee?" fragte er.

„Nur zu gern."

Leise gingen sie in die Küche. Er schenkte Tee ein und schob ihr einen Sessel vor den Kamin, legte ihr eine Decke auf den Schoß und sagte: „Ich bin gleich wieder da."

Als er zurückkam, überreichte er ihr ein Buch, ein seltsamer Ausdruck lag auf seinem Gesicht. „Bevor Sie zu hart über sie urteilen."

Cynara strich über die Buchstaben des Titels – *Wahrheit* von Lilian Harrington.

Byron wartete, bis alle gefrühstückt hatten und der Speisesaal leer war. Sie saß vor einer Tasse Kaffee und preßte ihre kalten Finger gegen die schmerzenden Schläfen.

Charles kam herein, taxierte ihren Zustand und grinste gönnerhaft. „Ich sehe, deine Freunde haben dir beispielhaft gezeigt, was richtiges Leben ist. Ich kann mir vorstellen, daß du es kaum erwarten kannst, zurückzukehren, nachdem du unsere provinzielle Langweiligkeit erduldet hast."

„Willst du mir was Bestimmtes sagen?"

„Ja, allerdings. Ich hätte gern, daß du in mein Büro kommst – natürlich erst, wenn du dich hinreichend erholt hast, um Vaters Papiere zu unterschreiben. Es ist alles geregelt, mit der Ausnahme von Bay Cliff."

„Charles, kann das nicht warten?"

„Nein, kann es nicht. Und wirklich, Lilian, so wie du mir die ganze Zeit ausgewichen bist, kann ich mir nicht vorstellen, daß du mit all dem viel zu tun haben willst." Charles trat auf sie zu. „Bay Cliff gehört mir. Es wäre lächerlich, behaupten zu wollen, daß es dir irgend etwas bedeutet. Ich bezweifle sogar, daß es auch nur einen sentimentalen Wert für dich hat. Du hast Anspruch auf die Hälfte von Bay Cliff und allem, was dazu gehört. Ich bin bereit, dir für deinen Anteil eine angemessene Summe zu zahlen."

Byron schüttelte verwirrt den Kopf. „Charles, ich habe nicht das geringste Interesse an Bay Cliff oder deinem Geld."

„Nun, das freut mich, daß du so mitfühlend bist." Charles wirkte tatsächlich erleichtert. „Endlich etwas, in dem wir völlig übereinstimmen."

Charles ging, sie hörte Ginger und Ruth durch die Halle kommen, und da sie keine Lust auf weitere Gesellschaft hatte, wollte sie durch die Hintertür verschwinden. Aber auch von dort hörte sie Stimmengeflüster.

„Ich sage dir, es interessiert mich nicht, was er denkt. Oder was er zu wissen glaubt." Das war Cynaras Stimme.

„Bitte, Cynara, hör mir zu." Das war Mavis. „Wenn Charles –"

„Nein! Ich will das nicht."

Cynara stürzte an Byron vorbei und eilte zur Vordertür hinaus. Byron stand einen Augenblick unentschlossen da, dann nahm sie ihren Umhang und folgte ihr ins Freie.

Am Horizont ballten sich dunkle Wolken zusammen, der Sturm würde bald die Küste erreichen.

Sie rannte Cynara nach, deren Fußspuren zum Strand führten. Der Himmel wurde immer dunkler, und schließlich fing es an zu regnen. Es gab nur einen Unterschlupf. Byron rannte zur Höhle und rief Cynara zu, ihr zu folgen.

Drinnen schüttelten sie die Tropfen von den Mänteln und aus dem Haar. Beide schwiegen, und je länger das Schweigen dauerte, um so schwieriger wurde es.

„Ich fürchte, ich muß mich entschuldigen", sagte Byron endlich.

„Das ist nicht nötig", wehrte Cynara ab.

„Es tut mir leid... ich habe mich gestern gehenlassen."

„Ich möchte über gestern abend nicht reden."

Wieder schwiegen sie. Schließlich sagte Cynara: „Ich wollte es Ihnen ja sagen. Das mit Edward."

„Aber warum haben Sie es nicht getan?" fragte Byron. „Wir haben soviel Zeit miteinander verbracht und über Gott und die Welt geredet und – es muß doch eine Erklärung geben, warum Sie es vor mir verheimlicht haben."

„Ich wollte nicht, daß Sie es erfahren. Weil... wenn Sie es wüßten..."

Byron glaubte zu verstehen. Sie ging auf Cynara zu, die sich in den Schatten zurückgezogen hatte, und zog sie unsanft ins Licht. „Cynara, ich schäme mich meiner Gefühle für Sie nicht, aber sie quälen mich. Ich hatte Angst, Sie könnten meine Leidenschaft nicht teilen, sie nicht verzeihen –"

„Wie könnte ich?" Cynaras Stimme zitterte. „Wir hatten beide unsere Geheimnisse."

Byron war verwirrt. „Wovon reden Sie da?"

„Ich habe es gelesen. Ich habe *Wahrheit* gelesen." Ihre Stimme war so leise, als spräche sie zu sich selbst. „Worte von solcher Schönheit... solcher Intimität..." Und dann anklagend, scharf: „Die ganze Zeit haben Sie Ihr wahres Selbst versteckt. Haben mit diesem albernen Detektiv angegeben, ihn nachgemacht – sich hinter Rabbit und den anderen Saufbrüdern versteckt. Und jetzt ist es nichts als eine Farce."

„Eine Farce." Byron zog Cynara an sich, küßte ihren Hals, die weiche Haut ihrer Wangen. „Das nennst du eine Farce?" Cynara umfaßte ihr Gesicht, ihre Lippen fanden sich. Byron machte sich los. „Sag mir. Wie willst du Edwards Bett teilen?"

„Nicht –" Cynara fuhr sich mit der Hand über den Mund.

„Wie willst du mich aus deinem Gedächtnis löschen, wenn er auf dir liegt?" Byrons Stimme wurde zu Eis.

„Hör auf –"

„Meine Hitze fühlen, wenn er deine will –" Byron nahm Cynaras Hand und legte sie auf ihre Brust. „Wird dein Herz auch für ihn so heftig schlagen?"

„Nein!" Cynara machte sich los, trat an den Höhleneingang und sah hinaus in den wütenden Sturm.

Byron stand so dicht hinter ihr, daß ihre Worte buchstäblich an Cynaras Hals herabperlten. „Ja. Eine nette kleine Farce. Ich habe dich vor meinen Gefühlen schützen wollen. Aber du kennst diese spezielle Sensation bereits, stimmt's?"

Cynara nickte mit geschlossenen Augen.

„Aus der Gesellschaft ausgeschlossen – das macht es so einfach, oder? Aber wie entkommst du dir selbst, Cynara?" Der Schmerz in ihrer Stimme galt ihnen beiden. „Wie willst du entkommen?"

Sie stieß Cynara zur Seite und ging in den Regen hinaus.

Rabbit drapierte Byrons nasse Kleider vor dem Kamin. Sie saß da in einer Jacke von ihm und versuchte wieder warm zu werden.

„Meine Liebe, Sie sehen wirklich schrecklich aus."

„Ich fühle mich auch so." Byron nahm Rabbits frischrasierte Eleganz in sich auf. „Wie machen Sie das bloß? Frisch wie der junge Morgen, kein Hinweis auf unsere gestrige Orgie. Und ich fühle mich, als hätte mich ein Pferdekarren von einem Ende der Bucht zum anderen geschleift."

„Ganz einfach." Rabbit schob ihr eine Zigarette zwischen die Lippen. „Man nennt es Übung."

„Ich glaube nicht, daß ich das üben will."

„Um die Wahrheit zu sagen – mein Körper hat schon vor langer Zeit ein Gegengift gegen Alkohol entwickelt."

Er schob ihr seinen Flachmann zu. Sie nahm einen tiefen Schluck.

„Na? Schon viel besser, was?" Er stand an den Kamin gelehnt und sah ihr ins Gesicht. „Aber dies ist mehr als bloß ein ordinärer Kater, oder?"

Byron antwortete nicht.

„Wirklich, meine Beste, Ihre Augen strahlen jedesmal wie Feuerstein, wenn *sie* zur Tür hereinkommt."

Byron stand auf und ging zum Fenster, Rabbit kam ihr nach und legte den Arm um sie. „Sie müssen hier raus, Byron."

Sie lehnte den Kopf an seine Schulter. Plötzlich straffte sie sich. „Mein Vater. Irgendwas –"

Byron stürzte aus dem Zimmer. Sie rannte zu Francis. Ihr Vater lag aschfahl auf seinem Bett. Als Byron Mavis ansah, ihr von Tränen überströmtes Gesicht, wußte sie, daß das Ende nahe war.

Die nächsten Stunden hielt sie ihres Vaters Hand, eine lange, einsame Nachtwache. Irgendwann tippte ihr jemand auf die Schulter, Mavis legte ihr einen Schal über. Dr. Dutton erschien und war ruhig und besorgt, aber sein Gesicht verkündete das Unausweichliche. Charles kam und ging. Einmal sah sie Cynaras Schatten, und Rabbit blieb bei ihr bis tief in die Nacht.

Während das Leben ihres Vaters – der Geist des Mannes, als den sie ihn kannte – langsam aus seinem Körper wich, hörte die Zeit auf zu existieren. Byron legte ihren Kopf auf seine Hand und schlief ein.

„Lilian... Lilian."

Byron schreckte hoch. „Ich bin da, Vater."

„Geträumt... deine Mutter... war hier... und du als Baby."

„Pscht, Vater. Ich bin da, beruhige dich."

Francis riß angstvoll die Augen auf. „Herz..."

„Vater –" Byron versuchte ihre Panik zu unterdrücken.

„Nein... nein... das Herz." Er zeigte auf den Nachttisch. „Bitte... gib es mir."

Byron fand das abgegriffene Herz aus Holz und legte es in seine zitternde Hand.

„Ich habe es für deine Mutter gemacht. Als Symbol unserer Liebe. Ich... ich möchte... es dir geben, Lilian..." Er atmete schwer. „Es tut mir... so leid... so schrecklich leid... daß ich dich nicht... beschützen konnte –"

„Vater, ich –"

„Ich möchte... daß du..." Sein Kopf fiel zur Seite. Byron drückte das Herz und starrte tränenblind auf ihren toten Vater.

„Ich, Francis Peter Harrington, im Vollbesitz meiner Kräfte, verfasse und verkünde hiermit mein Testament und Letzten Willen und widerrufe gleichzeitig alle Testamente, die ich bisher gemacht habe", las James Weatherby, der alternde rundliche Anwalt.

Charles' Augen glänzten vor Habgier, neben ihm saß Mavis. Byron hörte kaum zu, abgelenkt durch Cynara, die still in der Ecke saß.

„Erstens: Ich hinterlasse und vermache Mavis Harrington, die mir wie eine Tochter war, ein jährliches Legat von eintausend Dollar. Zweitens: Cynara Ashford hinterlasse und vermache ich für ihre Güte und Aufopferung die Hütte hinter Bay Cliff mitsamt aller Einrichtung."

Charles warf Cynara, die ihren Kopf gesenkt hielt, einen finsteren Blick zu.

„Alles Übrige, den Nachlaß und das Erbrecht an meinem Besitz, von welcher Art und Beschreibung auch immer, darin eingeschlossen Bay Cliff und sein gesamter Inhalt, hinterlasse und vermache ich meiner geliebten Tochter Lilian Harrington."

Charles sprang auf. „Das ist ungeheuerlich."

„Charles, setzen Sie sich", befahl Weatherby.

„Das ist Betrug. Ich war vor drei Wochen in Ihrer Kanzlei, und Sie zeigten mir Vaters Testament –"

„Charles! Bitte!" Weatherby nahm aus seiner Tasche zwei Umschläge. „Ihr Vater änderte sein Testament zwei Tage vor seinem Tod. Er beauftragte mich, Ihnen zum Zeitpunkt der Eröffnung diesen Testamentsnachtrag zu überreichen."

Weatherby gab Byron, die genauso erstaunt war wie ihr Bruder, einen Umschlag. Charles riß ihm den anderen förmlich aus der Hand.

Weatherby fuhr fort: „Der Nachtrag hat folgenden Wortlaut: ‚Es gibt keinen Weg der Entschädigung für Sünde, aber ich hoffe, daß dieses Testament wenigstens zum Teil Wiedergutmachung bietet für die unausprechlichen Handlungen, an dir, meine liebe Lilian, verübt von deinem Bruder – meinem Sohn, Charles Harrington –, der keine Bedenken hatte, sich zu nehmen, was ihm nicht gehörte. Und so wird ihm nun, was er hatte, genommen.'"

„Nein!" Charles, die Hände zu Fäusten geballt, schüttelte ununterbrochen den Kopf. „NEIN! Zur Hölle sollst du fahren, Lilian."

Er packte Byron, und bevor jemand dazwischengehen konnte, hatte er sie zu Boden geworfen. „Bay Cliff gehört mir!" Seine Wut spie ihr ins Gesicht, als er auf sie einhieb. „Es gehört mir!"

Dutton stürzte herein. Zusammen mit Weatherby und Mavis riß er Charles von Byron fort und beruhigte ihn. Byron starrte mit blutender Lippe auf den Haß im Gesicht ihres Bruders.

Cynara führte sie hinaus.

Cynara zog Byron aus und half ihr in die Badewanne mit den Löwenfüßen. Sanft wusch sie sie und strich vorsichtig über die Verletzungen. Byron entspannte sich.

„Er ist tot."

„Er hat keine Schmerzen mehr", erwiderte Cynara leise.

„Er wußte es." Byron biß sich auf die Unterlippe. „Woher wußte er es?"

„Pscht. Du brauchst jetzt Ruhe. Ruhe –"

Cynara trocknete Byron ab, umhüllte sie mit einem Morgenmantel und brachte sie zu Bett.

„Ich möchte dir danken." Byrons Stimme war heiser. „Bleib bei mir."

„Byron, du bist verletzt."

„Mir geht's gut, wirklich." Byron hob eine Hand und strich Cynara übers Haar. „Wie schön du bist."

Cynara wurde rot.

„Bleib bei mir." Das war ein, wenn auch leiser Befehl.

Cynara sah Byron fragend an, dann öffnete sie den Gürtel des Bademantels. Byron atmete schneller, als Cynaras Finger erst die Seide des Mantels, dann Byrons Haut berührten. Byron schloß die Augen. Konnte kaum schlucken, als Cynaras Hand langsam – zum Verrücktwerden langsam – über ihre schlanke Gestalt glitt, die samtenen Fingerspitzen über ihre Brüste strichen.

Vorsichtig nahm sie Byrons übel zugerichtetes Gesicht in beide Hände, küßte sie auf die Wangen, die Stirn, Augenbrauen, Augenlider, fuhr mit Küßen den Umrissen ihres Mundes nach, bis sie sich nicht länger zurückhalten konnte und mit der Zunge über Byrons Oberlippe fuhr. Byrons Mund öffnete sich, sie schmeckte Cynara, erst die Spitze ihrer Zunge und mehr und mehr, je weiter sie in sie drängte und Cynara den Mantel von ihrem Körper streifte.

Byrons Stimme war nur noch ein Kratzen. „Küß mich... küß mich, Cynara."

Als Cynara über Byron fiel, spürte sie ihr Begehren naß auf ihrem Bauch, Cynara erzitterte, als sie nachgab.

Cynara hielt Byron und fuhr mit der Zunge den Hals entlang zu den Brüsten und mit zarten Zähnen über Byrons steife Nippel, Byron preßte ihr feuchtes Geschlecht gegen Cynaras Hüfte. Cynara spreizte Byron weit und schmeckte mit dem Mund die Frau, die unter ihr lag, sie gefangenzunehmen und zu besitzen, mit der Zunge Byrons Begehren immer weiter hinauszögernd.

Jedesmal wenn Cynara sie bis an den Höhepunkt gebracht hatte, zog sie sich wieder zurück, baute den Bogen einer noch stärkeren Erlösung, bis Cynaras Mund voll auf ihr lag und saugte und dem Punkt näherkam... kam... Byron keuchte Cynaras Namen, als ihre Zunge stieß und streichelte, und Byron... hatte das Gefühl, ganz und gar aufzubrechen. Ein Blitz aus Cynaras Augen, dann wurde ihr schwarz vor Augen, und sie kam, und als Cynara sich hochhob und ihre Brust auf Byrons Erlösung legte, kam sie noch einmal.

„O Gott... o Gott", stöhnte Byron, als sie fühlte, wie Cynaras Finger langsam das Begehren zurückrief, das sie längst gesättigt glaubte, nur um zu entdecken... als ihre Finger Cynara fanden, geschwollen und naß, ein endgültiger Höhepunkt, diesmal keuchte Cynara Byrons Namen, als sie ineinander fielen... als hätten sie sich seit hundert Jahren geliebt.

Das blasse Blau der Dämmerung streichelte Byron und Cynara, die, eingehüllt in die Seele der anderen, schliefen, jeder Zentimeter ihrer Haut verschmolzen mit der Haut der anderen.

Das Feuer war heruntergebrannt, Byron war aufgestanden, um Holz nachzulegen. Jetzt saßen sie vor dem Kamin auf dem Teppich, den Rücken gegen die Couch gelehnt, und sahen ins Feuer.

Byron berührte Cynaras Arm. „Cynara, du weißt offenbar schon eine Weile über dich Bescheid."

„Ja. Und du?"

„Sagen wir mal, meine Einführung in meine Natur war... ungewöhnlich." Bei dem Gedanken, wie wenig sie vor jener Nacht mit Marie von sich gewußt hatte, mußte sie grinsen.

„Ich rede nicht gern darüber."

„Aber du warst mit Frauen zusammen. So wie wir."

„Nein. Nicht wirklich." Cynaras Stimme klang weich. „Ich habe nur davon geträumt. Aber wie hätte ich hier eine wie mich kennenlernen sollen?"

„Und ich war in Paris, umgeben von Gleichen, und habe es nie in Betracht gezogen, bis... ja eigentlich erst mit dir. Du hast diese Gefühle für mich wirklich gemacht."

Byron küßte Cynara, bis die sich ihr entzog.

„Was ist?"

„Du sprichst so leicht davon."

„Warum auch nicht?" Byron runzelte die Stirn. „In Paris kenne ich viele Frauen wie uns."

„In Paris vielleicht, aber nicht hier. Nicht in meiner Welt."

„Cynara. Bitte, erzähl's mir.“

Cynara saß ganz still, dann begann sie zu sprechen. „Ich war neunzehn und neugierig auf die Welt und auf mich. Eines Tages kam eine Frau aus San Francisco als Gast nach Bay Cliff. Sie war Schriftstellerin. Sie hatte einen ungewöhnlichen Namen. Arianna. Und sie hatte dieses wilde rote Haar, von der Farbe des Sonnenuntergangs.“ Cynara sah ins Feuer.

„Sie war sehr großstädtisch, sehr kultiviert. Wir schlossen sofort Freundschaft. Sie war die erste, seit ich aus New York zurück war, mit der ich mich gern unterhielt. So sehr ich die Einsamkeit von Bay Cliff liebte, die Schönheit des Ozeans, so sehr vermißte ich die Stadt, die Lichter, die Erregung. Kultur, Bilder, Museen, Theater. Ich war so allein, daß ich der armen Frau wie ein Schoßhündchen nachlief.

Eines Abends bat sie mich in ihr Zimmer. Sie wollte mir die neueste Edith Wharton zeigen – *Zeit der Unschuld*. Ariannas Intensität rührte mich. Ich hatte ähnliche Gefühle gegenüber einigen Mädchen an der Universität gehabt, und ich hatte von Frauen gehört, die ‚Sapphistinnen‘ genannt wurden, aber ich wußte nicht wirklich, was das war.“

Cynara kuschelte sich an Byron.

„Eines Abends kurz vor dem Essen fragte Arianna mich, ob ich ihr etwas vorlesen würde, während sie sich ausruhte. Mit dem größten Vergnügen. Ich saß auf der Bettkante, und es dauerte nicht lange, da fühlte ich ihre Hand an meinem Hals. Als ich mich zu ihr umdrehte, weinte sie. Als ich fragte, was sie hätte, sagte sie, sie vermißte ihre Jugend und ich sollte die meine genießen, solange noch Zeit sei. Ich bat sie, nicht mehr zu weinen, und warf mich in ihre Arme. Ich wollte ihr Gesicht berühren und ihre Lippen spüren und... und ich weiß nicht, was noch. Sie wehrte mich ab, erklärte, ich hätte ihre schwesterlichen Gefühle für mich mißverstanden. Aber ich wußte doch, was ich fühlte, und ich hatte Angst, sie nie wiederzusehen – daß ich nie die Gelegenheit haben würde, die Gefühle auszudrücken, mit denen ich seit Jahren lebte. Also küßte ich sie.“

Bei der Erinnerung schüttelte Cynara den Kopf. „Ich war tollkühn. Ich glaubte, es käme nur darauf an, dem eigenen inneren Bedürfnis zu folgen. Sie widersetzte sich nicht. Wir zogen uns gegenseitig unsere Blusen aus, streichelten uns, und ich erinnere mich an Lachen und pure Freude über das Neue – dies wundervolle Neue, die Gefühle mit einem anderen zu teilen."

Cynara zitterte, und Byron zog sie an sich.

„Und dann kam er. Ich hörte nicht mal, wie er die Tür aufmachte. Wie er die Frechheit besitzen konnte, in ihr Zimmer zu treten – aber er mußte es gewußt, mußte darauf gewartet haben. Arianna schrie, völlig außer sich, aber Charles kümmerte sich nicht um Arianna. Er packte mich am Arm und riß mich aus dem Bett. Er schlug auf mich ein, schleifte mich durch die Halle, die Treppe hinunter, während die anderen Gäste aus ihren Zimmern kamen und der Bescherung zusahen. Er warf mich zu Boden, als ich versuchte, meine Kleidung zu ordnen. Nie habe ich mich so geschämt. Alle starrten mich an. Als wenn sie meinen Anblick nicht aushielten. Am Ende stand ich auf und lief in den Wald."

Byron schluckte Schmerz, Wut und Galle.

„Dein Vater hat mich schließlich gefunden. Ich hatte mich im Wald in den Schlaf geheult. Er brachte mich zur Hütte, kümmerte sich um mich. Er hat nie eine Frage gestellt. Er hatte Charles wohl befohlen, daß ich die Mahlzeiten in Bay Cliff bekommen sollte, aber ich bekam nichts hinunter. Charles hatte an meiner Krankheit ein perverses Vergnügen. Endlich hatte er sich dafür gerächt, daß ich ihn bei Mavis schlecht gemacht hatte."

Byron legte die Arme um Cynara. „Und dann?"

„Nichts. Hier bin ich."

„Aber du bist seit Jahren hier –"

„Ja. Die meiste Zeit war ich mit mir allein in der Hütte."

„Und... der gute Doktor?"

Cynara stand auf und schürte das Feuer, was gar nicht nötig war. „Edward? Edward bot mir Erlösung."

Byron erhob sich ebenfalls und nahm Cynara bei der Hand. „Komm mit mir nach Paris, Cynara. Komm mit mir."

„Ach, Byron. Unsere Leben sind so verschieden. Du brauchst Abenteuer, Veränderung, Bewegung. Ich brauche Sicherheit, daß mein Leben nicht im nächsten Moment auseinanderbricht, sich in Luft auflöst."

Byron drehte Cynaras Gesicht zu sich. „Ich kann die Zukunft nicht sehen. Aber was sind deine Optionen? Hierbleiben und einen Mann heiraten, den du nie lieben wirst? Als Einsiedlerin in dieser Hütte leben, weit weg von der Menschheit? Was ich mit Sicherheit sagen kann – ich liebe dich. Aber mein Leben hat sich nie um Sicherheit gedreht und wird sich nie darum drehen."

Cynara zog Byron an sich.

Byron packte ihre Bücher ein. Daß Charles ihr durch die geöffnete Tür zusah, ignorierte sie, bis er ungebeten hereinkam. Sie sah kurz auf und ebenso schnell auch wieder weg.

„Ich muß mit dir sprechen, Byron", sagte er, als stünde ihm das zu. „Ich vermute, ich sollte mich für mein Benehmen neulich entschuldigen, aber es hat mich wie ein Schock getroffen, daß du hinter meinem Rücken Vater dazu gebracht hast, dir Bay Cliff zu geben."

„Mach dich nicht lächerlich. Ich habe mich entschieden, Charles. Ich habe mich entschieden, Bay Cliff zu verkaufen."

„Aber das kannst du nicht."

„Mavis kann solange wohnen bleiben, wie sie will. Du hast dreißig Tage, deine Sachen zu packen und zu verschwinden."

„Du hast kein Recht dazu, Lilian. Nicht das allergeringste. Ich werde es nicht zulassen."

„Wie willst du das anstellen, Charles? Du hast verloren."

„Und wenn ich Bay Cliff abbrennen muß –"

Byron fuhr mit dem Packen fort, als wäre er Luft.

„Du kannst es mir nicht wegnehmen." Charles schien sich nur noch mühsam zu beherrschen. „Wo warst du denn all die Jahre? Wer hat sich denn um Bay Cliff geküm habe es gepflegt, daraus eine der besten Pensi Westküste gemacht."

„Ich bin sicher, du findest etwas anderes, worum du dich kümmern kannst, Charles."

„Nein. Ich will mich nicht um etwas anderes kümmern. Bay Cliff ist mein Leben." Charles' Wangenmuskel zuckte, seine Augen wurden schmal, als er auf seine Schwester zukam. „Du hast mir mein Leben genommen!"

Ruhig sagte sie: „Dann sind wir ja quitt."

Seine Hände zitterten, er atmete schwer, als bekäme er keine Luft. Er schien noch etwas sagen zu wollen, hielt aber inne, als wäre ihm eben etwas eingefallen. Seine Augen glitzerten ein bißchen zu hell, als er hinausging.

Byron atmete tief durch, beendete die Packerei und schloß den Koffer. Sie sah sich um, alles war fertig, sie konnte gehen. Aber etwas war nicht in Ordnung. Sie sah vom Bett zum Fenster, als sie Geräusche von unten hörte.

Sie rannte die Treppe hinunter, an deren Fuß Edward eine rasende Mavis zu beruhigen versuchte. Byron lief an den beiden vorbei und den Hügel hinauf.

Sie kannte, was sie nicht sehen konnte – den scheinheiligen Ausdruck der Wiedergutmachung, als Charles sich über Cynara beugte, die fauchende Wut, als er auf ihr lag, der Siegestaumel, als er sie nahm – „NEIN!" schrie Byron.

Charles drehte den Kopf in ihre Richtung, er kroch auf allen Vieren am Boden über Cynara. Ihr Kleid war zerrissen, und Byron sah Blut in ihrem Mundwinkel.

Mit kalter Wut griff sie ihn an, riß ihn hoch und stieß ihn gegen den Kamin. Er ergriff den Feuerhaken, aber Byron war viel zu wütend, um in Deckung zu gehen. Sie stürzte sich auf ihn, bevor er zuschlagen konnte, schleuderte ihn gegen die Wand, daß ihm der Feuerhaken aus der Hand flog. Sein Kopf schlug hart auf.

Schwer atmend stand Byron über ihm, schwankte gefährlich zwischen Himmel und Hölle und hob den Schürhaken.

Edward stand in der Tür, schockiert und blaß. Byrons Blick flog von Charles zu Edward zu Cynara, die aufzustehen versuchte. Sie spürte die Schwärze im Kopf – den Haß, den ungebremsten Haß auf ihren Bruder. Aber dann hörte sie Cynara ihren Namen rufen und drehte sich um. In ihren Augen sah sie Wahrheit und Liebe. Und keine Furcht.

Zwar war ihr die Müdigkeit anzusehen, aber zum erstenmal seit sie nach Bay Cliff zurückgekehrt war, fühlte Byron sich ruhig. Cynara war körperlich unverletzt, aber erschüttert und durcheinander und jetzt in Duttons Fürsorge. Charles war ins Bezirksgefängnis gebracht und festgesetzt worden.

Sie stellte den Koffer am Fuß der Treppe ab. Im Speisesaal saß Mavis und stand auf, als Byron hereinkam.

„Ich bin gekommen, um mich zu verabschieden", sagte Byron.

„Miss Harrin –"

„Großer Gott, Mavis." Byron hätte fast aufgelacht. „Glauben Sie nicht, daß wir nach allem, was wir durchgemacht haben, uns beim Vornamen nennen können?"

„Wahrscheinlich schon", antwortete Mavis schüchtern.

„Haben Sie schon entschieden, ob Sie bleiben?"

„Ich denke, nein. Ich weiß Ihr Angebot zu schätzen, und ich liebe Bay Cliff. Ihr Vater war ein wunderbarer Mann, und ich werde nie vergessen, wie er uns geholfen hat."

„Aber..."

„Ich glaube nicht, daß ich es in diesem Haus schaffe", führte Mavis den Satz zu Ende und sah zu Boden.

„Ich bin so traurig, Mavis." Byron nahm ihre Hand. „So sehr traurig. Es tut mir so leid."

Mavis antwortete: „Ich weiß es."

„Was?" Und plötzlich wußte Byron Bescheid. Die Steinchen ergaben plötzlich ein Bild. „Sie waren es. Sie haben es meinem Vater gesagt."

Mavis wurde rot und wandte sich ab.

„Woher wußten Sie es?"

„Ich kenne Ihren Bruder. Er muß zerstören, was ihn bedroht. Und er hat mit seiner Macht über Sie auch noch angegeben, als Sie zurückkamen. Er dachte wohl, wenn er es mir erzählt, würde ich ihn noch mehr fürchten. Ich habe ihn deshalb nur noch mehr verabscheut."

„Liebe Mavis." Byron umarmte sie. „Ich werde nie vergessen, was Sie getan haben, um die Dinge ins Lot zu bringen."

Mavis Unterlippe zitterte, sie strich über ihre Schürze. „Lassen Sie uns gehen. Sonst verpassen Sie noch Ihren Zug."

Sie sah übers Meer. Als Cynara kam, drehte sie sich um.

„Danke, daß wir uns hier treffen. Das ist das einzige, das mir von Bay Cliff fehlen wird. Dieser Blick."

„Wohin wirst du gehen?"

„Nach Hause. Nach Paris."

„Byron, ich –" Cynara war den Tränen nahe. „Ich möchte so vieles noch sagen... aber was hätte das für einen Sinn?"

„Ich werde dir immer dankbar sein", sagte Byron. „Du hast mir mein Leben zurückgegeben."

Cynara weinte nun doch. „Ich... ich liebe dich, Byron..."

Byron nahm Cynaras Hand, öffnete sie vorsichtig und legte etwas hinein, dann drückte sie die Hand zu und hielt sie noch einen Augenblick fest. Ohne ein weiteres Wort nahm sie ihren Koffer und ging.

Cynara öffnete ihre Hand. Darin lag das hölzerne Herz.

Byron wartete auf ihren Zug. Ein Schatten fiel auf sie, als sie hochsah, zog Edward seinen Hut.

„Haben Sie einen Moment Zeit?"

Byron antwortete nicht.

„Sie wissen, sie hat dies schon einmal durchgemacht. Es hat sie fast zerstört."

„Und die Heirat mit Ihnen kann es heilen?"

„Ich würde nichts tun, das Cynara nicht will. Ich habe ihr die Ehe angeboten in der Hoffnung, daß sie heil wird. Ein normales Leben führen kann."

Byron warf ihre Zigarette weg. „Tut mir leid, aber ich fühle mich zu einem freundlichen Abschied nicht aufgelegt."

„Miss Harrington, ich habe vor Ihnen den größten Respekt. Und wenn Cynara glaubte, sie könnte trotz der gesellschaftlichen Zwänge, die einer Beziehung wie der Ihren angetan werden, glücklich werden, würde ich sie sofort freigeben. Ich liebe sie und will nichts als ihr Glück." Edward seufzte. „Ich verspreche Ihnen, ich werde sie beschützen und ihr Leben so glücklich wie möglich machen."

Byron empfand Achtung für ihn. Sie nickte.

Der Zug fuhr ein.

„Ich wünsche Ihnen eine gute Reise." Er zog den Hut und ging.

Byron sah ihm nach, dann stieg sie ein.

Während sie sich in ihrem Abteil einrichtete, mußte sie daran denken, wie sie vor zwölf Jahren aus Bay Cliff geflohen war. Nun kehrte sie nach Hause zurück, eine neue Frau mit einem neuen Gefühl der Verpflichtung und Verantwortung für ihr Werk. Wenn sie in Paris ankam, würde sie Nate Venable seinen Abschied geben und zu dem zurückkehren, das sie am meisten liebte.

Byron lehnte sich zurück und schloß die Augen. Schlafen, o ja. Sie schlief lange, tief und traumlos.

Es ist schon erstaunlich, was passiert, wenn dir klar wird, daß du leben willst. Nach Jahren der Unsicherheit, ob oder ob nicht. Und es sind die kleinen Dinge, für die du leben willst. Einfache Dinge – veranschaulicht durch den Besuch von Jilly Bean und Heather, nachdem ich das Besuchsverbot aufgehoben hatte. Vergangenes Wochenende – dem letzten, bevor ich mich in der Höhle wiederfand – kamen die beiden aus Portland herüber, ein Mutter-Tochter-Ausflug.

Ich sehe noch Heathers Gesicht an ihrem dreizehnten Geburtstag. Ich frage: „Was wünschst du dir vom neuen Jahr?“

Und du rufst: „Spaß!“ Und bist ganz sicher, daß du – trotz nörgelnder Mutter und schlechtgelaunter Schwester und obwohl du den Müll runterbringen mußt und dein Haar schwer zu bürsten ist – Spaß haben wirst. Im kommenden Jahr und vielleicht noch ein paar mehr. Dann wird das Leben zur Herausforderung und du wirst dich ihm stellen mit Wildheit und Stärke, Bestimmtheit und Zielstrebigkeit, und die Zeit wird davonlaufen, und du wirst fragen, warum alle um das Älterwerden so einen Wind machen. Und mit sechsunddreißig wirst du dein Haar färben und fragen, was aus dem Spaß geworden ist.

Heather und ich machten einen langen Spaziergang, und Jill nutzte die Gelegenheit und las ein Buch. Wir sahen einem Seehundkind und seiner Mutter beim Spiel in den Wellen zu, steckten unsere Finger in Seeanemonen, dann gingen wir Arm in Arm, sie erzählte mir von ihren Schulfreundinnen, von all den zwischenmenschlichen Energien dreizehnjähriger Mädchen, und ich erinnerte mich an meine hormontriefenden Tagebücher und wie in diesem Alter alle Ereignisse von gleicher welterschütternder Wichtigkeit sind.

Als wir zur Hütte zurückkamen, saß Jill da mit ernstem Gesicht.

„Hoffentlich macht es dir nichts aus, aber es lag offen auf deinem Tisch.“ Jill zeigte auf *Cynara*, und mir wurde plötzlich ganz schlecht.

„Das hättest du nicht tun sollen, es ist doch noch nicht fertig.“

„Davon verstehe ich nichts, aber ich muß dir sagen, ich habe keinen Moment an dich gedacht, während ich es las. Ich habe einfach mit den Figuren mitgelebt. Es ist das Beste, was du je geschrieben hast.“ Das aus dem Mund von Jill war ein Riesenkompliment.

Am Abend machten wir ein großes Feuer, spielten ein langes Scrabble, das Heather gewann, und nachdem sie im Bett war, unterhielten Jill und ich uns – etwas, das wir noch lernen mußten nach so vielen Jahren, in denen wir schreien mußten, um gehört zu werden.

„Ich sage dir, Spencer, und krieg's jetzt bloß nicht in den falschen Hals – du lebst dein Leben, und ich leb meins, aber es gibt Tage, da wäre ich gerne du. Ja, ich weiß, du hattest Probleme, aber du bist deinen Träumen gefolgt, bist nicht belastet mit Kindern – wer Polly aus dem Kindergarten holt und die Zahnklammer zahlt undsoweiter undsofort. Manchmal beneide ich dich wirklich.“

„Meinst du, ich dich nicht? Wenn ich dich und Kat und die Kinder sehe – wer hätte gedacht, daß ausgerechnet du die June Cleaver in unserer Familie wirst?“

Wir sahen uns sehnsüchtig an, soviel Frieden hatte es zwischen uns noch nie gegeben.

„Da wir gerade von June Cleaver sprechen, Spencer, Mami macht mich noch wahnsinnig.“

Jill redete noch eine Weile so weiter, und ich hörte ihr zu, ich kannte die Klagen, und ich kannte Jill. Ich würde nie wagen, ihr das ins Gesicht zu sagen, aber seit sie selbst Kinder hat, wird sie Mami immer ähnlicher.

„Weißt du, Jill“, erlaubte ich mir zu sagen. „Wenn du glaubst, Mami hätte sich dieses Leben ausgesucht, bist du auf dem Holzweg. Ich glaube nicht, daß sie, als sie beschloß

Pianistin zu werden, daran gedacht hat, daß sie in die Ehe mit einem Verrückten schlittern, ihre Kinder in Armut großziehen und dann einen Mann heiraten würde, dessen Leben zweigeteilt ist. Unter den gegebenen Umständen hat sie einen Riesenjob gemacht."

„Kann schon sein." Jill war offenbar nicht ganz überzeugt.

Wir redeten bis tief in die Nacht, und als ich meine Schwester ansah, wußte ich, wie tief ich ihr verbunden bin. Das Klischee, daß Blut dicker ist als Wasser, traf auf Jilly Bean ganz besonders zu.

Am nächsten Morgen brachte ich die beiden zum Auto, und wir umarmten uns alle.

„Sieh zu, daß du das verdammte Buch fertigkriegst", sagte Jill. „Ich will wissen, wie es ausgeht."

Mein Puls wird langsamer, er ist kaum noch zu spüren...

Ich habe mich an die Höhle gewöhnt – ich denke an sie jetzt als an „meine" Höhle. Wer hätte mehr Anspruch darauf als ich? Immerhin habe ich alle meine Dämonen zusammengetrommelt und sie mit Spucke poliert für die Rettung meiner Seele.

Ich atme flach. Ruhig. Seltsam, wie in der Hütte das Atmen mir nie Sorgen gemacht hat. Und Panik nur noch eine Erinnerung war.

Malcolm und Sarah... mit euch bei Käsekuchen und Cappucino in einem Café sitzen – das Gelächter, das Kichern, das dumme Philosophieren... die Dinge eben, die Freundschaft ausmachen.

Mami, ich liebe dich; wenn alles gesagt und getan ist, für alles, was du richtig gemacht hast, und dafür, daß du mir das schöpferische Begehren vererbt hast.

Kleine Jilly Bean, ich spüre dich an mich gekuschelt in unserem alten Hochbett, die Köpfe zusammengesteckt, wissend, daß Geschwisterliebe etwas Seltsames und Wertvolles ist, jenes unerklärliche Band, das die Dauerhaftigkeit der Geduld testet und die Schranke der Loyalität hebt.

Und Jonathon, beim Gedanken an dich schreckt meine Erinnerung immer noch zurück, sogar im Angesicht des Todes. Kann ich dir vergeben? Ich weiß, wie häßlich es ist, der eigenen Scham ins Gesicht zu sehen, der eigenen verfehlten Menschlichkeit. Ich erinnere mich lieber an dich als den Mann, der mir Geschichten erzählte – mich in die Welt der Literatur und des Denkens einführte.

Mein Kenzie-Käfer – ohne dich hätte ich nie grenzenlose Liebe kennengelernt, reine Liebe. Ich rieche deinen Kinderduft, deinen Eifer, deine Hoffnung, deine Kraft. Ich wünsche mir sehr, daß du stolz auf mich bist...

Lena, verzeih mir, daß ich unsere Zukunft betrogen habe.

Vermutlich war die Hütte meine letzte Chance, den Weg zu einem neuen Leben zu bauen, den Geruch von Meer und Wind auf meinem Gesicht zu erfahren. Alles war wirklich. Wirklichkeit, vor der ich mein ganzes Leben geflohen bin, und wie die meisten Dinge war auch dies gar nicht mehr so schlimm, als es dann eintrat.

Cynara *liegt neben meinem Bett. Ich wollte heute mit dem Korrigieren beginnen. Vielleicht wird niemand je das fertige Buch sehen, trotzdem fühle ich, daß es sinnvoll ist, etwas abzuschließen. Wie leicht es mir gefallen ist. Es zu schreiben, brachte mich zu mir zurück... endlich konnte ich zugeben, daß ich nur tun wollte, was mein Herz berührte.*

Ich sehe... ein Licht... ja, es ist die schimmernde Christbaumkugel aus MacKenzies Traum. Sie richtet sie auf mich, und ich sehe ihre Kürbisaugenbrauen sich heben... aber das ist gar nicht MacKenzie... das bin ich, eingerahmt von Indigoblau... und ich sehe mich lachen... was? Ich kann dich nicht hören, MacKenzie. Weißt du nicht mehr, Tante Spinner? Du kannst alles tun, was du willst.

Ihr Lachen ist die schönste Musik, die ich je gehört habe, und als sie ihre Ärmchen um meinen Hals legt, fühle ich in meiner letzten Minute die Kraft der Liebe, ihre großen Augen, die größte Freude, während das Licht größer wird, heller, sie flüstert... du kannst alles tun, was du willst.

Epilog

Gestern hatte Sylvia wissen lassen, Rabbit käme an diesem Abend mit dem Schiff, und Byron war den ganzen Tag voller Vorfreude gewesen. Als er an Land kam und sie am Ufer stehen sah, war ihm der Hut aus der Hand gefallen. Er hatte gelacht, aber das Lachen hatte sich in Tränen verwandelt, als er Byron umarmt und gesagt hatte: „Ich hatte Angst, dich nie wiederzusehen." Er hatte ihr über die Wange gestreichelt und leise gefragt: „Ist sie –?"

„Nein."

„Das tut mir so leid, meine Liebe."

„Mir nicht." Byron hatte sich tapfer geräuspert und hinzugefügt. „Genug davon."

Rabbits Schilderung Hollywoods, wohin es ihn nach New York und Bay Cliff gezogen hatte, hatte alle zum Lachen gebracht. „Der scheußlichste Ort, an dem ich je war", hatte er gesagt. „Glühende Sonne, spillerige Palmen und eine äußerst exotische Architektur. Die Leute rennen den ganzen Tag in Tennisklamotten herum und trinken Eistee." Er wiegte angewidert den Kopf. „Ganz zu schweigen davon, daß alle ekelhaft blond sind und keine Spur Intellekt haben."

„Das einzig Wichtige ist, Sie sind wieder zu Hause."

„Wir sind beide zu Hause", hatte er gesagt und sie an sich gedrückt.

Jetzt saß sie an ihrem Schreibtisch in der neuen Wohnung und sah aus dem Fenster. Gegenüber im Café stand eine Frau, in der Hand hielt sie einen Zettel und erkundigte sich offenbar nach etwas. Der Kellner zeigte zu ihr herüber.

Die Frau drehte sich um, und Byron merkte, daß ihre Knie nachgaben. Ungläubig sah sie, daß Cynara auf ihr Haus zuging. Cynara.

Cynara sah hoch und entdeckte Byron am Fenster. Ein Lächeln ging über ihr Gesicht.

Sie war zu Hause.